언제나 범인 잡는 일은 가슴 뛰는 일이다

당신을 체포합니다

당신을 체포합니다

1쇄 발행일 | 2020년 05월 20일

지은이 | 장재덕
펴낸이 | 정화숙
펴낸곳 | 개미

출판등록 | 제313 - 2001 - 61호 1992. 2. 18
주소 | (04175) 서울시 마포구 마포대로 12, B-108호(마포동, 한신빌딩)
전화 | (02)704 - 2546
팩스 | (02)714 - 2365
E-mail | lily12140@hanmail.net

ⓒ 장재덕, 2020
ISBN 979 - 11 - 90168 - 12 - 0 03810

값 15,000원

언제나 범인 잡는 일은 가슴 뛰는 일이다

당신을 체포합니다

장재덕 지음

개미

두 번째 책을 내며

1989년 6월 순경으로 경찰이라는 조직에 들어와 31년간 '대한민국 경찰관'이라는 이름으로 살아왔습니다.

돌이켜 보면 정말 전쟁 같은 시간이었던 것 같습니다.

내가 출퇴근하는 직장을 다니고 있는 것은 맞는지…… 사무실, 범죄현장을 전전하며 잠복근무는 생활과도 같았고, 휴가를 가서조차 마음 편했던 기억이 없습니다.

31년이라는 기간 동안 삐삐가 휴대전화로 바뀐 것처럼 사람들의 삶, 주변 환경도 많이 바뀌었고 그로 인해 범죄환경도 많이 바뀌었습니다.

이전에는 빈번했던 야구방망이나 칼 등의 흉기까지 동원되었던 조직폭력배 간의 권역다툼도 쉽게 찾아보기 힘들게 되었고, 살인, 강도, 강간, 절도 등의 범죄 양상도 많이 변했습니다.

'대한민국 경찰관'으로 살아온 반평생을 가만히 돌아보니 조선시대 문신 김만중 선생께서 쓰신 '구운몽'처럼 한편의 꿈을 꾼 것만 같습니다. 이상하리만큼 가슴에 남아있는 것이 없습니다.

나는 그동안 무엇을 하며 살아온 것인가.

참 많은 사건들을 처리하고 겪어왔지만 경찰생활을 마무리하는 시점에서 돌아보니 남아있는 것 하나 없습니다. 아니 어쩌면 전부 잊어버리고 싶은 것인지도 모르겠네요. 그래서 모든 걸 잊어버리기 전에 기억에 남아있는 많지 않은 이야기들을 이렇게 엮어보는 것은 아닐까요.

참 행복하고 감사한 일입니다.

막장인생을 보내고 있던 저를 '대한민국 경찰관'이 될 수 있게 해주신 경찰 조직에서 가장 존경하는 용연 형님과의 약속을 지킬 수 있어서 더욱 그러합니다.

수사, 형사부서에서 근무한 30여 년 동안 지켜야만 했던 신념, '절대 밥 한 그릇, 술 한 잔과 사건의 실체적 진실을 바꾸지 말라'고 당부했던 용연 형과 『산골소년 세상의 중심에 서다』의 출판기념식에서 했던 "자네는 퇴직하기 전에 또 한 권의 책을 내야 하네"라는 그 약속을요.

많은 사람들이 공무원을 철밥통이라고 표현하지만 '대한민국 경찰관'으로 살면서 늘 금전적으로 궁핍했습니다.

1999년 경사 승진을 하면서 형사반장이 되었고 사건 수사비도 없던 시절 힘든 사건을 해결하면 고생한 직원들에게 회식을 시켜주는 것은 전부 반장의 몫이었습니다. 속된 말로 형사반장쯤 되면 애국자가 있던 시절 나만은 그러지 못했습니다. '밥 한 그릇과 실체적 진실'이라는 신념이 머릿속에 각인되어 있었기 때문에 저와 함께하며 궁핍한 생활을 보냈던 동료들에게 이제야 미안하고 감사한 마음을 전합니다.

5~6명이 조그만 가게에 둘러앉아 족발 하나와 소주 몇 병으로 즐거워해준 형사들, 그 족발집은 언제나 같은 장소에서 우리의 회식을 담당해주었고 그러다 보니 20년이 넘게 다닌 단골집이 되었습니다.

내가 쓴 이야기들은 모두 중요하거나 대단한 것들은 아닙니다. 큰 사건들은 TV, 신문에서 모두 알려줍니다. 대단하지도 않고 중요하지도 않은 주변에 일어나는 또 일어날 수 있는 일들 중에 기억에 남아있는 것들입니다.

내 자신이 잘해서 사건을 해결했다거나 범인이 나쁘다는 것보다는 객관적으로 풀어내기 위해 노력했습니다. 이야기를 읽다 보면 조금은 궁금한 부분도 있을 것입니다. 하지만 구체적으로 어떤 방법으로 추적하고 수사하는지에 대해 알리지 못한 부분에 대해서는 이해 바랍니다.

돌아보니 '대한민국 경찰관'으로 살아온 30년이 넘는 시간은 나 혼자만의 노력이 아니었습니다. 나와 함께했던 모든 동료, 경찰로서의 삶을 이해해 주고 격려해준 가족과 나를 아껴주고 사랑해준 모든 사람들이 함께 만들어 온 시간입니다.

경찰 조직을 떠나기 전에 나의 이야기를 책으로 만들 수 있게 몇 번이고 원고를 봐준 용연 형님, 소설가 김현숙 선생님, 개미출판 최대순 시인, 항상 저를 응원하고 있는 2019년에 우리 새 식구가 된 예쁜 선미, 아직도 소녀 감성을 가지고 있는 사랑하는 아내 문숙, 아빠와 함께 걸어보고 싶다며 경찰관으로 근무하고 있는 듬직한 성

당신을 체포합니다

욱, 자기보다 가족을 먼저 생각하는 착한 정은 모두 사랑하고 고맙습니다.

2020년 5월
장재덕

겸허한 마음으로 이 책을 접하며

이 책은 한 사람의 일생에 있어 가장 중요한 삶의 기록이자, 뜨거운 생의 한복판에서 피어난 무궁화 꽃이며 고된 경찰 인생을 다룬 다큐멘터리이다. 경찰, 특히 형사는 육신과 정신뿐 아니라 흘러가는 시간까지도 온통 직장과 사건에 초 연결 되어 있다. 누워도 천장에는 풀리지 않는 사건과 피해자들의 환영이 아른거린다. 언뜻 든 잠에도 이따금씩 그 피해자들이 꿈에 나타나기도 한다. 실제 안성의 어느 살인사건 피해자는 꿈에 밥상을 들고 나타난 적이 있었다. 그날 중요한 단서를 찾았다.

내가 현장에서 겪었던 형사들은 사건 해결을 위해 월 200시간 이상의 연장근무도 마다하지 않는 사람들이었다. 그들의 DNA는 남다르다. 사건이 터지면 평상시와는 눈빛부터가 달라진다. 행동이 기민해지고 마치 전투에 임하기 직전의 병사들과 같이 비장함마저 흐른다. 경찰에 입사(入社)가 아니라 투신(投身)했다고 생각하는 세

당신을 체포합니다

대의 형사들은 더욱 그렇다.

　형사들은 인생의 타임라인에서 번외경기를 한다고 느끼는 경우가 많다. 파도와 같이 밀려오는 사건에 온 신경을 쓰다보면 어느 순간 그것이 나의 전부라고 느끼게 된다. 시간은 정지하고 오롯이 사건들만 있는 격이다. 그들은 시간이 자신만은 비켜갈 것이라고 여기지만 일순간 시간의 종착점은 다가온다. 안타까운 것은 정작 본인은 그 시간의 의미를 알지 못한다는 것이다. 가정과 사회적 관계에서 이방인처럼 고립되어가고, 어떤 이들은 자신의 육신과 정신이 얼마나 망가져 있는지조차 모른다.

　나는 이 책을 보면서 수많은 역경과 고난을 열정으로 극복하고 경찰 인생을 버텨온, 그것도 오랜 시간 형사로 보낸 한 사내가 부러워졌다. 또 이렇게 생생하게 기록으로 남긴 그의 치밀하고 꼼꼼하게 준비해온 삶의 자세가 부러워졌다.

　특히 현장에서 시간에 쫓겨 야근을 밥 먹듯 하고 고단함을 쪽잠으로 해결해야 하는 형사들에게 이런 기록을 유지하기란 쉽지 않다. 사건을 송치하고 나면 고단한 마음을 대포 한 잔으로 달래고 털어버려야만 기다리고 있는 다음 사건에 집중할 수 있기 때문이다. 나에게 그의 기록은 한 장 한 장 열어 나갈 때마다 호기심과 재미를 불러일으키고 그때 그 시절의 향수에 젖게 해준다.

　이 책에는 노숙자, 학생, 아내, 동네 아줌마, 사채업자, 술집 종사자, 도박꾼, 부모, 사업가 등등 우리 주변에서 흔히 볼 수 있는 다양한 사람들이 등장하는데 그들의 뒤안길을 보는 재미가 쏠쏠하다. 요즘은 방송, 신문 등 여러 매체들을 통해 다양한 사건 스토리를 접할 수 있지만, 이 책에는 이슈화된 사건부터 일상에 묻혀 있던 사건까지 다양하게 담겨있다.

중앙경찰학교를 졸업하고 일선 경찰서 신참 형사, 광역수사대, 특수수사과 등을 거쳐 수사 관리자로 거듭나는 저자의 성장과정, 경찰 수사의 진화과정이 이 한 권에 녹아있다.

과거 저자는 폭행 사건의 목격자를 찾기 위해 몇 날 며칠을 모래 사장에서 바늘 찾기 식으로 헤매어 다니고, 술도 대접(?)하며 몸이 축났지만 요즘은 사건을 담은 몇 분의 폐쇄회로(CCTV)를 찾고 분석하기 위해 며칠을 눈에 불을 켜며 몸을 축낸다. 누구를 만났는지 확인하러 발로 뛰어야 했던 것이 지금은 통신, SNS 등으로 누구와 어디서 만났는지 확인이 가능해지며 발품이 눈품(?)으로 달라진 것이다. 물론 발로 뛰는 전통적인 방식도 여전히 유효하다.

첫 번째 책『산골소년 세상의 중심에 서다』에 이어 31년간 경찰관으로 또 형사로 살아온 기록, 두 번째 책에 담겨진 열정과 헌신, 그리고 철저한 자기관리에 찬사를 보냅니다. 지난 31년의 세월이 그에게는 화양연화였을 것이라 믿어봅니다.

당신을 체포합니다

후배 경찰관들에게 큰 청량제가 될 것

인생이란 등에 무거운 짐을 짊어지고 먼 길을 가는 여정이라고 합니다.

그 먼 길은 우리에게 많은 시련과 어려움도 주지만 때로는 미련도, 감동과 기쁨과 아름다움도 선물처럼 주어지곤 합니다.

많은 길 중에 경찰이라는 길을 걸어오며 무거운 어깨를 느끼곤 했습니다.

경찰이라는 길은 우리 사회의 안정을 위해 치안을 책임지며 밤낮 없이 일하고 있음에도, 마치 공기와도 같이 그 고마움을 느끼지 못하는 것이 현실입니다만 지역민과 가장 가까이에서 호흡하며 묵묵히 일해야 하는 숙명을 짊어지고 있습니다.

이 책의 저자는 경찰의 그 무거운 짐을 어려운 여건 속에서도 솜사탕처럼 달콤하게 받아들이며 기쁨과 희망과 사랑을 노래하듯 여유롭게 수용할 수 있는 큰 그릇이고 넓은 바다이며 높은 산과 같은 사람입니다.

온갖 시련과 어려움과 절망감을 온몸으로 느끼며 마지막으로 택한 경찰의 길은 저자에게 새로운 희망의 길이었습니다.

가난과 낙담과 처절함을 슬기롭게 극복하고 깨끗하고 맑고 투명한 삶으로 세상을 살아가는 사람, 그는 그 길을 천직으로 여기며 하루하루를 정성스럽고 고귀하게 느끼며 바르게 걸어왔습니다.

힘들고 위험한 일들을 말없이 묵묵히 밤을 새워 책임 있게 일하는 사람. 언제나 강자보다는 약자 편에서, 가난한 사람 편에서, 선량한 피해자 편에서, 간교하게 잘 사는 사기꾼보다는 사기를 당한 불쌍한 사람 편에서, 위선자보다는 도리와 순리를 아는 사람 편에서, 흐르는 눈물을 닦아주기 위해 발로 뛰고 법전을 뒤지며 정의를 위해 일하는 그 사람을 알게 된 것은 같은 길을 걸어왔던 나에게 큰 행운이었습니다.

안양지역에서 경찰서장으로 재직 시, 그의 능력과 인품을 발견한 것은 아쉽게도 서장 재직기간이 거의 끝날 때쯤이었습니다. 당시 어떠한 도움도 줄 수 없었던 공직의 길은 나에게 많은 안타까움을 남겼습니다. 내가 운영하는 개인회사라면 요지에 발탁하여 믿고 모든 것을 맡겨도 될 텐데…… 라는 아쉬움이 있었습니다.

다행히도 그는 이듬해 능력을 인정받아 승진하였고 형사과장의 직책을 맡으며 기피 업무로 알려진 형사 업무를 계속 수행하고 있습니다. 그는 30년 가까이 몸소 겪은 체험담을 정년퇴직을 앞두고 담담한 글로 엮어내었습니다. 책의 내용은 사실을 바탕으로 구체적이고 자세하게 그리고 교훈적인 내용을 담아냄으로써 큰 울림을 주고 있습니다.

어느 기사를 보니 외국의 어느 유명 디자이너는 매일 다른 길로 출근을 한다고 합니다. 새 길을 가며 설렘, 떨림, 새로운 풍경을 통해 새롭고 창의적인 아이디어를 찾기 위해서라고 합니다. 산길을 가면서도 다른 길의 새로운 풀과 나무들을 보면서……

일상 속에서 새로움을 느끼는 것은 또 다른 기쁨이고 즐거움일 것이기에, 이 책은 독자로 하여금 새로운 여행의 길을 안내할 것이라 생각합니다.

현직의 경찰에겐 저자의 경험을 큰 지식으로, 일반 독자에게는 관심과 흥미를 통해 세상사를 둘러보고 지혜를 가질 수 있는 밑거름이 될 것으로 확신합니다. 때마침 경, 검의 수사권 조정이 이뤄진 시점에서 더욱 책임감과 사명감을 가지고 정의를 위해 일해야 하는 현장의 경찰관들에게 큰 청량제가 될 것이라 믿어 의심치 않습니다.

길은 저절로 생기지 않듯이 누군가의 발자취는 또 다른 길이 될 것이기에 이 책의 이정표는 또 다른 길잡이가 될 것입니다.

영원한 경찰인! 장재덕 경감 그대의 무궁한 발전을 기원합니다.

이홍희 전 해병사령관, 예비역 중장

이런 삶이 진짜 성공이 아닐까

40여 년의 군 생활은 물론, 퇴임하고서도 십여 년이 지난 지금까지 다른 사람의 책에 '추천의 글'을 쓰는 게 처음이라 매우 부담스럽다. 한 사람의 인생이 오롯이 담긴 책이기에 더욱 그러하다. 책의 저자 장재덕 경감과 나는 일면식도 없는 관계였다. 『빽 없는 그대에게』(전 충남, 울산지방경찰청장 조용연 치안감 著)라는 책에 등장하는 그가 궁금해 장 경감과 '연'을 맺게 되었다.

저자의 두 번째 책. 『당신을 체포합니다』라는 책 제목과 저자의 머리글만으로는 저자가 얼마나 대단한 분인지를 가늠할 수가 없기에, 그가 지나온 길을 잠시 들여다보기로 한다.

장 경감은 소백산 자락의 풍기에서 태어나 문경에서 초등학교를 졸업한 그해 이른 나이에 시골 지서의 사환이란 직책으로 경찰과 첫 인연을 맺었다. 첫 직장이 '경찰'인 셈이다. 그도 잠시 어린 나이지만 총명했던 재덕 소년은 생활고와 주변의 많은 꼬임 덕(?)에 숱한 직장을 전전하였지만, 더 큰 세계를 향한 꿈을 이루기 위해 열여섯 살 되던 해에 무작정 상경하였다. 서울이라는 낯선 곳에서 허드렛일과 더 많은 유혹이 있었을 뿐이다. 그러면서 건달 세계에 빠지기도 하고, 노숙자 비슷하게 사회의 저 밑바닥 쓴맛, 매운맛 모두를 경험하였다.

군 복무를 위해 고향에 내려왔지만 할 수 있는 일거리는 별로 없었다. 최후의 직장이라 불리는 탄광 막장의 광부 등을 하면서도 어릴 때의 품었던 꿈을 결코 포기하지 않았다. 그 꿈을 이룰 수 있는 가장 중요한 수단이 '배움을 통한 힘'임을 알게 되고 다시 서울로 올라와 배움의 길에 흠뻑 빠져들었다.

초등학교 졸업 후 25가지나 되는 직장을 거치면서 기른 힘을 바탕으로 드디어 '대한민국 경찰'의 문에 정식으로 들어섰다. 그 과정을 그린 글이 첫 번째 책이다. 그의 첫 번째 책은 선가에서 수행자의 어깨를 치며 경책하던 죽비처럼 나를 깨우쳐 주는 글이었다. 나른하던 정신이 번쩍 돌아오게 해주었다. (『산골소년 세상의 중심에 서다』, 읽어보지 않았다면 일독을 권한다.)

이번에 출간하는 두 번째 책 『당신을 체포합니다』에는 순경 계급장을 단 이후부터 수사현장을 누비며 지나온 경찰관 생활 31년간의 얘기를 담고 있다.

저자가 경찰로서 첫발을 내딛던 당시 '실체적 진실을 술 한 잔, 밥 한 끼와 바꾸지 마라'라는 조용연 청장의 당부를 가훈보다도 금과옥조로 여기며 쉽지 않은 경찰의 길을 묵묵히 걸어온 것이다. 그것도 대부분 꺼려하고 경찰 내부에서도 가장 힘들어하는 수사 분야에서만 한 우물을 파며, 참으로 억척스러울 정도로 우직하게 걸어온 것이다. 그는 천직이 형사였고 빈틈이 없었다.

어릴 적 건달 세계에 발을 디뎌 '강한 깡패'로 인정받아 '봉천동 악바리'라는 별명까지 얻었던 경험적 일탈을 포함하여, 그간 25가지의 직장을 전전하며 겪었던 숱한 경험은 그가 걸어온 31년간의 천직 형사를 완주하는데 필요한 사전 주행연습에 해당되지 않았나 싶다. 쓰라림과 보람이 별난(?) 형사 생활을 버텨낼 수 있었던 자양분이 되지 않았나 싶다.

저자는 31년간의 수사현장에서 잠을 쪼개고, 식사를 거르고, 가족을 제대로 챙기지 못하면서 겪은 수많은 사건 현장에서 수사현장 이야기를 썼다. 장 경감이 맡았던 사건 전부를 다룬 것은 아니고, 사례의 내용 전부를 다 얘기할 수도 없었을 것이다. 그러나 틀림없는 것은 피해자와 피의자 사이에서 균형을 잡으로 노력했고, 한 사람이라도 억울한 사람을 덜 만들기 위해 노력한 것만큼은 확실한 것 같다.

또한 글의 면면을 보면 인격을 존중하기 위해 얼마나 고민했는지 그 흔적을 충분이 느낄 수 있다. 이 책을 접하게 될 경찰이나 수사 관련 종사자들은 그가 말을 하지는 않았지만 실루엣 처리한 얘기가 무엇인지 금방 알아차릴 것이다.

'국민의 생명과 재산을 보호하기 위해'라는 경찰공무원의 기본 직무 한 걸음 더 나아간 그가 자랑스럽다. '억울한 사람을 덜 만들

기 위해'라는 신념으로 한평생 수사현장을 걸어온 장재덕 경감을
알게 되고 추천사까지 쓰게 되어 참으로 행복하다. 장재덕 경감에
게 고개가 절로 숙여진다.

차례

책머리에 ┃ 두 번째 책을 내며 ___ 004

추천사 ┃ 겸허한 마음으로 이 책을 접하며 ___ 008
고기철 경찰청 자치경찰추진단장 경무관

후배 경찰관들에게 큰 청량제가 될 것 ___ 011
이석권 대한민국재향경우회 기획관리본부장

이런 삶이 진짜 성공이 아닐까 ___ 014
이홍희 전 해병사령관, 예비역 중장

1부
남들처럼 평범하게 살고 싶었던 꿈 이루어지다

내 인생의 두 번째 모교 자랑스러운 중앙경찰학교 입교 ___ 024
한자 까막눈을 도와준 생활관 동기들 ___ 028
첫 발령 호계와의 인연 ___ 031
여성의 시신을 본 충격 첫 번째 변사사건 ___ 034
도둑의 아내 "제 잘못이 커요" ___ 037
미소천사 안문숙 내 아내로 만들다 ___ 042
남들처럼 평범하게 살고 싶었던 꿈, 이루어지다 ___ 046

안양경찰서 형사계, 1번가의 조직폭력 전담 __ 050

도둑과의 전쟁, 연쇄절도범과 씨름 __ 053

철부지 아가씨들, 4인조 특수강도 __ 059

누구 맘대로 내보내? 생사람 잡기 __ 065

오유월에 내린 서리, 여자의 한 __ 075

헐값에 빌려준 이름, 노숙 인생의 끝장 __ 081

카드 행적으로 잡은 살인범과 신지식인 __ 086

안양 1번가 조폭담당 형사, 검찰의 내사를 당하고 __ 090

2부

열정의 시간들
형사는 무엇으로 사는가

동창 사칭 사기, 도랑 치고 가재 잡다 __ 096

모함 받은 강력반장 석수파출소로 __ 099

봉고차는 나의 집 __ 103

연쇄 차량털이범, 큰 쥐와 작은 다람쥐 __ 106

파출소 6개월 전화위복, 지방청 기동수사대 반장으로 __ 111

돈 빌려준 게 죄냐? 악덕 사채업자 검거 __ 113

먹튀 술집 아가씨와 소개소 남자들, 누가 더 나쁜 사람이야? __ 119

투자 유혹과 미국 큰손, 허망한 빈손으로 __ 125

짜고 치는 카드 도박, 호구를 벗겨라 __ 130

일선형사의 허물벗기, 경찰청 특수수사과 시절 __ 133

장기매매, 은밀한 거래의 뒷골목 __ 137

산골소년 방위병 출신, 별을 잡다 __ 142

추락할 뻔한 공수부대, 낙하산 비리의 전말 __ 146

어이없는 연쇄방화, 안산경찰서 강력팀장 시절 __ 151

트렁크에 실린 자동차 영업사원, 설마 영화 촬영은 아니지 __ 156

3부

나의 마지막 승진이 된
무궁화 2개

도망간 투견 도박꾼들, 개는 어쩌라고 __ 162

트럭째 몽땅 털이범 추적 중 광역수사대로 발령 __ 165

우리도 한번 업그레이드를, 경기청 광역수사대 __ 168

중앙지방검찰청 특수부 조사 6개월, 그 악몽 __ 171

15톤 벤츠 트럭 가출사건 __ 176

참 단순한 속셈, 아파트 주인은 누구 __ 180

남영동에서 분단의 비극을 다시 조사하다 __ 184

나의 마지막 승진이 된 무궁화 2개, 편의점 강도사건 __ 187

참 잔인한 이름 '아빠', 여섯 살의 죽음 __ 191

돈이 뭐길래, 투명인간이 된 엄마 __ 194

맥 빠진 수사, 보관함 속 보석의 주인은 __ 201

수능시험, 족집게 학원강사 __ 205

9년 미제사건을 풀다, 장수사철탕 살인사건 __ 209

유효기간을 다시 만든 나쁜 제약회사 __ 213

스테로이드의 유혹, 헬스 우승을 위해서라면 __ 217

4부
덕분에 여기까지
왔습니다

영구미제가 될 뻔한 하남 여고생 살인사건 ___ 222

참 별난 협박, 중국발 몸캠피싱 사건 ___ 228

아! 세월호, 아쉬웠던 유병언의 추적 ___ 231

집세 독촉을 받았다고 주인을 죽이려? ___ 235

사실혼의 종점, "나 버리지 마" 살인 ___ 240

클럽부킹 주의보, 고소합의금으로 사는 여자 ___ 245

냉장고 안 여자의 시신, 3명이 죽은 '공소권 없음' ___ 249

'나를 무시해?' 일심다방 살인사건 ___ 252

내연관계, 사랑이 죄인가? ___ 256

중고 휴대폰 팔고 또 강탈한 파렴치 사건 ___ 260

외할머니를 죽인 손녀, 나 혼자 죽긴 억울해서 ___ 264

보이스피싱 인출책, 말레이시아인의 헛된 꿈 ___ 268

미제로 묻힌 모자 살인사건, 그놈의 뒤통수 ___ 273

인권 무감각 시대, 그게 맞는 수사인 줄 알았는데…… ___ 279

덕분에 여기까지 왔습니다 ___ 284

가슴에 남은 사람들 ___ 288

1부

남들처럼 평범하게 살고 싶었던 꿈 이루어지다

내 인생의 두 번째 모교
자랑스러운 중앙경찰학교 입교

1989년 2월 중순이지만 어느덧 겨울의 끝자락, 충주시 상모면 수회리 적보산 자락을 물고 큰 신작로 쪽을 향해 번듯한 콘크리트 건물이 몇 개 당당하게 서 있었다. 중앙건물 지붕에 새겨진 듯 매달려 있는 '젊은 경찰관들이여 조국은 그대를 믿노라'라는 글귀가 내 가슴에 벅찬 감격으로 와닿았다.

학교 정문 입구에 콘크리트 기둥에 큰 글씨로 쓰여진 '중앙경찰학교'라는 간판을 따라 군입대하는 장병들처럼 천천히 걸어 들어갔다. 그날따라 입교를 축하하는 듯 함박눈은 앞이 보이지 않을 정도로 펑펑 날리고 있었다. 나의 입교를 축하해주기 위해 충주까지 따라와 함께 밤을 새워준 기 목사님이 정문 앞에서 손을 흔들고 있었지만 눈발에 가려 잘 보이지 않았다. 늘 이루고 싶은 경찰의 꿈이었지만 이룰 수 있을 것이라는 생각은 해보지 못했던 나는 결국 경찰에 입문하게 되어 참으로 자랑스럽고 행복했다.

30년 동안 세상을 살아오면서 비관적으로 세상을 원망하지는 않았다. 하지만 때론 '나는 왜 이렇게 살아야 하나' 라는 자괴감과 함께 다른 사람들처럼 평범하게 살아보고 싶은 갈증에 허덕이곤 했었다.

그러나 세상은 생각만큼 녹록지 않았다. 배운 기술은커녕 달랑 초등학교 졸업장만을 가지고 내가 할 수 있는 일은 그렇게 많지 않았다. 어쩌면 내 꿈은 남들처럼 단 하루라도 평범하게 살고 싶은 마음뿐이었다. 아침에 눈을 뜨면 회사에 출근을 하고 저녁에 퇴근하면서 동료들 이웃들과 술잔도 함께 나누며 살아가는, 그런 평범한 삶을 경찰에 입문하면 가능할 듯도 해서 더 행복했다.

6개월간 단체생활을 해야 하는 숙소를 배정받고 경찰의 상징인 독수리 마크가 새겨진 모자와 푸른 군복, 군화, 경찰 제복까지 지급받았다. 순간 몸이 공중에 붕 떠있는 기분이었다. 독수리가 나를 보고 있다. 너무 멋있다. 내가 정말 경찰관이 되었구나. 방범대원을 꿈꾸었던 내가 경찰관이 됐다고 생각하자 눈시울이 붉어지며 이 세상 전부를 가진 듯했다.

커다란 식당 옆에 붙어있는 이발관에서 머리를 박박 밀고 있는데도 자랑스러웠고 기분이 좋았다. 아무나 이렇게 머리를 미는 것은 아니잖아 라고……

전국에서 순경 일반공채 16기라고 불리는 동기들이 이곳에 다 모였다. 군인들 막사처럼 지어진 3층 건물에 숙소가 정해지고 숙소 하나에 20명이 단체생활을 했다.

중앙경찰학교의 생활은 아침 6시에 기상해서 일조점호를 하고 대

운동장을 중심으로 30여 분간 구보를 시작으로 하루 일과가 시작되었다. 그리고 식당으로 이동하여 식사를 하고 준비된 교재를 챙겨 강의실로 이동해서 학과 수업을 했다.

이곳의 생활은 엄격한 규율 속에 걸음걸이마저 참견을 받아야 했지만 그마저도 즐겁고 행복했다. 시간 시간들이 꿈만 같았고 가슴이 뛰었다. 그렇게 원했던 제복을 입고 책가방을 들고 학교 수업을 받을 줄이야……

첫 수업은 형법이었다. 수업 시작을 알리고 잠시 후 제복을 입고 어깨에 번쩍거리는 무궁화 계급장이 붙어있는 교관이 들어왔다. 그의 모습은 눈이 부시도록 근엄했다. 그러나 나는 수업이 시작되면서 가슴이 싸늘해지고 눈앞이 캄캄해져 왔다. 칠판에 하나 가득 적혀있는 글씨가 하나도 보이지 않았다. 맙소사! 제목부터 모든 것이 한문 투성이 아닌가. 한문이 중국의 글이라는 정도만 알았지 검정고시 공부를 하면서 한문은 한 자도 배우지 않았기 때문에 알 수 있는 글자가 하나도 없었다. 앞이 캄캄했다. 책을 펴보았다. 한글보다는 한문이 더 많았다. '이게 뭐야. 우리는 대한민국에 살면서 왜 한글을 사용하지 않고 한자를 쓰는 거야' 내심 부아가 치밀었지만 현실 앞에선 어쩔 수 없는 일이었다.

얼마나 기다리고 기다리던 수업이었는데 하지만 필기도 강의도 모두 포기를 하고 말았다. 2교시 수업 형사소송법도 마찬가지였다. 갈수록 태산이었다. 대한민국은 모두 똑똑한 사람들만 사는가 보다. 동기들은 막힘없이 필기를 하는 것을 보니 한없이 부럽기도 했다. '도대체 한국에서 한글을 쓰지 않고 한문으로 난리들이야' 순간 감정을 주체할 수 없었다. 첫 시간부터 망가진 수업은 하루 종일 먹

당신을 체포합니다

구름을 안고 그렇게 흘러갔지만 적보산 자락을 물고 있는 중앙경찰학교는 평화롭고 아늑하기만 했다.

　그날 수업을 마치고 돌아오면서 다시 둘러본 본관 건물과 강의동, 대식당, 대운동장, 생활관 주변에 심어져있는 나무들, 그것들이 상실감에 빠져있는 나를 위로해주는 듯했다. 그렇다고 여기서 포기할 수 없는 노릇 아닌가. 그때 생각지 못했던 학과 수업의 난감한 현실 앞에 몹시 고민한 적도 있었다. 그 이후 중앙경찰학교는 나에게 있어 호계초등학교를 제외한 단 하나의 모교가 되었다.

　결혼을 하고 가끔 아내와 아이들을 데리고 시골을 오갈 때 중앙경찰학교를 지나면서 으레껏 목소리가 높아졌다.

　"야! 저기 좀 봐, 멋있지. 저곳이 바로 아빠의 모교란다" 목소리에 자랑스러움이 묻어나면 아이들은 "아! 멋있다. 아빠 정말 저기에 다녔어?" 어깨가 우쭐거려진다. 중앙경찰학교는 늘 내 마음속에 그리움과 자랑스러움이 함께 남아있는 곳이다.

한자 까막눈을 도와준
생활관 동기들

나는 군대 내무반처럼 꾸며져 있는 3생활관에서 동기 20명과 함께 생활했다. 우리는 양쪽을 마주 보고 있는 좌우 침상에 10명씩 사용을 했다. 바로 내 옆에 있던 동기는 집이 경북 김천으로 나보다 4살 아래로 차분하고 착해 보이던 박현석이었다.

그때 함께했던 동기는 엄복현, 송영남, 박철화, 박현석, 김홍석 등등이었다. 그중에서도 박현석은 어딘가 모를 친분감 같은 것이 있었다. 동기이면서 내가 나이가 많다고 "형"이라고 불러주었기 때문에 더욱 정이 갔다. 실력도 있었다.(무엇보다 한문을 거의 알고 있었기 때문에 내 수준에서 보면 엄청난 실력을 가진 것으로 보였다.) 학과 수업 대부분이 한문 일색이었고 그 때문에 공부를 포기해야 하나를 고민하던 나는 포기 대신에 가장 원시적인 방법을 생각해 냈다. 이곳에 입교하여 처음부터 한문 공부를 할 여유도 시간도 없었다. 매일같이 강의를 들어야 했고 또 중간중간에 시험을 치러야 했었다. 때문에 그

        당신을 체포합니다

들을 따라잡기 위해선 나만의 정공법을 생각해 낼 수밖에 없었다. 나는 체면도 아랑곳 없이 수업을 들어야 할 교과서를 들고 무작정 현석이나 동기들에게 들이밀었다. "이 글씨가 뭐야?"라고. 처음에 동기들은 애는 뭐야? 라는 눈치였다. 나는 동기들에게 보잘것없는 이력을 사실대로 이야기했다. "나는 중학교, 고등학교 검정고시 출신이어서 한문을 잘 몰라. 부탁해!" 머리를 숙였더니 모두 긍정적으로 이해를 해주었다. 그때부터 교과서에 쓰여져 있는 한문에 한글로 주석을 달았다. "이건 무슨 글자야? 이것은?" 시도 때도 없이 책을 들이밀었다. 처음에는 친절하게 도움을 주던 동기들도 가끔씩은 귀찮아했다. "아 그건 앞에서 가르쳐준 거잖아" 그래도 나는 멋쩍은 표정으로 뒷머리를 긁적거리며 책을 들이밀곤 했다. "미안해. 내가 돌이라서."

동기들이 잠을 자는 시간에도 나는 독서실로 사용하고 있는 빈방에서 주석 달린 한문들을 익혔다. 내용도 모르면서 그림 그리듯 한문 쓰기와 책을 읽었다. 옛날 선비들이 이 어려운 한문을 모두 외우고 공부했다 생각하니 정말 대단하다는 생각을 하기도 했다. 곰방대로 머리를 맞아가면서 회초리로 종아리를 맞아가면서 배웠다던데 뭐…… 나는 그냥 욕 조금만 먹으면 되는 걸.

그러는 동안 일주일이 지나고 한 달이 지나면서 그 난해하던 글들이 조금씩 눈에 들어왔다.

이윽고 교관들이 칠판에 갈겨 써대는 한자들도 눈에 조금씩 들어오기 시작했다. 또 다른 세상을 보는 느낌이었나. 그랬다. 세상은 노력하는 자들의 것이라고 했던가. 막막하던 미래가 보이는 듯했지만 남들만큼 되려면 더 열심히 익히고 배워야 했다. 모두가 잠든 시간에도 3층에 마련되어 있는 도서관에서 가끔 순찰을 하는 지도관들과 눈을 맞추기도 했다.

　요즘은 금요일 오후부터 외박이 허용되어 모두 학교를 떠나지만 그때는 토요일 오전 수업이 끝나야 집단생활에서 벗어날 수 있었다. 그리고 부모님이나 가족들에게 돌아갔다가 일요일 오후에는 학교로 돌아왔다. 모두 일주일 중 집에 갈 수 있는 토요일을 기다렸지만 나는 딱히 갈 곳이 없었다. 그럴 때면 아무도 없는 생활관에서 덩그러니 배를 깔고 엎드려 한문 공부를 하곤 했다.
　그렇게도 세월은 갔다. 중간시험도 치르고 진압훈련, 극기훈련도 하면서 매순간 중도 포기를 고민해야 했던 나는 중앙경찰학교 일반공채 16기로 1989년 6월 17일 동기들과 함께 수료식을 했다.

　고맙다 현석아. 그리고 동기들아.
　모두 전국으로 흩어져 자신들의 자리에서 묵묵히 맡은 바 직무에 충실하고 있으리라. 벌써 누가 그만두었다더라 잘못 되었다더라는 말이 들리곤 했지만 가끔은 현장에서, 발령받은 경찰서에서, 동기라고 하는 경찰관들을 만날 때마다 적보산 자락의 평화로운 학교가 그리워진다.
　동기들아, 우리 모두 정년하는 그날까지 힘내자.

첫 발령
호계와의 인연

'호계'라는 단어는 나와 보통 인연이 아니다. 우선 경북 문경시 호계면에서 어린 시절을 보냈고, '호계초등학교'를 졸업한 뒤 들어간 첫 직장이 경북 문경경찰서 호계지서 사환이었다. 그런데 나의 첫 발령지가 '호계파출소'라니.

나는 1989년 6월 17일 순경시보로 경기도경찰국(현 경기남부지방경찰청) 안양경찰서로 발령을 받았다.

그때부터 내 공식 명칭은 "장 순경"이 되었다. 모든 사람들이 무서워하고 두려워하는(그 당시에는) 순경이 된 것이다. 안양경찰서에서 다시 호계파출소로 발령이 났다. 안양시 동안구 호계 3동 주택가에 위치한 2층 건물 현관 앞에는 '호계파출소'라는 간판과 멋진 독수리 마크가 붙어 있었다. 그곳에는 당시 김○○ 소장(경위), 장○○ 부소장(경정), 강○○ 경장, 노○○, 가○○, 우○○ 순경 그리고 나 이렇게 7명의 경찰관이 있었다. 그리고 밤에만 근무 나오는 7~8명의 방범대원들이 함께 있었다. 소장을 제외한 경찰관들이 하루에 3명씩 맞교대 근무를 했다. 24시간 쉴 틈 없이 근무를 한 다음 날에도 편하게 퇴근을 하지 못하는 경우가 허다했다. 그것은 주로 신고출동을 했고 순찰근무 그리고 파출소로 찾아오는 민원인 응대도 해야 했다. 신고출동에서 검거해온 피의자들 상대로 조사도 하는 등 정신없는 시간을 보내야 했기 때문이었다.

호계파출소가 담당하고 있는 구역에는 유흥가가 많았다. 소위 방석집이라고 하는 술집들이 밀집되어 있었고 카페라는 상호가 붙은 작은 술집들도 많았다. 무엇보다도 당시 안양에서 제일 유명한 나이트클럽인 '한국관'이 관내에 있었는데 매일이 전쟁 같은 시간들이었다. 주로 취객 간 다툼이 많았다. 그때에는 사건이 발생하면 발생한 담당구역 파출소에서 피해자, 참고인, 피의자 조사까지 했기 때문에 근무 날이면 밤을 꼬박 새우기 일쑤였고 제때의 퇴근은 감히 생각할 수 없었다.

밤샘 근무한 다음날 200근무(경호 경비) 비번 날에도 집회가 있는 경우에는 진압부대원으로 출동해야 했다.

중앙경찰학교를 졸업하고 경찰관이 되었지만 내 변변한 숙소가 없었다. 벌어놓은 돈이 없으니 방을 얻을 수 있는 여건도 아니었다. 고민 끝에 작은이모가 살고 있는 천호동 셋방에 신세를 졌다. 천호동에서 안양 호계동까지 출퇴근도 만만치 않았다. 특히 비번 날 동원되는 날은 천호동으로 퇴근하지 않고 저녁나절 파출소로 돌아와 2층 숙직실에서 잠을 자고 다음날 아침부터 근무를 했다. 대중교통이 그리 편리하지 않던 시절이었다. 버스를 몇 번을 갈아타야만 했던, 그래서 장한평 중고차 시장에 가서 80만 원짜리 폐차 직전의

당신을 체포합니다

대우 '맵시나' 승용차를 구입해 타고 다녔다. 당시 승용차가 많지 않았던 때라 소장이 르망을 그리고 강○○ 경장이 타고 다니던 프라이드가 전부였다. 그런데도 불구하고 초임 순경이던 내가 폼 잡고 승용차량을 몰고 다녔으니 속 모르는 사람들은 나를 잘나가는 사람이라고 생각했을 것이다. 그러나 나는 애송이 경찰이었다.

그때는 경찰뿐만 아니라 비리가 심해서 무슨 일이 터지면 봉투부터 들이밀던 당시의 사람들은 어떤 마음으로 나를 보았을까.

경찰관이 되어 처음으로 직장 교양교육을 받을 때였다. 안양경찰서 4층 강당에 전 직원들이 모인 자리에서 경찰서장이 한마디 했다.

"여러분 제발 사건 관련해서 피해자, 피의자 바꾸면서 돈 받지 마세요. 사건은 올바르게 친절하게 해주고 피해자가 감사합니다. 라며 가지고 온 돈만 받으세요."

그때는 나는 그런 돈은 받아도 되는 줄 알았다. 서장이 한 말이니까……

여성의 시신을 본 충격
첫 번째 변사사건

호계파출소에서 근무한 지 10여 일쯤 지난날이었다. 오전 시간 호계파출소에 유일하게 있는 봉고차를 운전하고 동네 순찰을 돌고 있는데 무전기가 갑자기 시끄러워졌다. 호출을 받고 파출소로 돌아오니 소장이 봉고차에 타면서 "변사현장을 가자"고 했다.

변사? 물론 중앙경찰학교에서 배웠다. 변사란 죽음의 사유가 확실하지 않은 것을 말한다는 것을. 시체가 있는 현장으로 가자는 것이었다. 순간 무섭고 두려웠다. 아직 시체라고는 외할머니 입관할 때 곁눈으로 본 게 다인데 더럭 겁이 났다. 조금은 소심하고 겁이 많은 성격 때문이었다. 어린 시절 밤에 화장실에 가는 것이 무서워 잠자고 있는 여동생을 깨우던 나였기에. 그러나 어쩌랴 경찰관이 현장을 피해 갈 수는 없으니 어찌 되었거나 김○○ 소장을 따라 사건 현장으로 갔다. 도착한 변사현장은 일반 가정집으로 방안에서는 사람들의 울음소리가 들려오고 있었다. 소장과 가○○ 순경은 거리낌 없이 신발을 벗고 안으로 들어갔지만 나는 밖에서 쭈뼛거렸다.

당신을 체포합니다

그때 가 순경이 큰소리로 나를 불렀다. "장 순경, 거기서 뭐해 안 들어오고." 에라 모르겠다는 심정으로 엉덩이를 뺀 상태로 조심조심 사건 현장인 목욕탕으로 가는데 피비린내가 확 달려들었다. 조그만 욕조가 있는 목욕탕에서 젊은 여자가 옆으로 쓰러져 있었고 왼손은 물이 흐르는 욕조 속에 담겨져 있었는데 누군가 물을 잠근 듯했다. 여자는 고개를 옆으로 돌리고 마치 잠을 자는 듯한 표정이었다. 욕조에 남아있는 끔찍한 피가 아니었다면 죽었다고 믿겨지지 않을 만큼 깨끗한 모습이었다. 문득 상상했던 것처럼 시체라는 것이 그렇게 무서운 것만은 아니구나 라는 생각을 했다. 이후 형사를 하면서 얼마나 많은 끔찍한 장면을 만날지 상상도 못했지만……

얼마 지나지 않아 이곳으로 경찰서에서 형사들이 왔고 나는 밖에서 출입자들을 통제했다. 동네 사람들은 대문 밖에 모여 웅성거리며 대문 안을 기웃거렸다. 어떤 사람들은 들어오려고까지 했다. 나는 어깨에 잔뜩 힘을 줬다. "이리 오시면 안 됩니다. 저리 가세요. 여기는 현장입니다." 어깨 위에 꽃봉오리 두 개가 유난히도 반짝이던 날이었고 경찰이 되어서 처음 시체를 본 날이기도 했다.

변사라는 것이 사람이 죽은 것을 말하고 그 죽음이 범죄로 인한 것인지 아닌지를 변사체의 상태나 상처 등을 보고 목격자나 유족들을 상대로 조사를 한 다음 결정을 해야 한다는 것을 처음 알게 된 날이기도 했다.

36살. 이름은 잘 기억이 나지 않은 젊은 여자의 변사체 사진을 첨부해서 서류를 만들고 남낭 섬사로부터 '사체 유족에게 인도할 것'이라는 지휘를 받고서야 오열하는 유족들에게 장례절차를 밟도록 했다.

그날 나는 점심도 저녁도 먹지 못했다. 처음 변사체를 본 날이기도 했지만 피비린내가 코끝에서 떠나지를 않았다. 눈에서는 죽은 여자가 계속 보이는 듯도 했다. 하지만 나는 얼마 지나지 않아 대한민국 경찰이 시체 한번 보고 빌빌거리다니 스스로의 마음을 다독였다.

1989년 6월 말경이었던 그날 내 속을 알 리 없다는 듯 하늘은 푸르고 맑았다.

도둑의 아내
"제 잘못이 커요"

　7월 중순 어느 새벽이었다. 사무실에 앉아 꾸벅거리는데 가 순경이 "장 순경, 한숨도 못 잔 거 같은데 조금 쉬어"라며 부스스한 얼굴로 2층 숙직실에서 내려왔다.

　숙직실에는 이미 차석인 강 경장이 자고 있을 것이고 구석에 가서 쭈그리고 누워있을 수는 있지만 사건이 있으면 금세 다시 내려와야 한다는 생각을 하니 피곤하기는 하지만 굳이 숙직실에 올라가고 싶지 않았다. "한 바퀴 순찰이나 다녀올게요." 어느덧 날이 붐하게 밝아오고 있었다. 파출소 한쪽에 있는 순찰 오토바이(흰색으로 뒤꽁무니에 빨간색 등이 달려있어 경찰이라는 표시가 있음)를 타고 조금은 추운 듯한 새벽 공기를 가로지르며 호계동 금성마을 부근을 한 바퀴 돌 때였다. 약간 떨어진 곳에 목에 카메라를 멘 40대 중반의 남자가 골목에서 걸어 나오다가 나를 보고는 시선을 피했다. 이른 새벽 시간에 목에 카메라를 멘 사람, 문득 이상하다는 생각이 들었다. 그 남자 앞에 오토바이를 세우고 거수경례를 했다. "죄송합니다. 잠시 검문을 하겠습니다. 선생님의 신분증을 좀 보여주시죠.""왜 그러세요. 나는 지금 출근하는 중인데 바빠요." 신분증을 꺼낼 생각은 않고 기분 나쁘다는 듯 목소리를 높였다. '이것 괜한 짓 하는 건 아닌가'라는 걱정을 하면서도 물러설 생각이 없었다. "바쁘시더라도 잠깐이면 됩니다. 선생님 사시는 곳이 어딘지요.""저 안쪽에 살아요. 나 지금 빨리 가야 하는데." 정말 바쁜 일이 있는 듯 걸음을 옮기려 하는 그의 앞을 막아섰다. "그러니까 신분증만 확인하고 빨리 가시지요." 완강한 나를 보면서 그가 한발 물러섰다. "신분증 안 가지고 왔는데……""그러면 사시는 곳 주소를 말씀해 보세요. 주민등록번호하고.""이사온 지 며칠 되지 않아서 번지수를 잘 모르는데요." 얼버무렸다. 그때 감이 왔다. 육감! 마침 순찰을 마치고 파출소로 돌아가던 방범대원 둘이 나를 보고 다가왔다. 나는 더욱 힘을 얻었다. "아저씨 그러지 말고 솔직히 이야기하세요. 이 카메라 누구 겁니까." 카메라를 가르쳤다. "이거요. 이거는 제가 쓰려고……" 당황하는 기색이 역력했다. 평소에 바람을 잘 잡는 방범대원 김씨가 윽박질렀다. "어디서 훔친 물건이구먼, 당신 집이 어디야. 연락해보면 알지.""지금 집에는 아무도 없고……" 더듬거렸다.

나는 순간 확신이 섰다. "그럼 앞장서세요. 번지수도 모르고 집에 아무도 없다고 하니까 집에 가서 확인해 봅시다." 10여 분의 실랑이 끝에 파출소로 동행된 40대 중반의 남자는 절도범이었다. 김○○ 46세. 거주지는 경기도 부천시. 절도 전과 5범. 실형을 7년이나 살았던 전문가였다. 그는 밤새 의왕과 호계동 지역을 돌아다니면서 3곳에서 물건을 훔쳤다. 주머니에서 돌반지 7~8개와 현금 조금, 금반지, 다이아반지 등 20여 점이 나왔다. 목에 걸고 있던 카메라

당신을 체포합니다

까지 압수했다. 내가 경찰이 되고 난 후 처음 절도범을 검거한 쾌거였다. 경찰이 된 지 한 달도 안 되어 절도의 준현행범을 검거한 것이다.(준현행범이란 장물을 소지하고 있는 범인을 말한다.) 나는 검거 보고서를 만들고 피해자들을 찾아다니며 진술을 받고 그날 오후까지 퇴근을 하지 못했다.

오후 2시쯤 5~6세 된 여자아이 손을 잡은 30대 후반 아주머니가 파출소 앞을 기웃거리면서 안을 들여다보려고 애를 쓰고 있었다. 잠깐 슈퍼에 다녀오던 나는 "무슨 일이신가요. 누구를 찾아오셨나요." 물었더니 수줍은 듯 "여기 김○○ 씨가 잡혀 있다고 해서 왔는데요." "무슨 일로 왔다고 하던가요." 그녀는 기어들어가는 듯 조그만 목소리로 "정확하게는 모르겠지만 남의 물건을 훔쳤다고……" 말끝을 흐렸다. "아! 새벽에 그 도둑놈." 말해놓고는 얼른 입을 닫았다. 그녀는 고개를 숙이고 어쩔 줄 몰라 했다. "어떤 관계인가요?" "애 아빠예요." 작은 목소리로 대답했다. "아니 가족도 있는 사람이 어째서 남을 물건을 훔치고 말이야." 나는 당당한 목소리로 톤을 높였다. "정말 죄송합니다. 죄송해요." 그녀는 고개를 숙였다. 목소리가 작아져서 나중에는 잘 들리지 않았다.

내 목소리는 점점 커졌고 그녀의 목소리는 점점 작아졌다. "뭐 어쨌거나 이제는 방법이 없지요. 이미 경찰서로 넘어갔어요." 나의 설명에 그녀는 급기야 손으로 눈물을 훔쳤다. "다 제 잘못입니다. 제가 욕심을 부려서 용서해주세요. 제가 잘못했습니다. 제 탓입니다." 그녀는 땅바닥에 주서앉으며 내 바지 끝단을 잡았다. 갑작스런 행동으로 당황스러워진 나는 "아주머니 왜 이러세요. 일어나세요." 한동안 실랑이를 한 다음에야 슈퍼 앞 파라솔 밑에서 음료수 한 병을 놓고 그녀의 이야기를 들을 수 있었다. 자신은 김○○가 절도 전과가 많은 것도 알고 있었고 오랫동안 교도소에 있었던 사실도 알고 있었다고 했다. 결혼식은 올리지 않았지만 자신과 동거생활을 하면서 노동을 해서 열심히 살고 있는 그를 보면서 보람도 느끼고 행복했다고 했다. 그러다가 늦둥이로 얻은 아이가 유치원에 갈 즈음에 욕심이 생겨서 그에게 우리 아이도 다른 아이들 부럽지 않게 키우고 싶다. 그러자면 유치원이라도 좋은 곳에 보내고 싶다는 이야기를 한 것이 화근이 되었다고 했다. 그의 일용직 날품팔이 노동을 해서는 어려운 것이었기 때문이다. 그러면서 그녀는 또 눈물을 찍어내었다. "다 제가 욕심을 부려서 그렇게 된 것입니다. 그러니까 감옥을 가더라도 제가 가야 합니다. 제발 아이 아빠가 교도소에 가지 않게 해주세요. 아이 유치원 보내지 않아도 되니까요." 눈물 범벅이 된 그녀의 얼굴을 보면서 마음이 착잡해졌다. 어쩌면 누구에게나 있을 법한 이야기이기도 했다.

나는 그날 오후 형사계에 서류와 김○○를 넘기고 나오는데 경찰서 현관 출입문 앞에서 어린아이를 등에 업고 서성거리고 있는 그녀를 보자 마음이 아려왔다.

내가 그 사람 불심검문만 하지 않았어도 지금쯤은 집에서 가족들과 함께할 수 있을 터였다. 하룻밤을 꼬박 세우고 어두워지는 저녁 사무실에 앉아 밖을 바라보고 있어도 잠이 오기는커녕 정신은 더욱 맑아졌다. "어이, 장 순경 오늘 고생했어. 덕분에 도둑 잡아서 실적 올렸네. 어제 날밤 세웠으니 들어가서 쉬어." 소장의 기분 좋은 이야기를 들으며 퇴근하는데 저만치서 어둠을 밝힌 가로등 아래 서성거리는 사람은 낮에 보았던 이름도 알 수 없는 도둑의 아내인 것처럼 보였다.

도둑의 아내. 단지 사랑하는 사람이 죄를 지었다고 해서 함께 죄
인이 되어야 하는 걸까.

미소천사 안문숙
내 아내로 만들다

호계파출소에 근무하던 시절 사건이 접수되면 쌍방 간 파출소에
서 서로 목청을 높이며 싸움을 하기 일쑤였다. "당신이 먼저 때렸잖
아.", "뭐야! 당신이 먼저 그랬잖아." 대한민국에서 술의 힘은 정말
대단했다. 특히 폐쇄회로(CCTV)가 없고 술 먹고 큰소리치면 이기는
그런 시절이기도 했다. 결국 그들은 서로 병원에 가서 맞았다는 증
거로 상해 진단서를 받아오고 때로는 병원에 입원도 했다. 그렇게
신고 들어온 사건을 위해서는 피해자를 만나러 병원에 가는 경우도
많았다. 그럴 때면 으레 파출소에서 가까운 ○○병원이나 ○○정형
외과를 갔다.

그녀는 늘 웃는 모습이었다. 사람을 보고 환하게 웃는 그렇게 느
껴지는 인상이었다. 병원에 가면 복스럽게 웃어주는 그녀의 웃음이
좋았다. 생각해 보면 그 당시의 나는 놀랄 만큼 씩씩했다.

핸드폰이 없던 시절 1991년 4월 어느 날. 사무실에 앉아 있다가

당신을 체포합니다

갑자기 그녀가 근무하고 있는 병원으로 전화를 했다. 무슨 계획이 있었던 것은 아니었다. 수십 번 이름표를 보고 확인했던 이름. 개인적으로 대화 한번 나누어본 적도 없던 그녀가 전화를 받았다. 목소리를 확인하고 "안문숙 씨 맞지요?" 했더니 "예 그런데요."라고 맑은 목소리가 들려왔다. 대뜸 "나는 호계파출소 장재덕 순경이라고 합니다." 그때서야 그녀는 조금 놀란 듯했다. "네? 근데 무슨 일로……" "저기 내일 저녁 7시에 병원 옆 건물에 있는 지하 경원다방으로 나오세요." "그런데 무슨 일이신지요?" 조심스럽게 물었지만 "나와 보시면 알겁니다."며 일방적으로 통보를 하고 전화를 끊었다. 지금 생각해도 참 황당한 일이 아닐 수 없다.

나는 다음날 저녁 경찰 제복을 입은 채 다방으로 갔더니 그녀가 먼저 나와 조용히 앉아있었다. 일방적으로 커피를 주문하고 아가씨가 가져온 커피를 말없이 마셨다. "그런데 무슨 일로 보자고 하셨나요?" 그녀의 물음에 "쉬는 날은 언제인가요?" 동문서답을 했다. 그녀는 황당한지 얼떨결에 "내일 야근하면 모레는 쉬는데……"라고 했다. 나는 내친김에 더 물어보았다. "아 그래요. 그날 집앞으로 갈게요. 남한산성에 놀러 가실래요?" 그녀는 어이가 없는지 한동안 나를 멍하니 바라보았다. 그리고 왜 남한산성이었을까. 나도 그 말을 한 이유를 잘 모르겠다. 나는 한마디 더 했다. "커피 다 마셨으면 가지요. 내가 모셔다 드릴 테니까." 그렇게 시작된 만남이었고 데이트였다. 생각해보니 좋아한다 호감이 간다는 등의 이야기도 해본 적이 없었디. 그녀는 왜 나를 만나주었을까. 나중에 물어보았더니 선한 눈에 끌렸다고 했다. 만나면 내가 일방적으로 뭐 먹으러가요. 어디 놀러가요. 했지만 그녀는 말없이 따라주었다. 그렇게 몇 개월의 연애기간을 거쳐 처갓집 식구들과 상견례를 하고 난 다음 결혼을 서둘렀다.

나는 그 당시 서른한 살이었는데 그때의 상황으로 적지 않은 나이였다. 20대 후반이면 모두 결혼하던 시절이었다. 재산이래야 경찰에 들어와서 모은 돈으로 박달동에 보증금 300만 원에 월 12만 원짜리 단칸 월세방이 전부였다. 처갓집은 과천에 있었고 차량이 귀하던 시절 장인이 중형 승용차인 스텔라를 타고 다녔다. 가끔 생각해보면 말도 안 되는 결혼을 어찌 승낙을 해주었을까 참 감사할 따름이다.

남들은 친구들을 시켜 호사를 부려볼 만도 할 "함 사세요"도 없이 내가 직접 사주단자가 든 함을 짊어지고 도저히 혼자는 용기가 나질 않아 용연 형을 앞세워 처갓집으로 갔다. 그래도 참 용감한 시절이었다. 그리고는 첫째 성욱이와 둘째 정은이를 얻었다.

나는 젊은 열정과 패기로 신혼의 달콤함을 뒤로 한 채 30~50대 아니 경찰에서의 거의 전 시간을 사건 현장을 뛰는 형사로 보냈다. 사건은 왜 그리 많았는지 살인, 강도, 강간, 절도 정말 정신없이 보냈다. 언제 집에서 잠을 자고 출근을 했는지 언제 퇴근을 했는지 기억도 없이 지나간 세월만 있을 뿐이다. 아이들은 아빠는 늘 바빠서 집에 없는 것이 당연하다고 생각했던 젊은 시절이었다. 지금 생각해보면 수사 환경이 왜 그리 열악하고 모든 것을 몸으로 때워야 했을까 하는 생각이 든다. 아내와 아이들에게 늘 미안했다. 그래서인가 그 시절들을 마다않고 지켜온 선배, 동료, 후배들에게 한없는 애정과 감사의 마음을 품고 있다. 정말 그들의 희생과 열정이 없었다면 우리 대한민국이 이렇게 치안강국이 되었을까 하는 생각이 든다. 요즘은 수사 환경이나 조건이 많이 좋아졌다. 그런데도 젊은이들에게 경찰의 3D 직책 중 하나가 형사라니 참 서글프다.

형사는 열정과 사기土氣를 먹고 살아가는 존재들이건만……

남들처럼 평범하게 살고 싶었던 꿈
이루어지다

나는 늘 이루고 싶었던 꿈이 있었다. 경찰이 되기 전 숟가락 공장에 다닐 때 부도가 나서 우리가 만든 숟가락을 납품할 수가 없어졌을 때가 있었다. 그래서 그때 나는 직접 그 물건을 팔아서 돈이라도 마련하고자 마음 맞는 사람 몇이서 사람의 왕래가 많을 것 같은 여의도로 숟가락을 팔러 나갔던 적이 있었다. 참으로 순수한 마음을 가진 사람들이었다. 지나다니는 사람들이 많으면 물건이 잘 팔릴 것이라는 순진한 마음을 가진 사람들.

여의도에는 참으로 많은 빌딩들이 있었고 사람들도 많았다. 하지만 그 많은 빌딩들과 많은 사람들 사이 어디에도 우리가 팔 물건을 펼쳐놓을 곳은 없었다. 우리는 물건을 들고 이곳저곳을 다니며 서성이다가 보니 어느덧 점심시간이 되었다. 건물 곳곳에서 멋진 양복과 넥타이를 맨 사람들이 한꺼번에 몰려나와 삼삼오오 근처 식당으로 흩어졌다. 그렇게 식사를 마친 사람들은 또 근처 다방으로 들어가는 모습도 보였다. 우리는 공원 한 귀퉁이에 박스를 깔고 숟가

당신을 체포합니다

락(에폭시를 한 예쁜)을 펼쳐놓고 손님을 기다리고 있었다. 하지만 지금까지 공장에서 숟가락을 만들고 그것에 예쁘게 에폭시를 입히면서 우리가 훌륭한 일을 하고 있다고 믿었는데 지금의 모습은 너무 초라한 생각이 들었다.

나는 직장인들이 너무 부러웠다. 그동안 내가 생각하는 것과는 완전 다른 세상에서 살아가는 사람들처럼 보였다. 나도 저들처럼 살아볼 수 있을까……

나는 그것이 이룰 수 없는 꿈이라는 것을 알기에 너무 부러웠다. 단 하루라도 평범하게 그러면서도 멋있게 살아보고 싶었다. 아침에 일어나 양복을 입고 만원 버스와 전철에 시달리면서 출근하고 회사에서는 상사 눈치를 보다가 점심시간이면 우루루 몰려다니면서 무엇을 먹을까 고민도 하고, 저녁이면 동료들과 소주 한잔을 하고 마누라 눈치 보면서 집으로 돌아오는 참으로 평범한 생활을 하고 싶었다. 아마 나는 늘 그 꿈을 이루고 싶었던 것이다.

나는 첫 근무지에 발령받아 수많은 사건 현장을 뛰어다니며 경험을 익혔다. 그러는 동안 나에게도 전보명령이 내려졌다.

경찰이 되어 제복을 입고 1년 6개월 동안 호계파출소에서 근무를 하고 석수파출소로 발령을 받았다. 삼성산과 관악산의 맑은 공기를 마셔가며 6개월여 근무를 하던 중 1991년 12월경 또다시 안양경찰서 형사관리계로 발령을 받았다. 갑자기 장 순경에서 폼 나는 장 형사가 되었다. 형사! 참으로 멋있고 폼이 났다. 내한민국에서 아무나 형사를 할 수 있는 것은 아니었으니까. 나는 제복 대신에 양복을 입고 출근을 했다. 다른 동료들이 형사가 무슨 양복이냐고 했지만

나는 꿈을 이루고 싶었다. 그렇게 원하던 꿈을······

아침 시간에 출근을 했고(파출소에서는 24시간 교대를 했기 때문에 아침에 출근하고 저녁에 퇴근이 아니었다.) 점심시간이면 경찰서 근처 식당을 찾아다녔다. 구내식당이 있었지만 아랑곳하지 않고 청사를 나가 폼을 잡았다. 퇴근 후에는 선배들과 근처 선술집 아니면 소줏집을 찾아서 또 폼을 잡았다. 인생은 폼생폼사였다. 너무 행복했다. 살아가는 하루하루가 꿈만 같았다. 영원히 짝이 없어 혼자 살 것 같았는데 그해 9월에 결혼도 했다. 박달동에 보증금 300만 원에 월 12만 원씩 하는 단칸방에 신혼살림도 차렸다. 다음해 1월에 경장으로 진급하는 승진시험에 당당히 합격을 해서 장 순경이 아닌 장 경장이 되었다. 하지만 장 경장보다는 장 형사가 좋았다. 장 형사!

나와 함께 근무하던 선배들은 모두 잠바 차림에 간편한 바지, 운동화를 신고 다녔지만 사무실 막내이던 나는 꿋꿋하게 흰색 와이셔츠에 넥타이를 맨 양복 차림으로 구두도 반짝반짝 광을 내고 다녔다. 가끔 한가한 시간에는 다른 사무실을 돌면서 인사를 했다. "형사관리계 장 형삽니다. 잘 부탁드립니다." 씩씩하고 신나게 살았다. 온통 내 세상이었다. 시골에 가거나 작은이모네와 박달동 큰이모네를 가도 모두 잘해주었다. 다시 말해서 사람대접을 받았다. 모든 것은 나를 위해 존재했고 나를 위해 움직이는 것 같았다.

어느 날 출근해서 명함을 만들었다.

안양경찰서 형사과 장재덕. 핸드폰이 없던 시절 삐삐를 허리에 떡하니 차고는 보란 듯이 한껏 폼을 잡았다. 중학교 진학을 못하고 검정색 교복을 입은 초등학교 친구들을 부러워했던 시절 그 친구들이 보고 싶었다. 공장에서 함께 일을 하며 오로지 한 달에 한번 쉬는 날을 손꼽아 기다리던 공돌이 공순이들도 보고 싶었다. 충남 보령군 먹방 깊은 산골짝 작은 광산, 깊고 깊은 굴속에서 함께 돌을 실어내던 젊은 친구도 보고 싶었다. 세상이 한없이 아름다웠고 새로 만나게 되는 직장 상사, 선배, 동료 후배들, 새로운 세상이 싱그러웠다. 나에게 있어서 이 모든 것들이 신세계였다. 이루어진 내 꿈을 쓰다듬으며 그렇게 1년여를 형사관리계에서 일을 하면서 행복해 했고, 장남인 성욱이가 태어났다.

안양경찰서 형사계
1번가의 조직폭력 전담

　무엇이 범죄고 범죄사실이 무엇인지 조금씩 수사사건을 알아가던 때였다. 어느 날 이○○ 형사계장이 나를 불렀다. 형사계로 인사발령을 요청했다는 것이다. 나는 그날부터 진짜 형사가 되었다. 형사계 형사1반 반장은 이○○ 경사. 안양에서 20년 이상을 근무한 40대 후반. 그리고 1948년생 고참인 엄○○ 경장, 나와 비슷한 또래인 이○○ 경장, 최○○ 순경, 이○○ 순경 이렇게 6명이 형사1반의 구성원이었다. 이제는 범죄를 수사하는 진정한 형사가 되었다. 걱정도 있었지만 어깨를 폈다. 대한민국의 당당한 형사가 되었다는 자부심 때문이었다. 상황실에 가면 내 이름표가 달린 권총이 있었고 언제든지 무기 수령부에 사인만 하면 권총과 실탄을 내주었다.

　나는 가끔씩 범인 검거를 위해 권총을 가슴에 매어달고 밖에 나가면 괜히 잠바를 들썩이고 식당에라도 갈라치면 잠바를 벗었다.

　　　　　　　　　　　　　　　　　　　　당신을 체포합니다

그러면 가슴에 매달려 있는 권총이 빛이 났다. 손님들이나 주인도 눈치를 보면서 어려워했다. 허리에 차고 다니는 수갑도 조금씩 드러나도록 옷깃을 여며 보이며 어디에서건 내가 누구인가 물어주었으면 했다. 그러면 터-억하니 신분증을 내밀면서 "안양경찰서 형사계 장 형삽니다."영화에서처럼 멋을 부려가며 소위 선배들이 이야기하는 형사에 대한 때가 조금씩 묻어갔다.

32세의 젊고 혈기왕성한 나이에 시작한 형사, 문득 고개를 들어 하늘을 올려다보니 어언 50대 후반의 나이. 형사라는 이름으로 살아온 날들, 숱한 범죄현장을 뛰어 다니고 밤이 되어야 활동하는 조직폭력배 전담을 할 때에는 낮에는 잠을 자고 밤이 시작되는 저녁부터 새벽이 밝아오는 시간까지 근무하기도 했다. 마음 편하게 소주 한잔 먹은 적이 없었다. 추적하던 범인을 잡아 범행을 자백 받고 유치장에 입감을 한 날이면 달디 단 소주를 마셨다. 밥은 먹었는지 잠을 잤는지 비몽사몽하면서도 추적 중이던 범인의 발짝 소리에 깊은 잠을 깨던 생활들, 피비린내가 진동을 하는 사건 현장에서 밤을 보내기도 했다. 폐쇄회로(CCTV), 핸드폰이 없던 시절 목격자 아니면 수사단서가 어려워서 풀리지 않는 살인사건 현장에서 때론 잠을 잤다. 꿈속에서라도 피해자가 나타나 범인을 알려주었으면 하는 바람에서였다.

잠복근무를 하면서 계절의 변화도 잊고 살았던 시절. 어느 날 집에 들어가 보면 어디서 본 듯한 유치원생 그리고 어느 날은 불쑥 자라버린 낯선 초등학생이 내 자식임을 느낄 사이도 없이 범죄현장으로 뛰면서 젊음을 모두 불살라버렸던 강력반 형사라는 이름으로 그렇게 세월을 보냈다. 목이 잘린 시신을 보면서도 담담해질 수 있을 때쯤 그리고 50대 후반의 나이가 되어서야 그야말로 형사일 수밖에 없었던 나를 돌이켜 볼 수 있었다.

당신을 체포합니다

도둑과의 전쟁
연쇄절도범과 씨름

"장 형사, 이틀에 한번 꼴로 계속 배관타기 사건이 나는데 이렇게 좀 해봐, 피해시간대 장소 정해서 잠복을 하던지" 반장이 절도 발생 사건 서류를 건네며 걱정을 했다.

내가 담당을 하고 있는 안양 5,6동 빌라에 2개월 동안 배관타기 빈집털이가 벌써 20여 건을 넘어서고 있었다. 배관타기란 도시가스를 공급하기 위해 설치한 배관을 타고 집에 숨어드는 것을 말한다. 낮게는 2층에서 높게는 10여 층까지도 올라가 털어가는 침입절도를 말한다. 물론 나라고 해서 도둑놈을 잡고 싶은 마음이 없을까. 눈을 부릅뜨고 관내를 쏘다녔지만 도둑놈의 흔적을 발견하지 못했다.

잠이래야 매일 새벽녘 파김치가 되어 집으로 들어가거나, 피곤한 몸으로 동료들과 헤어지면서 마신 소주 몇 잔에 몸을 누이기 무섭게 잠들어 버리고 새벽에 일어나면 허겁지겁 출근하기 바빴다.

어느 집에선가 현금과 카드를 도난당했는데 안양과 산본에서 카드를 사용한 것이 나타나 확인 차 나섰다. 나는 신고가 들어온 안양에 있는 옷가게를 찾아갔다. 20대 중반의 남자가 김○○이라고 카드에 사인을 하고 꽤 비싼 코드 하나를 사 갔다고 했지만 특별한 점은 찾지 못했다. 또 산본에서도 카드로 카메라 1대를 사 갔는데 그곳에서도 김○○으로 사인이 되어 있었다. 역시 20대 중반의 남자. 가게를 나오는데 갑자기 주인이 나를 불렀다. "여기 고객카드가 있는데요." "어! 고객카드가 뭐지?" "우리가 고객 관리를 하기 위해 만든 것인데요." 가게 주인이 이름과 주소 등이 적혀있는 카드 한 장을 내밀었다. 조준형 750000~ 어찌 되었거나 형사수첩에 내용을 적었다. 주소는 안양시 안양 2동 ○○번지. '이곳은 어디지? 찾아가보자, 형사는 발로 뛰는 거니까'

나는 주소를 들고 물어물어 찾아간 곳은 허름한 골목 안에 있는 벌집이었다.

낡아빠진 방문에 달린 자물쇠들이 꽤 많았다. 더듬더듬 몇 군데 문을 두드려 찾아낸 조준형은 내가 생각했던 영민한 20대 중반의 남자라고 보기에는 한참이나 모자라 보이는 20대 중반의 뚱뚱하고 후줄근해 보이는 남자였다. 그래도 확인은 해야 했다. 아무런 반항 없이 따라나서는 그를 태우고 안양에 있는 옷집과 산본 카메라 가게에서 확인한 결과 그는 아니었다. 순간 한숨이 나왔다. 나의 느낌으로 짐작은 했지만 헛짚은 것을 알고 나면 온몸의 기운이 다 빠져나가는 것 같았다. 나는 다시 그를 데려다 주기 위해 돌아가는 길에 가만히 보니 그가 입고 있는 옷이 그와 어울리지 않게 고급스럽다는 생각이 들었다. 추궁 아닌 추궁을 했다. "그 옷 좋네. 얼마 줬

당신을 체포합니다

어?" "글쎄요? …… 5만 원쯤 줬나?" "20만 원은 넘어 보이는데, 어디서 샀지?" "안양에서요." "안양 어디서?" 그는 순간 우물쭈물 하면서 당황스러운 모습이었다. 이럴 때 형사는 뭔가를 느낀다. 무엇인가 분명히 있다고.

"그거 훔친 거지?" 펄쩍 뛴다. "훔친 건 절대 아닙니다. 정말이에요." 한동안 추궁을 당하던 그가 기어들어가는 목소리로 천천히 입을 열었다. "사실은요. 내 아는 사람이 주민등록증을 빌려 달래서 빌려주었더니 이 옷을 사준 거예요." "그 사람이 누군데?" "안양 2동 당구장에서 만난 사람인데 이름은 김상철이라고 알고 있어요. 나이도 사는 곳도 연락처도 몰라요." "생긴 모습은?" "20대 중반인데 잘생겼어요." 그래도 20대 중반의 잘생긴 김상철은 알았겠다 형사에게 이정도면 다 된 밥이지 뭐.

나는 그때부터 안양 1동에서 안양 7동까지 수백여 곳에 이르는 여관, 여인숙을 점검했다. 포기를 해야 하나 여관을 조사해도 시원하게 협조를 해주기는커녕 형사만 보면 찜찜해하는 여관 종업원들과 실랑이를 하다가 달래기도 했다. "아줌마 이놈 잡으면 화장품 하나 선물할게요." "그거 정말이여?" "그럼요. 그놈 잡으면 무조건 한 세트!" 당직날은 전화해서 확인하고 검문소 근무도 나가야 하는 등 다른 사건 발생 현장도 다녀야 했다. 그러다가 조금 틈나면 또 여관을 돌아다니면서 장기로 방을 얻어 생활하고 있는 사람들에 대해 탐문했다.

보름쯤 지났을까. 안양 6동 여관 골목 백제장에서였다. 종업원 없이 주인이 직접 운영하는 여관이었다. 여관 주인은 나에게 작은 목소리로 말했다. "장기투숙객 중 김상철은 없고 김상구는 있는데 나이가 78년생이면 스물다섯인가?" 순간 귀가 솔깃해졌다. "방세는 밀리지 않는데 자주 들어오지도 않고 언제 들어왔다가 나가는지 알 수가 없어. 원체 조용히 왔다 갔다 하니까." 감이라는 놈이 있다. 바로 이놈이야 하고……

"그래도 좌우간 들어오면 저에게 전화 한번만 해줘요." 명함 하나를 찔러주고 돌아왔다. 그리고 또 열흘 정도가 지났나 보다. 나는 그날도 검문소 근무를 마친 새벽 1시가 지나 출출해서 불야성 같은 안양 1번가를 어슬렁거리고 있을 때 삐삐가 요란하게 울렸다. 어디지? 전화를 했더니 백제장 주인이었다. "김상구 조금 아까 들어와서 방에 있는데 또 언제 나갈지 몰라서……" 바퀴가 빠지도록 백제장 앞에 도착했다. 막상 혼자 들어가려니 걱정이었다. 마침 앞을 지나는 112순찰차량을 세워 신분증을 보여주고 함께 2층에 있는 김상구의 방을 노크했다. "누구세요?" 의외로 젊고 날렵하게 생긴 젊은이가 쉽게 문을 열어주었다. 나는 정복 경찰관 두 명을 문 앞에 세워두고 방으로 들어갔다. 방안엔 젊은 여자도 함께 있었다. "어이, 김상구. 내가 왜 왔는지 알지? 같은 선수끼리 편하게 하자 상철이도 알고……" 모든 것을 알고 있다는 표정으로 말을 했다. 그는 뭔가를 생각하더니 의외로 순순히 대답을 했다. "예" "그럼 우리끼리만 대화를 할까?" "그래요. 여자는 보낼게요." "아니 인적 사항만 확인하고." 김상구를 형사계 사무실로 데리고 와서 선수를 쳤다. "그동안 한 거 일단 우리 관내 것만 적어봐. 만약 빼놓은 거 있으면 나중에 한 건씩 추가 띄울 테니까." 심증은 가지만 확신도 없고 또 혼자여서 여관방 문을 잠그고 김상구만 데리고 왔던 터였다. 오른

당신을 체포합니다

손에 수갑을 걸어 의자에 채워놓고는 볼펜과 백지 몇 장을 주고 밖에 나가서 담배 한 개비를 피우고 들어왔다. 그런데 벌써 몇 줄을 써 내려 가고 있는데 '아이고! 이거 대박이다. 이게 왠 횡제냐!' 그냥 찍어본 것인 줄 알았다면 저 도둑놈은 얼마나 억울할까. 나는 그때야 마음이 급해져 김상구에게 받아놓은 신분증을 가져다가 조회를 했다. 절도전과만 7개 실형을 오래 살았다. 정말 전문털이범이었다. 나는 또 한번 선수를 쳤다. "처분 못한 물건들은 어디있어? 꽤 많을 텐데." "여관에 있어요." "그건 알고 있어 임마. 일단 다 적어봐 날 밝으면 가자." 그날은 어찌 날이 밝았는지도 몰랐다.

범인을 잡고 또 그 범인이 대박이면 며칠 밤을 새운다 해도 형사들은 몸이 피곤한지를 모른다. 집에 들어가지 않고 날이 새는데도 집에 연락할 시간조차 없는 것이 형사니까. 범인을 많이 잡는다고 월급을 더 주는 것도 아닌데 형사는 왜 그렇게 범인에게 목을 매는지 정말 모를 일이다.

다음날 나는 그를 앞세우고 여관방에 가서 옷장 구석에 숨겨놓은 금붙이와 카메라 등 찾아온 장물만 50여 점이 넘었다. 그동안 우리 관내에서 발생한 절도만 30건이 넘었다. 여관에서 찾아온 금붙이와 카메라 등을 책상에 쭉 늘어놓고 카메라로 찍어대고 있을 때 어떻게 알고 왔는지 방송국 카메라 기자들이 와서 함께 찍어댔다. 이 맛에 형사를 한다. 어깨도 으쓱거려지고 반장, 계장이 칭찬을 하고 표창도 상신하라고.

그놈 때문에 3일 정도 날밤을 새웠지만 몸은 날아갈 듯 상쾌했다. 무엇보다 김상구가 나를 인정하는 눈치였다. 다른 형사들(나보다 선배)이 뭐라고 해도 눈 하나 깜짝하지 않다가 내가 뭐라고 하면 죽는 시늉을 한다. 참 웃기는 놈이다. 담당은 그래서 최고다. 내가 담당 형사니까.

아직 베테랑은 아닐지라도……

당신을 체포합니다

철부지 아가씨들
4인조 특수강도

그날 당직이 있던 날이었다. 절도사건에 대해 수사 보고서를 작성하고 있는데 20대 중반으로 보이는 젊은이가 기웃거렸다. "어떻게 오셨나요?" "상담 좀 하러 왔는데요." "여기 앉으세요." 들어본 내용인즉 알던 여자가 자신의 카드를 가져가서 사용했단다. "자세히 말씀해 보세요."

25세의 회사원인 피해자 김명수는 며칠 전 모르는 여자로부터 전화 한 통을 받았다. "현수 씨 저예요." "누구세요? 저는 김명수라고 하는데요." "예? 현수 씨가 아니라구요? 어머 죄송해요. 제가 잘못 걸었나 봐요."라고 끊었던 여자가 1시간쯤 있다가 다시 전화를 걸어 "아까 전화를 잘못 걸어서 미안해요."라고 시작되면서 통화를 하게 되이 이런저런 이야기를 하다가 몇 번 더 통화를 하게 되었다는 것. 그렇게 며칠 동안 모르는 여자와 통화를 하다 문득 궁금해진 김명수가 "한번 만날까요?" 했더니 여자가 좋다고 해서 안양 1번가 커피숍에서 만나게 되었는데 20대 초반의 예쁜 아가씨여서 호감을 가지게 되었다고 했다. 커피를 마시면서 이런저런 이야기를 하다가 저녁이 되어 아가씨가 먼저 "술 한잔 어때요?"라고 해서 함께 호프를 마셨고 그런 다음 그녀는 "피곤하니 잠시 쉬었다 가자"고 하여 함께 여관을 갔다. 그녀는 자신에게 "오빠 먼저 씻어요."라고 해서 욕실에서 샤워를 하고 나왔는데 여자가 가고 없더라는 이야기였다. "그런데요." 내가 조금은 짜증스런 목소리로 물었다. "며칠 전에 카드사에서 카드 사용명세가 왔는데 ○○나이트클럽과 ○○생맥줏집에서 20만 원을 사용했다고 하는데 저는 전혀 그런 기억이 없어요. 그때서야 지갑을 확인해보니 신용카드가 한 장만 없어진 겁니다." "그럼 그 카드는 누가 썼나요?" "제가 나이트클럽에 직접 가서 물어봤더니 여자들이 와서 카드를 사용했다는 것이었고 또 생맥줏집에서도 같은 이야기를 했습니다. 아무리 생각해도 저와 몇 번 통화를 하고 함께 여관에 갔다가 도망간 여자 같아서 전화를 해 봤더니 오히려 저보고 "나쁜 놈아, 그래서 어쩔 건데 마음대로 해봐"면서 전화를 끊어버려 이렇게 신고를 하러 왔습니다."

나는 조금 흥미가 생겼다. "그 아가씨 연락처 가지고 있나요." "예 여기 있습니다." 쪽지에 적힌 전화번호로 전화를 걸었더니 어떤 여자가 받았다. "저는 안양경찰서 형사계 장 형삽니다. 혹시 김명수라는 분을 아시나요?" "예, 알아요. 나쁜 놈이에요." 나는 직감적으로 뭔가 이상하다 싶었다. 혹시 김명수가 한 말이 거짓말이 아닐까? "어찌 되었거나 지금 안양경찰서에 좀 올 수 있나요." "예, 가지요. 어디로 가면 되나요?" 순순히 오겠다고 했다.

1시간 정도 지나 20대 초반으로 보이는 여성 윤보라가 도착을 했

당신을 체포합니다

다. 김명수가 그녀를 보더니 "예, 형사님. 저 여자가 맞습니다." 그녀도 김명수를 보면서 "예, 저도 이 나쁜 남자 알아요."했다. 윤보라를 의자에 앉히고 김명수를 밖으로 내보낸 뒤 질문을 했다. "차분하게 이야기를 해봐요. 어떻게 된 것인지." "예 그것이 어떻게 된 것이냐 하면요. 내 친구 미숙이가 있는데 인터넷으로 채팅을 하다가 남자 하나를 알게 되었다고 했어요. 그 남자가 바로 밖에 있는 저 남잔데, 함께 만나서 차도 마시고 술도 마시고 밥도 먹고 하다가 어느 날 함께 밤을 지냈다고 했어요. 그런데 함께 밤을 지낸 이후에는 미숙이를 피하는 등 전화도 받지 않고 만나주지도 않고 해서 미숙이가 우리들에게 찾아와 억울하다고 울면서 하소연을 했어요. 싫으면 처음부터 싫다고 하지 술 먹고 밥 먹고 밤까지 같이 보내고 나서 연락을 끊어버린 나쁜 놈이지요. 원래 우리는 고등학교 때부터 친하게 지내던 친구들이 4명이 있어요. 저와 미숙이 고윤정 그리고 정수미 이렇게요." 그녀의 이야기는 계속되었다. "친구들이 모여서 미숙이의 복수를 해주기로 했지요. 그래서 제가 그 남자한테 전화를 해서 잘못 건 것처럼 접근했는데 쉽게 넘어오더군요. 그리고 먼저 만나자고 해서 그 장소 주변에 친구들을 기다리게 하고, 윤정이가 계획을 세웠어요. 약국에서 수면제 10알을 사다가 빻아서 가루로 만들어 박카스 2병을 사다가 그중 한 병에 수면제 가루를 넣은 병을 친구들에게 건네주고 약속 장소로 갔지요. 내가 그 남자를 만나 호프집으로 가는 도중에 피곤하다고 잠깐 기다리라고 하고는 친구들 있는 곳으로 가서 미리 준비해 놓은 박카스 2병을 받아다가 병마개를 따서 수면제 가루가 든 것을 그 남자에게 주고 마시게 했지요. 그런데 거의 마시고 가루가 남았는지 뭐 이상한 것이 있다고 하면서 조금 남기고 버렸는데 그래서 그런지 수면제 효과가 하나도 없었어요. 그래서 호프집에서 화장실 간다고 나와서 주변에 기다리던 친구들과 다시 계획을 세웠습니다. 여관으로 유인해서 씻으러 들어간 사이 지갑을 통째로 가지고 나오려다가 그냥 지갑 안에 들어있던 여러 개의 신용카드 중 한 장만 가지고 나와서 친구들과 평촌에 있는 나이트에 가서 신나게 놀고 그 남자의 카드로 계산을 했고 생맥주도 마셨어요. 물론 그것도 그 남자의 카드로 계산을 했지요. 그것이 전부입니다."

　나는 이 사건을 어떻게 풀어야 할지 고민이 됐다. "지금 친구들 모두 어디 있나요?" "다 근처에 있어요. 왜요. 다 함께 와야 하나요?" "예, 일단은 연락해서 모두 오라고 하세요." 채 1시간도 안 되어 친구들 3명이 우르르 형사계로 몰려왔다. 웃고 떠들어대고 마치 놀러 온 듯했다. 나는 어이가 없었다. 아가씨들 4명을 대기석에 앉혀놓고 김명수를 상대로 조사를 했다. 일명 피해자 조사, 조금 전에는 몰랐던 부분까지.
　수면제가 들어있는 박카스를 마신 사실이 있는지에 대해서는 "아, 박카스를 주기에 마시기는 했는데 뭔가 이상하다고 생각했었어요. 맛도 그랬고 바닥에 무슨 찌꺼기가 있어서 다 마시지 않고 버리기는 했지만." 미숙이라는 아가씨와의 관계도 순순히 시인을 했고 어찌 되었거나 피해 변상이 되지 않았고 마침내 김명수는 조사가 끝나고 나보고 알아서 처리하라는 듯 미련 없이 형사계를 떠났다. 오늘 당직 잘못 걸린 거 같은데……

잠시 후 나는 그녀들을 상대로 피의자 신문조서 작성을 하려는데 그녀들 왈 "뭐를 조사한대요? 우리가 뭐 어쨌다고. 잘못은 그 남자가 했는데 벌을 주려면 그 남자를 줘야죠." 철없는 여자들, 그나저나 죄명이 뭘까. 카드를 훔쳐갔으니 절도는 당연하고 훔친 카드 사용했으니 여신법, 사기. 가만 있자 4명이 공모해서 수면제를 박카스에 타서 먹였으니 이것은 합동범으로 특수강도! 맙소사 장난이 아니었다. 비록 수면제를 먹고 잠이 들지 않아 뜻을 이루지는 못했지만 미수는 확실했다. 이제는 장난처럼 할 수 있는 사건이 아니었다. 죄명이 특수강도미수, 특수절도, 사기, 여신전문금융업법까지 마음대로 신병처리를 할 수 있는 사안이 아니었다. 일단 4명에 대해 모든 조사를 받았다.

그녀들은 범행에 대해 너무 당당하고 씩씩하게 자백을 했다. 그게 뭐가 잘못이냐는 표정들이었다. 반장, 계장은 앞뒤 생각지도 않고 유치장에 입감하고 구속영장 신청하라고 했다. 철없는 장난이 유치장행이 된 것이다. 유치장에 입감하려고 하니까 그녀들도 사건의 심각성에 대해 조금씩 생각하는 눈치였다. "이제 우리 어떻게 되는 거예요? 집에 안 보내 주시는 거예요?" 울먹거렸다. 그중 한 명은 울면서 집에 연락을 좀 해 달라고 했다. 형사가 범인을 유치장에 입감시키고 나면 소주 맛이 설탕처럼 달아야 하는데 그날은 쓰기만 했다. 범인 잡은 것이 그리 자랑스럽지도 기쁘지도 않았다. 그래도 나는 대한민국 법을 집행하는 형사니까, 범인을 잡아야 하니까 어쩌랴. 소주나 한잔하고 집으로 가고 싶은 심정뿐이다. 한동안 보지 못했던 아들이 나를 알아나 볼지 모르겠다. 벌써 여명이 붉으니 터오고 있었다.

다음날 법정에 선 그녀들은 인자해 보이는 판사 앞에서 눈물을 글썽거렸다. 판사는 "아가씨들 고생 좀 해야겠네." 그것으로 영장 실질심사는 끝이었다.

나는 서둘러 사건 서류를 만들어 검찰로 송치하려고 내용을 확인 하는데 계장이 다가왔다. "장 형사 고생했어. 특수강도 4명 구속이 면 대단한 실적이야 수고했어." 내가 무슨 큰일을 했다고……

당신을 체포합니다

누구 맘대로 내보내?
생사람 잡기

"이거 진단이 4주나 나왔네. 합의 안 되었고 장 형사, 이거 구속영장 신청해야 할 것 같은데……"

당직날이었다. 호계파출소에서 가지고 온 폭력사건을 검토하던 이 반장이 서류를 던져주었다.

눈두덩이가 붓고 코뼈가 부러졌는지 콧대가 휜 남자 한 명과 멀쩡하게 생긴 30대 후반 남자 2명이 수갑을 찬 채 멀거니 서 있었다. 우선 피의자로 생각되는 2명을 피의자 대기석에 수갑을 채워놓고 피해자 조사를 받았다. "어떤 관계인가요." "글쎄요. 그걸 모르겠네요. 그냥 때렸어요." "어디를 어떻게 뭐라고 하면서 때리던가요." "잘 기억이 안 나요. 어디를 맞았는지도 상처를 보면 알잖아요." "이유도 없이요?" "예" 이유 없이 때렸나? 베테랑 형사는 아니었지만 상대방을 무자비하게 때렸는데 아무런 이유가 없다? 이해가 되지 않았다. 그나마 피의자로 검거되어 온 2명을 보니 모두 30

대 중반의 선량하게 생긴 사람들로 얼굴에 악의가 보이지 않았다. 그렇다고 술을 마신 것 같지도 않았다. 대기석으로 가서 왜 때렸냐고 묻자 그때서야 억울함을 호소한다. 때린 적이 없다는 거였다. 그럼 맞은 사람이 거짓말을 했나. 맞지 않고 상처는 어떻게 났으며 처음 보는 사람을 가르치며 때렸다고 하는데 머리가 아파왔다.

옆에 있던 박 형사가 한마디 했다. "어이 장 형사. 머리 아파할 거 없어. 이곳에 와서 때렸다고 자백하는 놈 봤어, 모두 오리발이지. 때렸으니 상처가 났을 거고 부인하면 영장 올리고 송치해버려. 증거는 확실하니까." 하지만 나는 마음이 찜찜했다. 일단은 피해자에게 상해 진단서를 가져오라고 했더니 그는 마치 준비된 것처럼 서둘러 코뼈 골절, 안면부 타박상 등으로 4주간 치료를 요하는 상해 진단서를 가지고 왔다. 정말 머리가 아팠다.

당시 상해 진단서 3주 이상이고 합의 안 되면 구속영장 신청하고 발부되던 시절이었다. 무조건 구속영장을 신청해야 하는 사건이었다. 일단은 피의자들에게 조사를 받았다. 둘 다 하는 말이 계속 억울하다는 것이었다.

그들은 같은 회사에 근무하는 동료이고 그날도 회사에서 둘이 야근을 마치고 집이 같은 방향이라 걸어서 퇴근하고 있는데 인도에 사람이 쓰러져 있어서 가서 깨웠다고 했다. "여보세요. 왜 그러세요. 어디 아픈가요?"라며 엎드려 있는 사람을 보았더니 얼굴은 피투성이었고 술도 많이 마신 것 같아 "집이 어디냐. 여기 누워있으면 안 된다."는 이야기를 하고 있는데 누가 신고를 했는지 마침 112경찰차량이 왔다는 것이다. 그때 정신을 차린 듯 그 사람이 일어나 우리 두 사람의 멱살을 잡고 경찰관들에게 "이놈들이 나를 때린 놈들

당신을 체포합니다

이니 잡아 달라."고 하여 끌려온 것이 전부였다는 것이다. 나는 그들의 이야기를 듣고 보니 참으로 난감했다. 그들의 말에 진실성이 묻어났지만 말 외에 다른 증거가 없었다. 구속영장을 신청하자면 대기를 시켜야 하기에 고민이 되었다. 하긴 아직 햇병아리 형사에게는 벅찬 일이었다. 그날 자정까지 결론을 내리지 못하고 일단 그들을 돌려보내기로 했다. 무턱대고 영장을 신청하기에는 뭔가 찜찜했다. 두 명에 대해 신원보증인들을 불러 신원보증을 받고 내보내고 퇴근을 했다.

다음날 출근을 하자 이 반장이 물었다. "장 형사. 어제 폭력사건의 피의자들 어디 있나? 대기실에 없던데." "귀가 시켰는데요." "합의되었어?" "아니오. 아직……" "뭐, 합의도 안 되고 진단이 4주나 나왔는데 자네 마음대로 내보내? 당장 잡아와." 불호령이 떨어졌다. "도망갈 사람들도 아니고 오라면 금방 올 사람들인데요."내가 조심스럽게 대답을 했지만 "그래도 가서 잡아와 그 사람들에게 돈 먹었나? 뭣 때문에 그렇게 편리를 봐주려고 하는 거야." "아무래도 수상한 구석이 있어서요." "때린 놈이 때렸다고 하는 것 봤어? 서로 모르는 사이라면 피해자 말을 믿어야 만약 피해자가 와서 따지면 어떻게 할 거야."

말이 끝나기 무섭게 피의자들을 귀가시킨 것을 어떻게 알았는지 그날 오전부터 피해자가 찾아와 협박을 해댔다. "아니 합의도 안 된 피의자를 풀어주면 피해자인 나는 뭐란 말입니까. 형사 마음대로 헤도 되는 겁니까. 그 사람들하고 누슨 관계있는 거 아닌가요. 진단이 4주나 나왔는데 빨리 구속시켜 주세요. 아파 죽겠어요." 상황이 예사롭지가 않았다. 나는 그렇게 오전 내내 시달리다가 형사계장,

반장에게 여러 차례 불려 다니며 겨우 며칠간의 말미를 얻었다. 그 동안 나름대로 수사를 하고 다른 증거를 찾지 못하면 두 명 모두 잡 아다 구속시키고 나도 불이익을 주겠다는 조건이었다.

　내가 괜한 짓을 한 것은 아닐까. 그냥 조사하고 영장을 신청했으 면 이렇게 시달리지는 않았을 텐데. 피해자는 계속 전화를 해서 다 그치고 있었다. 검찰에 고소를 하겠다 담당 형사 돈 먹은 거 같다는 등.
　그날 오후 피의자들이 일한다는 공장엘 찾아갔다. 그곳은 호계동 구사거리에 있는 조그만 프레스 공장이었다. 두 사람 모두 프레스 기술자들이었으며 그날도 공장에 나와 있었다. 그들은 나를 보더니 겸연쩍게 웃었다. "우리 내보내 놓고 형사님은 괜찮은지 모르겠습 니다. 우리가 어떻게 해야 할까요. 도통 일이 손에 잡히지를 않습니 다." 순박한 모습으로 미안해했다. 언젠가 동료 형사들이 신참인 나 에게 의견을 준 적이 있었다. 머리 아플 것 같으면 피의자들에게 이 야길 해서 피해자에게 돈 물어주고 합의토록 중재하라고 한 말이 순간 떠올랐다. 그중 한 사람이 이야기를 했다. "오늘 아침에 피해 자란 사람에게 연락을 했는데요. 그 사람이 하는 말이 감옥 가기 싫 으면 합의금으로 2,000만 원을 내 놓으라는 것이었어요. 아무리 그 래도 너무 많은 금액이라 그만한 돈을 구할 수도 없고 어찌해야 좋 을지 모르겠어요." 2,000만 원이라 미친놈이 틀림없다. 당시 내 월 급이 월 30만 원 정도였으니 2,000만 원이면 얼마나 큰돈일까. 아 마 어지간한 집 한 채 값은 될 터였다. 나는 그 말을 듣고 나서 속에 서부터 욱하는 것이 올라왔다. "그럴 필요 없어요. 때린 사실이 없

　　　　　　　　　　　　　　당신을 체포합니다

다면 합의를 볼 필요도 없지요. 나는 그들 앞에서." 당당하게 말을 했지만 속이 타기는 마찬가지였다. 실마리를 풀어야 하는데…… 그날 야근을 한 것도 둘이서만 해서 다른 사람이 증언해 줄 수 있는 상황도 아니었다. 도무지 때리지 않았다는 증거를 찾을 수가 없으니 답답하기 짝이 없었다. 맞은 놈은 맞았다고 하면서 상처를 들이대고 상해 진단서도 제출하는데 때리지 않았다고 하는 증거는 피의자들 말밖에는 없으니.

나는 그날 저녁 처음부터 다시 사건 현장을 더듬었다. 아무래도 사건 수사는 현장에서부터 시작되는 것이니 만큼 해가 지는 시간부터 현장 주변에 나가 상가 사람들과 지나다니는 사람들 상대로 탐문수사를 했다. 싸우는 것을 본 적이 있느냐 아니면 피의자와 피해자가 지나가는 것을 본 적이 있느냐 말다툼 하는 것을 본 적 있느냐 모든 것이 쉽지 않았다. 본 사람도 없고 분위기로 봐서는 보았다고 해도 말을 해줄 것 같지 않아서였다. 현장은 하루 저녁에도 수백 명의 사람들이 찾아와 광란의 밤을 보낸다는 부킹도 최고라는 구사거리 '한국관나이트' 앞 인도였다. 당시의 한국관나이트는 유명해서 먼 곳에서도 손님이 찾아드는 곳이기도 했다. 피해자는 그날 친구들과 나이트클럽에서 놀다가 술에 취해 먼저 나와 집으로 가려고 하던 중 그곳을 지나던 피의자들과 어깨를 부딪쳐 시비가 되어 두명으로부터 심한 폭행을 당했다고 술이 깬 다음 다시 와서 보충 진술을 했다. 피의자들과 싱반되는 신술이지만 그것을 뒷받침해줄 증인이나 증거가 없었다. 나는 답답한 마음을 안고 3일을 저녁마다 현장을 미친 듯 돌아다녔지만 더 알아 낸 것은 하나도 없었다. 선배들과 동료 형사들이 나에게 "쉽게 갈 수 있는 길을 왜 그리 기를 쓰고 힘들게 가려고 하느냐"였다. 그냥 피의자들 데려다가 구속영장 신청해서 송치하고 마무리하는 게 좋지 않겠냐고 말을 했다. 시간이 갈수록 내 마음도 조금씩 흔들렸다. 동료들의 이야기가 맞는 것 아닌가 하는 생각이 들었다. 나 혼자 판단으로 고집을 부리다가 이렇게 된 것 같았다. 이제라도 그냥 영장 신청을 할까? 벌써 사건 발생 그러니까 피의자들 신병 내보내고 일주일이 지났다. 그동안 참 많이 시달렸다. 피해자에게, 계장, 반장에게 시달리면서 입맛도 잃어갔다. 어떻게 해야 하나 괜한 객기를 부린 것도 같았다. 세상살이 남들처럼 그렇게 어우렁더우렁 살아가는 것인데 피의자들이 나와 친척도 아니고 친구도 아니고 그렇다고 나 혼자 진실을 밝혀야 할 의무가 있는 것도 아닌데…… 하지만 형사는 진실을 밝힐 의무는 있다.

자학과 후회를 하면서도 마음을 다잡았다. 이미 주변 상가 모든 사람들을 상대로 탐문을 했지만 아무런 단서도 나오지 않는 현장을 나는 밤 9시가 넘은 시간에 다시 나갔다. 한국관나이트 주차장에 차량이 넘쳐나는 것을 보니 홀은 꽉 찼지 싶었다. 저녁도 먹지 않은 터라 출출했다. 한국관나이트 주차장 구석에 있는 포장마차에 들러 우동 한 그릇을 시키고 소주 한 병을 시켰다. 우동 국물을 안주 삼아 즐기지도 않는 소주를 한 잔씩 따라서 몇 잔 마시다 보니 얼큰하게 취기가 올라왔다. 문득 내 신세가 처량하다는 생각이 들었다. 씨-발 이 시간이면 집에서 가족과 함께 오순도순 지내든지 잠을 자든지 해야지 나는 뭘 하고 있는 거야. 순간 그동안 쌓였던 감정이 폭발하고 말았다. "아줌마 소주 한 병 더 줘요." 안주 없이 시킨 소주가 안쓰러웠는지 후덕하게 생긴 아주머니가 우동 국물을 한 그릇 더 건네주었다. 새 병을 따서 소주 한 잔을 따르는데 한국관나이트 주차관리를 하고 있는 40대 중반의 남자가 포장마차 안으로 들어왔다. 며칠째 탐문수사를 하면서 안면이 익은 사람이었다. "형사님. 출출한데 나도 소주 한 잔 주시오. 술은 함께 먹어야 맛이지." "그러지요. 앉으세요." 아무 생각 없이 소주잔을 들어 한 잔을 권했다. 어차피 혼자 마시기도 그러던 참이었다. 닭똥집을 하나 시켰다. 혼자 마시는 술도 아니고 소주 2병이 금세 바닥났다. 기왕 취한 기분으로 3병째 시켰을 때 주차관리인이 의미 있는 눈으로 나를 쳐다보았다.

"형사님은 언제까지 나오실 건가요." "무슨 소리지요." "며칠 동안 주변을 다니면서 확인해도 나온 거 없지요? 그래도 계속 나올 거냐는 이야기지요." 아마도 그는 내가 수사하고 있는 폭력사건에 대해 아는 것 같았다. 왜 아니겠는가. 며칠 동안을 그렇게 샅샅이 뒤지고 다녔으니, 한숨을 쉬었다. "글쎄 말입니다. 답답합니다. 분명 아닌 거 같은데 목격자를 찾을 수 없으니……" 그렇게 3병째의 소주도 바닥이 났다. 어느 정도 취기도 오르고 해서 술값을 계산하고 일어서려는데 주차관리인이 은근하게 "형사님. 소주 한 잔만 더 사주시겠습니까." 이상한 생각이 들었다. "아! 저는 다 드신 줄 알고 계산을 했는데 부족하면 까짓 거 더 사지요. 기왕 사는 거."

나는 다시 소주 한 병과 꼼장어 한 마리를 시키고 의자에 앉았다. 어느덧 포장마차에는 주차관리인과 나 두 명만 있었다. 그동안 차량 주차를 요구하는 손님들도 있었지만 웨이터 보조로 보이는 친구들이 처리를 해주고 있어서 주차관리인은 여유를 부렸다. 아마 서로 잘 알거나 선후배 관계인 듯싶었고 그때서야 주차관리인을 찬찬히 살폈다. 원래부터 이런 일을 할 사람은 아닌 듯싶었고 젊었을 때 주먹밥이나 먹었지 싶은 품새였다. 우리가 두 병째 소주를 시켜 총 5병의 소주를 마시고 있을 때 그가 입을 열었다. "형사에게 술 얻어먹고 그냥 있을 수는 없고 술값은 해야겠지요. 세상 공짜는 없는 것이고 더구나 형사 술을 얻어먹었으니……" 나는 약간 취기 있는 모습으로 그를 쳐다보았다. "저번에 파출소에서 잡아간 사람들 범인 아닌 거 맞아요. 그 사람들은 때리지 않았거든요." 순간 술이 확 깼다. "그 사건에 대해 잘 아는 거요. 범인이 누구인지도 알고 있나요." "정확히는 모르지만 찾아낼 수 있는 방법은 있지요." "그걸 어떻게 알지요?" "내가 처음부터 본 목격자이니까요." 나는 말도 못하고 입만 벌리고 있었다. 어떻게, 어떻게……

그동안 수많은 사람들을 만나 묻고 다녔는데 그도 여태껏 아무 말도 해주지 않았다. 아마 내 형사수첩에 주차관리인 그의 인적 사항과 연락처가 적혀 있을 터였다. "그런데 그동안은 왜 아무 말도 안 했나요." 그가 술 한 잔을 털어 넣고 나를 빤히 쳐다보았다. "내가 목격자라고 해서 꼭 이야기 해줘야 할 의무가 있나요?" "그건 아니지만……" "진술해봐야 뭐합니까. 귀찮기만 하고 나에게 돌아오는 것도 없는데. 하지만 소주를 얻어먹었으니 말해줘야 할 것 같아서요. 필요하다면 참고인 조사에 응해줄 수 있어요." 경찰의 사건처리 과정에 대해서도 잘 아는 것 같았다.

나는 갑자기 그의 인적 사항이 궁금해졌다. 화장실에 가는 척 밖에 나와서 수첩을 찾아 확인했다. 유재필 57년 본적은 부산, 사는

당신을 체포합니다

곳은 호계동 여관으로 적혀 있었다. 그러고도 우리는 소주 2, 3병을 더 먹었지 싶었다. 만취해서 집에 어떻게 돌아왔는지 기억도 없고 그 후의 일은 기억에 없었다. 그날 먹은 거 다 토하고 오전 내내 누워서 껙껙대었다. 오후에 출근하자 또 욕을 한 바가지 먹었다. 그날 반장과 고참들에게 흠신 꾸중을 들어야 했다. 제대로 하는 일도 없으면서 태도도 안좋다고……

　그날 오후 늦게 유재필에게 연락이 되었다. 나는 부스스한 얼굴로 사무실로 찾아온 그가 너무 반가워서 커피도 한 잔 갖다 주고 살갑게 굴었다. "그 사람 일행이 있었어요. 그리고 나중에 보니까 다른 테이블 사람들과 시비가 되어 화장실에서 멱살을 잡히고 해서 다친 것 같은데……" "상대방이 누군지 아는가요?" "그것은 제가 알 수 없지요. 하지만 테이블 담당 웨이터를 통해 확인이 가능할 겁니다. 단골이든 아니면 카드 계산을 했더라도 웨이터가 명함을 받아 놓거나 연락처를 알아두거든요. 손님 관리 차원에서……"
　오. 하느님 감사합니다. 그때부터 일은 일사천리였다. 탐문 끝에 찾은 상대방도 2명이 다쳤다면서 3주, 2주 상해 진단서를 제출했다. 그런데 대질조사를 하는 과정에서 상대방들은 열을 올렸다. "이 사람 나쁜 사람입니다. 우리 일행 여자들에게 얼마나 집적대던지 하지 말라고 점잖게 이야기를 했는데도 술 취해서 막무가내였어요. 그러다 시비가 되었지요. 누가 자기들과 함께 온 여자에게 집적대는데 가만히 있겠어요. 그래서 싸웠지만 상대방도 그렇고 우리도 나졌기 때문에 그냥 간 것이었는데……" 자칭 피해자였던 그는 아무 말도 하지 못했다. 내가 물었다. "이래도 그 두 사람이 때린 게 맞나요?" "그게 아니고 정신이 없어서……" "이 사람들과 싸워서 맞은 건 맞나요?" "네" 하지만 조사받는 내내 그는 그리 미안해하는 기색을 보이지 않았다. "당신 참 나쁜 사람이야." 그는 아무 말이 없었다.

다음날 소식을 듣고 두 사람이 담배 한 보루와 음료수를 사들고 사무실로 찾아왔다. 눈에 눈물이 글썽거렸다. "형사님. 정말 감사합니다. 꼼짝 못하고 당할 뻔했지요. 마누라가 방 내놓고 작은 집으로 옮기더라도 어느 정도 합의 보자고 해서 준비를 하고 있었습니다. 형사님. 정말 감사합니다. 그리고 이거 얼마 안 되지만 이렇게라도 하지 않으면 우리들이 마음이 불편해서요. 둘이서 조금씩 만든 것이니 거절하시면 곤란합니다." 그는 조심스럽게 흰 봉투 하나를 책상 위로 슬쩍 올려놓았다. "담배와 음료수는 잘 받겠습니다. 그것으로 되었습니다. 만약 돈 도로 가져가지 않으면 뇌물공여죄로 입건할 겁니다. 빨리 넣으세요." 큰소리로 말을 했더니 사무실에 있던 동료들이 모두 우리를 쳐다보았다. 두 사람은 겸연쩍은 듯 슬그머니 봉투를 집어넣었지만 그렇게 싫은 표정은 아니었다.

하마터면 생사람을 잡을 뻔한, 지금 생각해도 가슴이 서늘해 오는 사건이었다.

당신을 체포합니다

오유월에 내린 서리
여자의 한

이른 가을비가 추적거리고 있는 우중충한 날이었다. 사건이 없어 무료하게 발생사건 기록을 들여다보고 있었다. 그때 나이 가늠이 어려운 할머니와 40대 중반의 남자가 사무실 문을 열고 들어왔다.

그들은 사무실에 들어와 한동안 서성거리며 안절부절못하고 있었다. 그때 나와 40대 중반의 남자와 눈이 마주쳤다. "무슨 일로 오셨나요?" 그는 내 곁으로 다가오면서 "신고라고 해야 하나 상담이라고 해야 하나……" 그는 우물거렸다.

"일단 앉아서 이야기를 하세요." 나는 우선 그들을 의자에 앉히고 숨 고르기를 기다렸다. "무슨 일인지 천천히 말씀해 보세요." 갑자기 할머니가 손수건을 꺼내 얼굴로 가져갔다. 분위기가 우울해졌다. "우리 애 한을 어찌 풀꼬……" "무슨 말씀인지 구체적으로 해주셔야……" 그때서야 40대 중반의 남자가 조심스럽게 이야기를 꺼냈다. "우리 어머니시구요. 우리는 홍성에서 왔구먼유." "충청도 홍성 말인가요." "예, 그곳 말이어유." "그런데 여기는 어떻게?" "제 여동생이 여기서 동거생활을 하고 있었어유. 안양에서유." "그런데 지금은 어디에 사는가요." 갑자기 남자도 목울음이 차오르는지 눈시울을 붉혔다. "걔가 죽었시유. 지난달에유." "무슨 일로?" "그래서 왔시유. 그걸 알아보고 싶어서유. 어디 하소연할 곳도 없구……" 갑자기 할머니가 내 손을 잡았다. "형사님. 우리 딸 억울함을 지발 덕분에 좀 풀어주셔유. 지발유." 나는 그들의 이야기를 듣고 무엇인가 사정이 있지 않나 싶었다.

그렇게 방문한 모자로부터 들은 사연은 그녀의 딸 정수란이 안양에 있는 유한양행에서 종업원으로 일을 하다가 남자를 만나 연애 끝에 살림을 차렸다고 했다. 여자 나이 28살 때인가, 남편은 택시 운전을 하며 안양 호계동에서 살았는데 가정생활에 불성실했고 틈만 나면 경마장을 다니면서 도박을 했다는 것이다. 그로 인해 술을 마시고 온 날에는 주정도 심했다고 했다. 남자의 이름은 김정택, 지금 나이는 40세. 정수란은 35세였다고 했다. 그들은 그렇게 동거생활을 하면서도 아이는 생기지 않았고 여자는 공장을 다니면서 열심히 일을 했다. 그러나 남자는 택시운전을 하면서 일도 자주 나가지 않고 경마로 빚을 지고 돈을 잃고 나면 술에 젖어서 그것을 말리는 정수란에게 손찌검도 예사였다고 했다. 그런대로 잘생긴 편이어서 때때로 다른 여자를 만나기도 했다는 것이다. 그것을 알고 난 후부터 정수란은 수차례 같이 살 수 없다고 이야기를 했다. 그럴 때마다 그는 손찌검을 했으며 가끔은 김정택을 피해 친정인 홍성에 내려와 숨어있기도 했단다. 그럴 때면 김정택은 포악해진 모습으로 찾아와

당신을 체포합니다

같이 살기 싫다고 하는 그녀를 끌고 가다시피 하는데 그녀의 모친이나 오빠도 악마 같은 그에겐 모두가 속수무책이었다고 했다. 매달리고 협박도 해 보았으나 소용없었다.

김정택은 돈이 아쉬워 그녀를 철저하게 이용도 했다. 그 즈음 공장을 그만두고 식당 서빙을 하면서 돈을 벌어오는 정수란을 놓아줄 수는 없었을 것이다. 그런데 얼마 전 정수란이 죽었다고 했다. 김정택의 말로는 같은 방에서 잠을 자고 아침에 일어났는데 죽어있더라는 것이었다. 급기야 모친과 오빠가 연락을 받고 올라와 죽은 딸을 보고는 기가 막혔다고 했다. 그런 경우 먼저 경찰에 변사 신고를 하고 경찰에서 검시와 검사의 지휘를 받아 처리했어야 하는 일이었다. 아직 시간도 얼마 지나지 않은 것이어서 정수란에 대한 변사 신고가 있었는지 확인했지만 그런 사건 접수는 없었다. 그렇다면 어떻게 장례를 치를 수 있었을까? 병사라고 하더라도 의사 확인서가 있어야 하고 또 자연사라 하더라도 이장 확인서 등이 있어야 할 텐데 나는 갑자기 이상한 생각이 들었다.

"장례는 어떻게 치렀나요." 물었다. "김정택이 홍천에 아는 산이 있다고 해서 작은 야산에 묻었다."는 것이다. 형사의 직감으로 조사의 필요성을 느꼈다.

나는 오빠인 정성호를 상대로 진정서와 간단한 조사를 받았다. 반장에게 보고를 했더니 "이상하기는 한데 가능하겠어?"였다. "파내서라도 확인하고 싶습니다." 일단 사긴 집수를 하고 홍천 매장지 주소를 확인한 후 압수수색영장을 신청했다. 발부된 영장을 가지고 나는 평소에 친분이 있는 ○○병원의 원무과장을 찾아갔다. "수사

때문에 그런데 좀 도와주실 수 있는지요." "그래야지요." 시원시원
했다.

다음날 병원 장례식장 승합차량 1대와 최 형사 그리고 영안실 직
원 2명과 정수란의 오빠 정성호와 함께 홍천으로 갔다. 이름 없는
조그만 야산 중턱에 있는 봉분도 희미한 정수란의 묘 앞에 모두 다
가와 섰다. 나는 기분이 묘했다. 무덤을 파는 일과 시신을 꺼내는
일이……

나를 비롯 일행들은 소주잔을 앞에 놓고 두 번 절을 했다. ―고인
이 이해를 해주시기 바랍니다. 억울한 일이 있다면 풀어드리려고
하는 것이니 할 말 있으면 다 하시고 그것이 어려우면 몸이라도 우
리에게 말을 해주시기 바랍니다. ― 가지고 간 소주를 운전할 사람
을 제외하고는 나누어 마셨다.

9월 초라고는 해도 한낮의 햇살은 뜨거웠다. 땀을 줄줄 흘리며 파
내려갔는데 다행이도 단단하고 깊게 묻지를 않아서 쉬웠다. 모두
달려들어 관을 꺼내고 뚜껑을 열었을 때 역한 내음이 확 밀려왔다.
"일단 염은 영안실에서 풀기로 하고 그냥 모시지요." 나는 뙤약볕
아래서 염을 파헤칠 엄두가 나질 않았다. 무덤을 파기 전에 마신 소
주의 기운이 한꺼번에 올라왔다. 구토가 올라오는 것을 간신히 참
고 시신을 수습해서 영안실 차에 싣고 안양으로 올라왔다. 병원 영
안실로 가서 염을 풀었다. 다행히 부패가 시작되기는 했지만 살펴
보지 못할 정도는 아니었다. 나는 찬찬히 시신을 살피기 시작했다.
어차피 내일이면 부검을 가겠지만 직접 보고 싶었다. 오빠 정성호
의 말대로 별 상처는 보이지 않았다. 시신의 목을 살피는 순간 목에
서 보이는 희미한 흔적이 육안으로 보아도 확인이 되었다. 그냥 생

당신을 체포합니다

길 리 없는 흔적이었다.

　다음날 국과수에서 부검은 당연히 내가 참석을 했다. 그날의 부검은 간단하게 이루어졌고 부검의가 이야기를 했다. "액사네요. 목 졸랐어요." 그러더니 시신을 보면서 나에게 설명을 했다. "눈으로도 확인이 되지만 이 자국 말이지요. 이런 경우는 끈으로 묶거나 한 것은 아니고 손으로 누른 것이지요. 그런데 손으로만 눌러서 죽였다면 흔적이 더 확실하게 남겠지만 입을 막고 그랬다면 사망 당시에는 잘 보이지 않았을 것입니다. 특히 일반인들은 정확한 상처가 아니면 잘 모를 수 있지요." "확실한가요?" "그럼요. 확실합니다." 부검의는 담배 한 개비를 꺼내 불을 붙이면서 한마디 덧붙였다. "손으로 목 졸라 죽였다는 것에 내기를 해도 좋아요."

　부검이 끝난 며칠 후 국과수로부터 감정 결과를 받아들고 김정택을 잡으러 갔다. 텅 빈 집에서 이틀째 잠복 중에 새벽에 술에 취해 비틀거리며 단칸방의 자물쇠를 꽂을 때 나와 최 형사가 순식간에 김정택의 어깨를 잡았다. "김정택 씨 당신을 살인혐의로 체포합니다. 변호사를 선임할 수 있고……"

　체포되어 온 김정택은 의외로 순순히 자백을 했다. 매일 싸우다시피 살면서도 생활비를 벌어오는 정수란을 보내줄 수는 없었고 그러다 보니 부부의 정마저 사라졌다고 했다. 또 다른 여자를 만나 바람을 피우는 것을 알게 된 후부터 정수란이 잠자리까지 자신을 거부했다고 했다. 그날도 술을 마시고 정수란을 건들려고 하자 "죽어도 그것은 못하겠다"고 하는 그녀의 말에 화가 치밀어 올라 순간석으로 목을 졸랐다고 했다.

　그로부터 며칠 후 김정택은 구속영장이 발부되어 구속이 되었고 정수란의 가족들은 딸의 억울한 죽음 앞에 하염없이 울음을 터뜨렸다. 마침내 검사의 지휘를 받아 고인의 장례를 다시 치르게 되었다.

결국 정수란의 한이 사건의 진상을 밝히도록 한 것은 아닌가 싶었다. 여자가 한을 품으면 오뉴월에도 서리가 내린다고 했는데……

당신을 체포합니다

헐값에 빌려준 이름
노숙 인생의 끝장

노숙자처럼 보이는 40대 남자 두 사람이 사무실을 찾아왔다. 당시 안양에서는 노숙자들이 제법 많았다. 구 화단극장 주변에 살고 있는 노숙자와 안양 5동 놀이터와 석수동 유원지 주변에 나름대로 자신들의 영역 안에서 살고 있었다. 그런 주변 환경 때문에 가끔 그들끼리 지역 침범으로 인해 구타 사건이 일어나곤 했다.

그렇다고 해서 형사계 사무실로 노숙자가 찾아오는 일은 그리 흔하지 않은 것이었다. "무슨 일인가요." 내가 먼저 말을 건넸다. 그 물음에 용기를 얻었는지 "하고 싶은 말이 있어서요." 그중 한 명이 씩 웃으며 괜히 머리를 긁적였다. "일단 이리 앉아봐요. 하고 싶은 말이 무엇인지……"

그들은 늦은 봄부터 초가을까지는 공원에서, 가을에서 늦은 봄까지는 비어있는 건물이나 교회 등에서 생활하고 있었다. 나는 그때야 비로소 노숙자들도 주민등록증이 있고 동사무소에 가면 주민등록등본, 인감증명을 뗄 수 있다는 사실을 그때 알았다. 그리고 자신들이 살고 있는 곳은 아니지만 주소가 있고 각종 우편물이 배달될 수 있다는 사실도 알았다. 그날 찾아온 노숙자는 43세의 노영달과 45세의 김달수였다. 그들의 이야기는 현재 자신들의 주소로 되어 있는 곳으로 우편물이 오는데 그중에 자신의 이름으로 자동차 할부금 통지서와 시청에서 자동차세를 내라는 고지서가 날아온다는 거였다. 노영달은 "그래도 나는 운전면허증이라도 있지만 쟤는 운전도 못하고 면허증도 없어요. 그리고 우리는 듣지도 구경도 못한 할부차량대금을 내라고 하다니 정말 귀신이 곡을 할 지경인데 어떻게 해야 할지 모르겠어서 형사님을 찾아왔어요." 나는 도무지 이해가 되지 않았다. 운전도 못하는 노숙자 앞으로 차량 할부금을 갚으라는 통지서가 날아오고 시청에서 차량 세금을 내라는 고지서가 날아오다니. 그때 노영달이 차량 할부 통지서 2개를 내밀었다. 받아서 확인해보니 노영달과 김달수 명의로 차량 할부금을 내라고 ○○자동차에서 날아온 통지서가 확실했다.

나는 이상한 마음에 그 자리에서 ○○자동차 영업점으로 전화를 걸어 전후 상황을 설명했다. 그러자 영업점 담당자의 대답은 명확했다. 모두 본인들이 와서 차량을 구입했고 그것을 증명하기 위해 본인들의 주민등록등본과 인감증명 그리고 주민등록증 사본도 보관하고 있다고 했다.

전화를 끊고 어이없는 표정으로 긴장한 듯 앉아있는 그들을 향해 말을 했다. "에이 장난하는 거유? 당신들이 직접 와서 구입을 했다는데 모든 증빙서류 다 있다고 하는구먼." "아 그러니까요. 정말 귀신이 곡을 할 일이구만요. 형사님. 보시다시피 우리가 차를 구입할

당신을 체포합니다

처지도 아니고 그런 사실도 없어요." "그러면 다른 사람에게 주민등록등본이나 인감증명 떼어준 사실 있나요?" 그러자 둘이서 한참을 생각하더니 노영달이 말했다. "사실은 술 한 잔 얻어먹고 주민등록등본 떼어준 적은 있는데, 그런데 이거하고 관련 없을 텐데요." 나는 무릎을 쳤다. 그러면 그렇지! 어찌 되었거나 수사의 단서는 생겼다. 사실이라면 아마 피해자도 더 있지 싶었다.

나는 그날 노영달과 김달수를 상대로 조사를 받았지만 앞으로 조사를 하기 위해서는 계속 연락을 해야 하는데 일정한 거처가 없어서 걱정이 되었다. "한동안은 안양 5동 놀이터 반경을 떠나면 안 됩니다. 안 그러면 죽을 때까지 자동차회사에서 빚 갚으라고 따라다닐 거요."라고 협박 아닌 협박을 했다.

나는 노영달 등을 앞세워 노숙자 중에 주민등록등본과 인감증명을 떼어준 사람들 몇 명 더 확보를 했다. 하나같이 노숙자 중 힘깨나 쓰는 정씨를 통해 주민등록등본과 인감증명을 건넸다고 했다. 가끔씩 양복쟁이들을 데리고 놀이터 부근에 와서 맥주와 안주를 사주고는 "이 친구 형님이 술집을 하는데 신용에 문제가 있어 그러니 명의만 좀 빌려주라"는 것이 정씨의 이야기였고 어차피 재산에 큰 관심도 없는 노숙자들이니 우선 사주는 맥주와 소주에 취해 정씨와 일행들이 원하는 서류들을 떼어서 건네주었다는 것. 나는 먼저 정씨를 검거해야 했다. 노숙자들을 망원으로 안양 5동과 6동 놀이터 주변에 신경을 쓰고 있던 며칠 후 정씨를 검거했나. "아니 왜 이러는 거유. 내가 뭘 잘못했다고." 완강히 저항했다. 하지만 일단 형사계로 데리고 오자 기가 죽었다. "저는 뭐 별로 한 거 없어요. 서류

떼어다 주면 건당 20만 원씩 받았지만 아무런 문제가 없다고 했어요." "서류는 누구에게 갖다 준거요?" "김 사장이라고 가끔 오는데 연락처는 몰라요." 나는 그의 말을 듣고 다시 막막해졌다. 김 사장, 대한민국에 김 사장이 몇 사람이나 될까. 수사는 원점부터 다시 시작되었다. 나는 정씨를 더 잡아만 두기도 그래서 저녁시간에 정씨를 데리고 경찰서 근처에 있는 경북식당에서 머릿고기와 소주를 시켜 몇 잔을 돌렸을 때였다. "근디 형사님. 지가 한 짓이 겁나게 잘못한 것인가요?" "그럼 사기꾼들을 도와준 것인데." "그 사람들 진짜 사기꾼 맞남유?" "그럼요. 사기꾼이지요. 그것도 지능적인 사기꾼들." 둘이서 소주 3병을 비우고 나서 정씨는 조금 혀 꼬부라진 소리를 했다. "사실은 그놈들 모래쯤이면 올 것인디." "뭐요?" 나는 순간 귀가 번쩍 뜨였다. "모래 나한티 서류 받으러 온다고 했시유." "어디로?" "놀이터 근처 다방으로 오지유. 저번에 가면서 서류가 더 필요하다고 해서 제가 구해본다고 했으니 올 거구먼유." "아저씨는 정말 어디에 사용하는지 몰랐어요?" 나는 그의 어처구니없는 말에 부아가 치밀었다. "정말 몰랐구먼유. 알았다면 그렇게 했겠슈." "좋은 곳에 사용하는데 왜 아저씨한데 20만 원씩이나 줬겠어요." "글씨 이상하기는 했슈." 어찌 되었거나 그날 저녁 소주값은 톡톡히 했다.

정씨를 데리고 근처 여관으로 가서 주머니를 털어 여관비를 지불하고 그에게 신신당부를 했다. "아저씨 다른 곳으로 가지 말고 이곳에서 잠자고 있어요. 내가 내일 올 테니까." 그렇게 며칠이 훌쩍 지나면서 정씨는 기분이 좋은지 그곳에 눌러앉고 싶은 눈치까지 보였다. 그는 가끔 노숙자들과 모여 앉아 소주 병을 돌리기도 했지만 그

당신을 체포합니다

가 필요하니 어쩌랴.

며칠 지난 어느 날 나에게 여관 주인이 전화를 했다. "형사님. 정씨가 연락 좀 해달라고 하여 지금 놀이터로 갔어요." 소식이 왔구나. 나는 최 형사와 헐레벌떡 놀이터로 달려갔다. 그곳엔 멀쩡해 보이는 30대 초반의 남자와 좀 더 나이가 들어 보이는 남자가 정씨와 무엇인가를 이야기하고 있었다. 성질 급한 내가 가까이 다가가면서 정씨에게 눈짓을 하자 그가 고개를 끄덕였다. 나는 신분증을 꺼내 들이밀고는 수갑을 꺼냈다. "지금부터 당신들을 사기 피의자로 긴급체포합니다." 의외로 저항 없이 순순히 수갑을 받는 그들을 형사계로 데리고 와서 조사를 시작했다.

김범구 35세. 생각대로 몇 개의 사기 전과와 몇 년의 옥살이도 한 꾼이었다. 나는 그의 진술을 토대로 3명의 인적 사항을 더 확인하고 그날 밤 조를 나누어 체포에 나섰다. 주거지 주변에서 잠복하다가 주범과 자동차 판매 영업사원까지 검거 일망타진했다.

사기도 머리 좋아야 한다는 말이 맞는 거 같다. 그들은 조직적으로 움직였다. 주범인 조영기는 40대 중반으로 사건을 계획했고 김범구는 신용에 문제가 없는 노숙자들에게 주민등록등본과 인감증명서 그리고 위임장을 받아오는 역할을 했다. 차량대금의 30%를 현금으로 납부하고 나머지는 노숙자 명의로 차량을 구입해서 현금 차량인 양 싼 가격으로 되파는 일을 했다. 30대의 고씨와 중고자동차 영업사원도 공범이었다. 그들이 그렇게 차량 1대 작업을 해서 남는 돈은 차량대금 30%와 중간책 소개책들의 수고비를 제외하고도 150만 원 정도 남는 장사를 한 것이다.

카드 행적으로 잡은 살인범과
신지식인

한해가 시작되는 1월 어느 날이었다. 오후부터 내리기 시작한 눈이 함박눈으로 변해 펑펑 쏟아지고 있었다. 나는 수사하던 사건을 송치한 기분으로 쓴 소주 한 잔을 마시고 집으로 귀가하던 길이었다.

그날따라 택시 잡느라 1시간 이상을 기다려야 했다. 나는 머리에 하얀 눈을 덮어쓰고 가까스로 새벽 1시 가까운 시간에야 5층까지 헉헉거리며 올라갔다 거친 숨을 내쉬며 초인종을 누르려는 순간 전화벨이 울렸다. '강력사건이구나!' 강력계 형사들에게 있어 심야의 전화벨 소리는 바로 사건과 직결된다. 아니나 다를까. "안양 7동에서 살인사건 났습니다. 형사들 모두 덕천파출소로 집결바랍니다." 나는 집 앞에서 발길을 돌려야 했다. 그리고 택시를 잡기 위해 발을 동동거렸으나 쌓인 눈으로 인해 택시를 잡을 수 없었다. 뛰다시피 해서 도착한 시간이 거의 새벽 2시 반이 넘었다. 이미 파출소에는 형사과장, 계장 많은 형사들이 모여 회의를 이미 끝낸 상황이었고

당신을 체포합니다

반원이던 주○○, 이○○ 형사는 아예 전화도 받지 않았다. 나와 김 형사는 비슷한 시간에 도착해 늦은 죄로 주눅이 들어 눈치만 살피고 있었다. 형사과장은 우리에게 화가 난 목소리로 버럭 소리를 질렀다. "담당 반에서 제일 늦게 왔으니 안양 6동 여관 골목이나 샅샅이 뒤지도록" 나와 김 형사는 풀이 죽은 모습으로 발목까지 빠지는 눈을 헤쳐가며 여관마다 점검을 다녔다. 우리가 덕천파출소를 나오면서 받은 보고서를 보니 사건 발생 장소는 안양 7동 ○○호프집, 시간은 밤 11시 30분경으로 피의자 인적 사항과 피해자 모두 밝혀진 사안으로 일찍 현장에 온 형사들은 이미 파악된 피의자 집과 회사 주변 잠복에 들어가 있었다.

'에이 씨, 우리 반은 완전 물먹어 버렸네. 욕은 욕대로 먹고.' 우리는 기운이 쭉 빠졌지만 어쩔 수 없었다. 그동안 경험으로 비춰볼 때 사람 죽인 놈이 근처 여관에 자빠져 있을 확률은 거의 없었다. 나는 김 형사와 피곤한 몸을 끌고 안양 6동 주변 여관 점검을 마치고 덕천파출소로 들어온 시간은 새벽 6시가 넘었지만 날이 밝아 올 기미는 보이지 않았다. 그런데 파출소에는 과장과 계장은 보이지 않고 서무만이 아침에 지방청에 수사보고서를 보내야 한다면서 꾸벅거리고 있었다. 구석에 놓인 피의자 대기석에는 40대쯤으로 보이는 아주머니가 손에 무엇인가를 쥐고 앉아있었다.

나는 커피 한 잔을 만들어 아주머니 옆에 앉으며 이야기를 건넸다. "무슨 일로 오셨나요?" "글쎄요. 오라고 해서 오기는 했는데 계속 이렇게 기다리게만 하네요. 원." "어디서 오셨는데요." "어디긴요. 사건이 났던 호프집 주인인데 누군가 오라고 해놓고는 기다리라고만 하네요." 그녀는 살인사건이 일어난 호프집 주인이었다. 그때 주인이 들고 있는 하얀 종이가 보였다. "그것은 뭔가요." "아, 이거요. 그 사람(살인범)이 사건 나기 전 술값을 지불한 카드 영수증인데 혹시 필요할지 몰라서 가져왔어요." 아! 이럴 수가? 순간 머리를 스치는 생각이 떠올랐다. '피의자에게 지금 돈이 없다. 만약 돈이 있었다면 카드를 사용하지 않았을 거니까. 그렇다면 도주하고 있는 지금도 돈은 없다는 이야기였다.' 지금 그토록 중요한 단서를 몇 시간 동안 파출소 대기석에 두고 많은 형사들이 피의자 주소지와 회사 주변에 잠복하고 있는 상황이다. 나는 재빨리 아주머니에게서 카드 사용명세서를 받아들고 카드회사에 전화를 했다. 그곳에도 당직자가 근무를 하고 있었다. "살인사건이 나서 그런데요. 꼭 좀 도와주십시오. 만약 확인을 원하신다면 전화를 끊고 안양경찰서 전화를 해서 덕천파출소로 연결해 달라고 하면 된다."고 했다. 이윽고 7시도 되지 않은 새벽에 사정사정해서 겨우 답을 얻었다.

"무엇을 도와드리면 되나요." "어젯밤 11시 30분에 안양 7동 호프집에서 사용한 카드 사용내역 외에 다른 사용내역이 있나요." 카드회사 직원이 금세 대답을 했다. "예, 다음날 새벽 2시 넘어서 한 번 사용한 것이 있는데 장소는 안양 ○○여관인데요." 새벽 2시가 넘어서 사용한 곳이 여관이라 가슴이 뛰었다. 나는 김 형사와 정신없이 ○○여관으로 뛰었다. 나와 김 형사는 잠긴 이중 고리문을 어깨로 들이받아 부수고 들어갔다. 부스스한 몰골을 하고 침대에서 일어나는 피의자의 손목에 수갑을 채운 시간은 아침 8시가 채 되지 않아서였다.

피의자는 말했다. 사건 직후 바로 자신의 집으로 가서 피 묻은 옷과 신발 등을 세탁기에 넣어 돌리고 옷을 챙겨 입고 나왔다는 것.

당신을 체포합니다

그리고 너무 늦어서 여관에서 잠을 자고 아침에 어디론가 멀리 도망을 하려고 했다는 것이다. 회사는 물론 나가지 않을 생각이었고 집안 식구들과도 연락을 끊고 도망을 가려고 했다는 말에 나는 가슴 밑바닥에서 안도의 한숨을 쉬었다.

사무실에 데리고 와 의자에 앉혀놓고 담배 한 대를 피우고 있는데 느닷없이 경찰서장과 형사과장이 강력반 사무실로 왔다. "고생했네, 정말 고생했어. 형사과장, 지방청 검거 보고 해야지. 일단 내가 청장님께 보고드릴 테니까." 피의자 신문조사를 마칠 때쯤 그때서야 연락이 되지 않았던 주 형사와 이 형사가 부스스한 모습으로 출근했다. 그들은 그때까지 분위기 파악을 못 한 채 나를 보고 의아한 표정으로 말을 했다. "무슨 일 있었어요." 나는 그들에게 아무 일도 없던 것처럼 미소만 던지고 담배 연기를 길게 내 뿜었다.

그로부터 며칠 후 나는 그 일로 인해 경찰청에서 처음으로 시도했던 신지식인으로 선정되었다. 그리고 내 사진을 크게 확대해서 경찰서 현관에 걸어놓았다. '이달의 신지식인' 형사과 경사 장재덕 (안양 7동 살인범 검거), 지금은 없어진 최초의 신지식인은 그렇게 선발되어 한 달 동안 내 커다란 사진이 오가는 사람들을 지켜보았다.

안양 1번가 조폭담당 형사
검찰의 내사를 당하고

당시에는 일부 형사들이 검찰청에 파견근무를 했다. 특수부와 강력부에 1~2명씩 지원근무를 하면서 검거활동이나 검찰에서 하는 수사를 함께했다.

어느 날 나에게 수원지방검찰청 강력부에 파견을 나가 있던 심○○ 형사가 전화를 했다. "형님, 시간되면 잠깐 볼 수 있나요." 우리의 아지트였던 ○○식당에서 소주 한잔씩을 마셨을 때였다. "형님, 요즘 아무 일 없어요?" "아니 일은 무슨……" 그때는 형사반에 있다가 조직폭력반으로 자리를 옮겨서 근무할 때였다.

그 당시 안양경찰서 관할에는 조직폭력배가 꽤 많았다. 경찰서에서 관리하는 조직폭력배만 100여 명 정도 되었고 관리하지 않는 조직폭력배까지 수백 명이 되었기 때문에 조직폭력반이 따로 활동하고 있었다.

한 조에 4명씩 2개 조가 24시간씩 맞교대하며 주로 조직폭력배들이 활동하는 안양 1번가에서 근무를 했고 조직폭력에 관련된 사건만 맡았다. 심 형사가 먼저 조심스럽게 이야기를 했다. "저도 우연히 알게 되었는데 내가 있는 강력부에서 형님 내사를 하고 있어요. 뭐 구체적인 첩보를 가지고 곧 영장 청구를 한다고 하는데 무슨 일인가요?" 나는 어이가 없었다. "내가 뭘 어쨌다고 전혀 모르는 일인데." "그런데 어떻게 내사가 진행되고 있는지 잘 모르겠어요. 내가 안양 출신이라 보안이 샐까봐 내 앞에서는 쉬쉬하기 때문에 자세한 내용은 알지 못해요." "야, 괜찮아. 신경 쓰지 마. 내가 그동안 돈 먹은 거 없고 잘못한 거 없는데 뭐……" 큰소리는 쳤지만 머리가 개운할 리가 없었다.

당시에는 검찰에서 형사들의 내사기록을 몇 건씩 가지고 있다가 말을 잘 듣지 않는 형사들은 아무 때라도 불러다가 구속을 시킨다는 그런 때였다. 사건 관련이건 뇌물 관련이건 누구든 걸면 걸린다는 때였다. 실제로 검찰에 구속된 형사들도 많을 때였으니 검찰에서 내사를 한다고 하면 대상자는 직장에 출근도 하지 않고 도망을 가곤 할 때였다.

수사를 하면서 "남에게 돈 받은 거 없으면 걱정할 거 없다"고 매일 큰소리 쳤지만 마음이 편할 리 없었다. 그때부터 퇴근을 해서 집에 있어도, 사무실에 있어도, 도둑놈 잡기 위해 잠복을 하면서도, 매일 검찰 수사관들이 나를 잡으러 오는 꿈을 꾸면서 깜짝깜짝 놀라곤 했다. 그렇게 두어 달이 흘렀다. 그동안 심 형사에게 자주 전화를 해서 검찰의 분위기를 물어보았다. 그럴 때마다 신통한 대답은 없었다. "글쎄요. 뭐 진행을 하는 것 같기는 한데 무엇을 어떻게 하는지는 정확하게 알 수 없어요. 내용도 제가 알 수 없도록 자기네들끼리만 숙덕거리고……"

그 일은 나를 몹시 괴롭혔고 자주 가위에 눌리곤 했다. 나는 곰곰이 생각해봐도 뚜렷하게 잘못한 거 없다고 하면서도 압박감으로 인해 차라리 빨리 불러서 조사를 받았으면 하는 마음도 생겼다. 이럴 때 남들은 이곳저곳에 빽을 쓰러 다닌다고 하는데 나는 지푸라기 하나 잡을 것도 없었다. 낙심하며 한참을 고민한 끝에 용연 형이 떠올랐다.

당시 동부경찰서(현 광진경찰서) 서장이던 용연 형을 찾아갔다. 바쁜 일정임에도 함께 저녁을 먹었다. 나는 형에게 지금의 상황을 남김없이 모두 털어놓았다. 그러자 형은 단호하게 말을 했다. "뭐, 자네가 잘못한 거 없으면 당당하게 대처해라. 사건과 관련해서 돈 받은 거 없으면 기죽을 거 없다. 백 번을 불러도 가서 담대하게 대처해라." 나는 그 말에 다시 기운이 났고 마음을 추스르면서 스스로 다짐을 했다. '당당하게 살자. 그러기 위해서는 당당할 수 있도록 더욱 성실하고 떳떳하게 살자' 어깨를 폈다. '잘못한 일 있으면 조사받고 예전의 나를 생각하면서 기운내자!'

모든 것은 마음먹기 나름이라고 했던가. 그렇게 나는 크게 마음을 먹고 행동하자 생기가 나고 용기도 생겼다. 심 형사가 전화를 해서 "형님 괜찮으세요?"라고 하면 오히려 내가 그를 위로했다. "걱정하지 마. 정말 내가 사건 관련해서 돈 받은 거 없는데 뭐 어쩌겠어. 그리고 말이야 가능하다면 나를 내사하고 있는 계장들에게 전해줘. 궁금한 거 있으면 직접 나를 불러 물어보라고 거짓말 하지 않고 다 대답할 거라고 말이야."

어느덧 몇 개월이 지났다. 심 형사가 소주 한 잔을 먹자고 전화가 왔다. "형님, 사건은 내사 종결되었더라고요. 제가 종결철에서 확인했는데 그것이 어떻게 된 것이냐 하면요……" 결국 검찰에서 내사 대상자인 나를 한 번 불러 조사도 하지 못한 채 종결을 했고 나는 그때 사건의 진실도 알게 되었다. 사람에 대한 배신감으로 온몸에 소름이 돋았다.

당시 나는 조직폭력반에 근무를 하면서 안양 1번가를 담당했다. 그리고 당직날은 새벽 4시까지 안양 1번가에서 근무를 하니 당연히 심야영업을 하는 위법업소를 단속하게 되었다. 불법 심야영업을 하는 업소치고 조직폭력배와 형사 아니면 지역 검찰청 담당 계장을 끼지 않고는 영업 자체를 할 수 없다고 할 때였으니까 수시로 술집 사장, 전무 그런 이들이 형사들을 찾아왔다. "언제 거하게 한 잔 하시지요. 야식비나 하시지요." 그러면서 은근슬쩍 봉투를 건네거나 룸살롱으로 잡아끌기도 했다. 하지만 나는 그런 것들과 거리가 멀었다. 오죽하면 함께 근무하던 임○○ 형사가 "형님 너무 깐깐하게 그러면 이 생활 힘들어요. 어떻게 하시려고요." 걱정해주기도 했다. 그러나 적어도 불법영업을 하는 사람들에게 만큼은 원칙이 필요했다. 냉정하고 철저하리만큼 원칙을 지키다보니 많은 적이 생겼다. 그런데 나에게 두 번이나 심야 불법영업 단속을 당한 술집 사장이 당시 자신의 뒤를 봐주던 검찰청 오○○ 계장과 짜고 벌인 내사였다. 털어서 먼지 안 나는 사람 있으랴 생각하고 3개월 내사 끝에도 본인인 나를 한 번 조사도 하지 못하고 내사는 끝을 맺었다. 나에게 진실은 그렇게 찾아왔었다.

2부

열정의 시간들
형사는 무엇으로 사는가

동창 사칭 사기
도랑 치고 가재 잡다

어느 날 30대로 보이는 아주머니가 찾아왔다. 쉽사리 이야기를 꺼내지 못하고 망설이는 그녀에게 자리를 권하고 커피 한 잔을 내밀자 한동안 머뭇거리다가 조그맣게 이야기를 했다.

"사실은 많이 망설였어요. 이런 거 가지고 경찰서에 와야 하나 어째야 하나 고민을 했지만 다른 방법이 없어서요." "무슨 일이신데요. 편안하게 말씀하셔도 돼요." 이야기인즉 자신의 남편이 가출해서 2개월째 연락이 없다는 것. 찾기는 해야겠는데 방법이 없어 손 놓고 있는데 은행에 가서 통장정리를 하다가 이상한 것을 발견했다는 거였다. 남편은 통장이 없어 자신의 명의로 된 통장을 사용하는데 거래내역서가 상당히 많아서 이상한 생각이 들었다고 했다. "무엇이 이상한가요?" "그것이 상당히 여러 사람들에게 3만 원, 5만 원 많게는 10만 원씩도 돈이 들어오는데 부조금 또는 축하금 등으로 들어오는 거 같은데 이상하다는 생각이 들었어요." 방법이 있을 것도 같았다.

당신을 체포합니다

나는 그녀에게 은행에 가서 거래명세서를 정식으로 발부받아 오라고 했다. 얼마 후 그녀가 받아 온 명세서를 확인해보니 축의금 아니면 부조금 같은 금액의 돈들이 셀 수도 없을 만큼 들어와 있었고 안양 1번가 지점에서 가끔씩 모아진 돈을 출금을 했다. 압수수색영장을 발부받아 돈을 보낸 사람들과 통화를 했다. "아, 그 돈 그건 대학 동창 ○○○에게 전달해달라고 보낸 축의금인데요. 동창인 ○○○네 초상 났다고 해서 보내준 조의금인데, ○○고등학교 동창……" 적게는 3만 원 많게는 20만 원도 있었고 평균 5만 원이었지만 합쳐진 금액은 5~600만 원이 넘었다. 쉽게 말해서 여러 사람에게서 돈을 받았다. 그 내용을 확인하기 위해서는 여자의 남편을 찾는 것이 우선이었다. 폐쇄회로(CCTV)가 없을 때였고 휴대폰도 없었으니 오로지 탐문수사 아니면 발로 뛰는 수사를 할 수밖에 없었다. 나는 그가 늘 돈을 찾았던 현금지급기를 중심으로 해서 근처 여관, 여인숙, 당구장 등을 다니면서 발품을 팔았다. 그녀의 남편 사진을 가지고 돌아다니면서 마치 집나간 아들 찾으러 다니는 심정으로 수사를 했다.

어느 날 근처 구멍가게에 들러 담배 한 갑을 사고는 주인아주머니에게 사진을 보여줬다. "이 사람 많이 본 사람인데 여기 가끔 오는 사람인데……" "그래요? 어디 가면 이 사람 볼 수 있나요?" "글쎄 맞는지는 모르겠지만 큰길가 지하실에 있는 ○○천국으로 들어가는 것 같던데." 그는 ○○천국 한구석에 아예 자신의 자리를 만들어 그곳에서 숙식을 해결하고 있었다. 그곳은 24시간 개방하는 만화방이었다. 배가 고프면 배달음식을 시켜서 먹었고 남요까지 준비해놓고 밤이면 그곳에서 잠을 잤다. 몇 개월을 그렇게 생활하려니 돈이 필요했고 돈을 만들기 위해 생각해낸 방법이 축의 또는 조의금 사기였다. 우선 특정 학교의 앨범이나 연락처가 있는 동창회 명부를 확보한 다음 전화를 한다. "응 ○○야. 나 ○○학교 ○기 ○○야." 이렇게 전화를 하면 아주 친하지 않은 사이라면 확인이 어렵다는 것을 이용했다. "야, 너 이번에 ○○네 부친상 당한 거 알지? 몰라? 그래서 못 갔구나. 나도 그래서 봉투나 전해주려고 너도 봉투하려면 나에게 보내 함께 전달할게." 그러다가 들통이 나도 전화만 끊으면 그만이었으니 범행이 쉬웠다. "야 ○○야, 잘 지내지. 응 나 ○○야. 그래 ○○학교 ○기. 그런데 동창 ○○알지? 그래 걔, 그런데 암이 걸렸는데 사정이 어려운가봐. 그래서 동창들이 십시일반 조금씩 내는데 형편 닿는 대로 이 계좌로 보내."라는 식이었다. 그렇게 해서 돈을 보낸 사람들이 나중에 사기당한 것을 알아도 소액이어서 신고도 하지 않는 것을 이용했다. 그가 몇 개월간 범행을 이어 갈 수 있었던 이유이기도 했다.

어찌 되었거나 나는 범인을 검거했고 검거 현장에 있던 ○○고등학교, ○○대학교 각 기별 동창생들과 그들의 사무실, 집 연락처가 기재되어 있는 주소록도 몇 권 압수를 했다. 의외로 그런 주소록은 확보하기가 쉬워 범행 도구가 된 것이다. 나는 그날 그를 상대로 조사를 하고 있는데 갑자기 방송국에서 들이닥쳐서 9시 메인뉴스에 '기상천외한 사기사건'으로 유명세를 타기도 했다. 그리고 그를 유치장에 입감하고 나오는데 그 아주머니가 나를 보자 울먹였다.

"형사님. 제가 남편 찾아달라고 했지 언제 유치장에 넣어달라고 했나요." 나는 할 말을 잃고 한동안 멀뚱하게 서 있는데 형사계장이 내 어깨를 치며 한마디 던지고 지나갔다.

"장 형사. 오늘 도랑 치고 가재도 잡았네."

당신을 체포합니다

모함 받은 강력반장
석수파출소로

2000년 4월 인사발령이 있었던 어느 날 우리 경찰서로 추○○ 경정이 형사과장으로 왔다. 그 당시 형사반장은 인기가 좋았던 자리였다.

나는 40세의 젊은 나이에 안양경찰서 강력2반장이었고 매월 강, 절도범 검거 실적은 상위였다. 하지만 가끔은 불법영업을 하는 영업주들과 관계된 선배 형사들의 부탁 때문에 난처할 때가 많았다. 원칙을 고수하는 형사는 늘 그렇게 껄끄러웠다. 가끔은 나이 든 고참들이 후배인 나에게 봉투를 들고 와서 내밀다가 망신을 당할 때도 있었다. 그렇다고 내가 선배들에게 소리를 질렀다거나 망신을 준 것은 아니지만 나는 불법적인 돈은 일절 사양이었다. 그러다 보니 내가 배려할 수 있는 것은 해주지만 그들이 원하는 만큼의 청탁을 들어주지도, 가지고 온 봉투도 받지 않았다. 그러한 나를 그들은 탐탁지 않게 생각했다. 나에게 많은 사람들이 시기, 질투를 했다. 한때 검찰의 내사를 받을 때에도 나에 대한 나쁜 정보를 주고 동향을 알려준 것은 조직 내 동료 형사들이었다.

게다가 그들은 내 자리를 노리던 선배들 그리고 나를 껄끄러워하는 불법영업을 하는 술집 주인들의 카더라 통신을 통해 근거 없는 음해성 공격을 했다. "장 반장은 조폭들과 어울려 다니며 술집에서 공짜 술 마시고 다닌다"는 소문의 출처들은 모두 영업 사장들과 형사들이었다. 하지만 나는 그들의 음해성 공격에 신경도 쓰지 않았다. 적어도 그런 소문에 대해서는 술을 마셨다는 조폭이나 술집을 상대로 확인만 하면 될 것이기 때문이었다. 그런 사유로 검찰 내사도 받았지만 아무런 문제가 되지 않았던 것도 한몫을 했다.

어느 날 인사발령을 앞두고 형사과장이 나를 찾는다고 했다. 저녁 늦은 시간까지 잠복근무를 하다 과장실로 갔더니 과장은 나를 보고 "정 주임과 상담해봐라"라고 해서 정 주임을 만났다.(당시 정 주임은 강력 담당 주임이었다.) 그는 "과장님이 다 알아보셨다고 하는데 이번에 장 반장이 파출소로 나가지 않으면 검찰에서 내사 계획을 가지고 있다고 하는데 나가는 게 어떠냐?"고 했다. 참으로 기가 막혔다. 그렇다면 과장이 직접 나에게 이야기를 할 것이지 왜 다른 사람을 시켜 나를 나가라고 하는지 그렇게 생각하니 순간 억울한 것보다는 그런 상사와 함께 일을 하기가 싫어졌다.

그동안 애정을 가지고 열심히 일했건만 갑자기 온몸이 무너져 내리며 허탈과 실의에 빠졌다. 비리가 있다면 내사를 하면 될 것이고 파출소로 간다고 잘못이 있는데 내사를 하지 않는다는 식의 얼토당토않는 논리에 어이가 없었다. 나한테 그냥 나가 달라고 하기에는 나의 반발이 만만치 않다는 것을 생각했을까.

"알았습니다. 이번에 형사계를 나가겠습니다"고 사무실을 나왔

당신을 체포합니다

다. 그날 무거운 마음으로 퇴근해 있는데 사무실에서 연락이 왔다. 석수파출소로 발령이 났으니 다음날 아침 근무복 입고 신고하러 오라고 했다. 신고를 마치고 바로 서장 면담을 신청했다.

당시 서장은 간부후보 출신이던 손○○ 총경이었다. 나는 서장에게 음해성 소문의 내용을 이야기했다. 그리고 "정식으로 감찰조사를 신청합니다. 이번에 제가 조직폭력배와 관련이 있어 파출소로 가는 것이니만큼 철저하게 조사를 해서 제가 만약 조금이라도 관련되어 있으면 법대로 처벌을 받을 것입니다."고 했다. "그래, 그렇지 않아도 내가 장 반장 발령을 내지 않으려 했더니 형사과장이 몇 번이나 와서 하는 말이 형사계에 두면 다치니 내보내야 한다고 했고 또 장 반장도 원한다고 해서 결재는 했는데 그러면 장 반장이 원하는 것이 뭐지?" "저는 원하는 거 없습니다. 형사계에 복귀하는 것도 원치 않고 단지 제가 결백하다는 거 밝혀주시고 헛소문을 퍼트린 사람도 그에 상응하는 처벌을 받았으면 합니다." 서장은 곤혹스러워했다. 그때 어떻게 알았는지 정 주임이 서장실로 와서 내 손목을 잡고 사무실로 가서 문을 잠그더니 나를 회유하기 시작했다. "장 반장 기왕 이렇게 된 거 서장님께 이의신청 제기한 거 포기하고 가도록 해. 내가 책임지고 장 반장 억울한 거 밝혀줄 테니까." 한 시간 이상 협박도 하고 사정도 했다. 내 생각으로는 그렇게 되면 나를 음해한 사람들 다 드러날 수 있다고 생각해서 어떻게 해서든 막으려 하는 의도였다. 한 시간 넘도록 그의 구차한 이야기를 듣다가 보니 모든 것이 싫어졌다. 올해한 사람 알년 뭐하고 내가 조폭과 관련 없다는 거 드러나도 또 뭐 어쩔 것인가. 이미 발령은 났고 그렇게 소문도 났고(물론 그렇게 믿는 직원들이 얼마일지는 알 수 없지만) 그런 상사들과 함께 일하기 싫어 파출소로 가는데, 그래 다 잊자 나쁜 놈들끼리 잘 먹고 잘 살라고 하지 뭐.

나는 석수파출소 부소장으로 발령이 났다. 그것도 괜찮았다. 지근거리에 유원지도 있고 관악산이 있어서 밤 근무 때 붐하게 날이 밝아오는 시간에 관악산 자락을 한 바퀴 차량순찰을 할라치면 가슴까지 시원해졌다.

그렇게 2000년 4월 중순경부터 그해 10월경까지 석수파출소 부소장으로 손○○ 경장, 박○○ 경장, 김○○ 순경, 최○○ 순경과 관악산의 정기를 받으며 함께 근무를 했다.

당신을 체포합니다

봉고차는
나의 집

나는 형사계에서도 새벽까지 근무를 하는 경우가 많았지만 파출소에서까지 3교대 근무를 하려니 몸에 익숙하지 않아서인지 처음에는 조금 힘이 들었다.

어느 날은 아침에 출근해서 저녁에 퇴근을 하고, 그 다음날은 집에서 저녁때까지 멀뚱거리다가 출근해서 밤을 지새우는 근무를 하고 아침에 퇴근을 했다.

아침에 퇴근하는 날은 집에 와서 아침부터 잠을 자는데도 저녁이 되면 또다시 피곤이 밀려와 잠을 잔다. 저녁 근무라도 있는 날은 밤에 졸지 않기 위해 낮잠을 어느 정도 자고 출근을 하는데 하지만 멀쩡한 대낮에 자겠다고 누우니 잠이 올 리 없고 그렇게 잠을 자려고 애쓰다 보면 오히려 피곤을 안고 출근하기 일쑤였다. 그러한 것들이 소금 힘들다는 것을 제외하고는 근무하는데 크게 불편하지 않았다. 석수파출소 관할은 관악산 자락과 맞물려 있어서 등산을 하는 사람들의 안전사고와 서울과 경계인 석수검문소에서 검거한 수배자 등을 호송하는 외에는 평화로운 편이었다. 우범지역이긴 하지만 술 마시고 행패 부리는 사람도 별로 없었고 유원지가 관할에 있어 주말이나 공휴일은 붐비기는 했지만 대다수는 가족들과 놀러오는 것이고 보면 술 마시고 싸울 일도 거의 없었다. 그렇다곤 해도 밤새 졸린 눈을 치켜뜨고 유원지로 주택가로 도보순찰이라도 한번 하고 나면 눈꺼풀은 천근만근이고 몸은 물먹은 솜처럼 늘어졌다. 하지만 경찰 제복을 입고 아무 곳에서 쭈그리고 앉아서 잘 수도 없고 사무실에 앉아 눈치 보면서 졸던 시절도 옛말이 되었다. 자신의 근무시간이 아닌 경우에 사무실에 있다가 감찰에라도 적발되면 변명거리도 없었으니까.

나는 차츰 파출소 근무에 적응하면서 야간근무를 할 때는 새벽을 기다렸다. 여명이 붐하니 밝아오는 시간에 새벽안개를 가슴으로 받으며 관악산 자락을 다니는 것이 참으로 행복했다. 새벽이 무엇인지, 여명이 무엇인지, 산사의 바람이 어떠한 것인지를 온몸으로 느끼면서 행복해했다. 그해 늦봄부터 초가을까지 그렇게 석수파출소 근무에 젖어들었다.

내가 주간근무를 하던 어느 날이었다. 날씨가 조금씩 더워지기 시작하는 6월 초순. 손○○ 경장과 순찰차를 타고 집들이 드문드문 있고 텃밭들이 주로 있는 안양 2동 주택가 뒷거리를 순찰할 때였다. 손 경장은 운전을 하고 나는 조수석에서 열심히 차량 조회기를 두드렸다. "아! 잠깐 세워봐. 이 차량번호가 어디 있는 거지?" 급하게 순찰차를 세웠다. 조회기에 '도난차량 경기○○ 5400호'가 뜬 것을 보고 흥분을 참지 못했다. 그동안 경찰생활을 하면서 그것도 강력반, 도범반 형사를 두루 거치면서 강도, 도둑, 살인범 등을 검거해 보았지만 언제나 범인을 잡는다는 생각만 해도 가슴이 뛰었다. 나는 서둘러 차량을 후진시키며 조회기에 뜬 차량번호와 일치한 봉고차량을 찾았다. 다행히도 잘못 본 것은 아니었다. 나는 순찰 차량을 조금 멀리 세워놓고 봉고차로 다가가 안을 들여다보았다. 누군가 운전석에 누워서 잠을 자고 있었다. 나는 봉고차 창문을 두드려 그를 깨워 신분을 확인한 다음 파출소로 연행했다. 그는 조사 받는 과정에서 봉고차를 훔쳤다고 순순히 자백을 했다. 그리고 자신은 교도소에서 나와 잘 곳과 갈 곳이 없어 봉고차를 훔쳐가지고 이곳저곳을 다니면서 일이 있으면 낮에는 일을 하고 밤에는 으슥한 곳 아니면 적당한 곳에 차량을 세워놓고 그곳에서 잠을 잤다고 했다.

그날 차량 절도범을 형사계로 넘겼지만 나의 마음은 개운치 않았다. 어쨌든 절도범 김○○에게 있어서 봉고차는 자신의 몸 하나 누일 수 있는 집이었으니까. 어쩌면 그는 그렇게 다시 잡혀서 교도소로 들어가기를 원했던 것은 아닐까.

연쇄 차량털이범
큰 쥐와 작은 다람쥐

석수파출소 관할에는 단독주택들이 즐비해 있고 그로 인해 골목들이 꽤 많았다. 이러한 주택가 골목에는 따로 주차장이 마련되어 있지 않았기 때문에 거의 골목에 주차를 해놓았다. 이렇듯 차량이 많이 주차되어 있고 늦은 시간에는 사람들의 왕래가 뜸하다 보니 차량을 털어가는 차량털이범 때문에 골치가 아팠다. 큰 피해는 없지만 차량 문을 가위로 따고(주로 경차만 가능했기 때문에 경차 위주로 했다.) 차량 내에 있던 스테레오나, 잔돈푼 또는 돈이 될만한 것은 모두 털어갔다. 그들이 차량 문을 따고 물건을 훔쳐갔다. 가는 날이면 한꺼번에 여러 대의 차량이 피해를 입었다. 그 골목에 주차된 모든 차량이 범죄의 대상이 되었기 때문이었다. 당시 피해 신고가 들어오면 보통 10대 이상씩 피해를 입었으며, 며칠에 한 번씩 골목을 바꾸어가면서 피해가 발생했다. 그래서 나는 우리 조 주간근무 때 한 가지 제안을 했다. "아무래도 범인을 잡지 않으면 계속해서 차량털이범 때문에 절도 발생도 계속해서 늘어날 거고 무엇보다 피해자

당신을 체포합니다

들이 항의를 할 테니 어찌 되었거나 우리가 범인을 잡자." 모두 찬성을 했지만 방법은 '어떻게' 라면서 나를 쳐다보았다. 별다른 방법이 없을 때에는 정공법을 써야 한다. 범인 잡는데 가장 좋은 것은 무엇인가, 잠복근무. 어차피 사건이 계속 발생하는 것을 보니 앞으로도 차량털이 사건은 연쇄적으로 발생할 듯했다. 그렇다고 그 범인을 잡자고 파출소의 모든 업무를 하지 않을 수는 없었다. 우리는 돌아가며 잠복을 하기로 했다. 근무 날이던, 비번 날이던 간에 근무표를 작성하고 골목 주변에 주차된 차량이 많고 인적이 뜸한 골목 한 곳을 선정했다. 그리고 주차된 차량 사이에 선팅이 짙게 되어있는 손○○ 경장 차량을 주차해놓고 차 안에서 잠복을 했다. 하지만 범인이 그곳에서 범행을 할지도 미지수였고 또 범행을 한다고 해도 언제 나타날지도 알 수 없지만 그 방법 외에는 다른 방법이 없었다. 그렇게 며칠이 지났다. 처음에는 자신의 차례가 되면 잠복을 나가서 열심히 하던 직원들도 며칠 지나자 의욕들이 시들해졌다. "에이, 이제 하지 않으려나 봐요. 아님 다른 곳으로 갔거나 계속 잠복하는 것도 의미가 없는 거 같은데……" 손 경장이 한풀 꺾인 음성으로 말을 했다. 그래도 나는 오기가 생겼다. "야, 그래도 한번 시작했으면 끝을 봐야지 한 달이 된 것도 아니고 이제 겨우 며칠 지났는데 뭘 그래."

그러던 중 우리가 잠복하지 않고 있는 다른 골목에서 뜻하지 않게 차량 10대가 피해를 입었다. 직원들은 분개했다. "에이씨, 그 골목에서 짐복을 했으면 잡은 서였는데 골복을 잘못 찍었나?" "지금이라도 잠복 장소를 옮겨야 하는 거 아닌가요?" 의견이 분분했지만 결론은 나지 않고 모두 내 눈치를 보았다.

우리의 비번 날 잠복은 경찰서에서 지정을 하는 것도 아니고 파출소장이 시켜서 하는 근무도 아니었다. 우리 조에서 범인을 잡고 싶어서 하는 근무였기 때문에 하지 않아도 아무런 문제가 없는 데도 우리는 인적이 뜸해지는 밤 12시부터 다음날 날이 밝아오기 전까지인 새벽까지 몇 시간씩 근무를 했으니까. 그러면서 강제하지 않은 자발적 일이었기에 시간이 갈수록 결의는 꺾였다. 그날 박 경장 순번이었는데 일이 있다고 근무를 나가지 않았고 그 다음날은 최 순경이 잠을 자다가 깜빡했다면서 근무를 나가지 않았다. 어쨌든 그 골목은 사건이 일어나지 않고 조용했으니 다행이었지만 잠복은 흐지부지되었다.

그리고 며칠이 지난 주간근무가 끝나고 였다. 총각이던 손 경장에게 "출출한데 통닭에 생맥주 한잔 어때?" 술도 즐기지 않는 그였지만 "좋지요"였다 구운 통닭 한 마리와 생맥주 몇 잔을 마시고 밖으로 나오니 9월 중순의 밤바람이 시원하게 전신을 스치고 지나갔다. 나는 그에게 술도 취하고 바람도 좋으니 좀 걷자고 했다. 그런데 우리가 상가를 지나 집으로 가는 방향과 아무 상관없는 늘 우리가 근무하던 골목길을 천천히 걸었다. 밤 11시가 넘어 골목은 조용했고 게다가 빽빽하게 주차되어 있는 차량 그리고 가로등이 나갔는지 어두컴컴한 골목을 막 들어섰을 때였다. 차량이 주차되어 있는 담벼락 쪽에 조그마한 무엇인가 웅크리고 있는 듯했다. '고양이인가?' 그때는 골목마다 도둑고양이들이 많아 고양이인 줄 알고 가까이 다가가자 더욱 조그맣게 움츠려 들었다. 순간 "어, 이거 뭐야! 너, 뭐야 이리 나와 봐." 그곳에 예닐곱 살이나 되었을까 하는 꼬마 아이가 차량 그림자에 가려진 담벼락에 쪼그리고 앉아있었다. 손

당신을 체포합니다

경장이 가까이 다가섰다. "야, 꼬마야. 너 이리 나와 봐." 아이는 나올 것처럼 꼼지락거리더니 그 작은 몸으로 주차되어 있는 차량과 담벼락 틈 사이로 빠져나가 재빠르게 달아났다. 손 경장이 따라서 뛰고 나도 같이 뛰려다가 갑자기 느낌이 이상했다. 형사는 감이 있다. 눈으로 볼 수도 없는 그냥 자신만이 느낄 수 있는 느낌 같은 것, 육감이었다.

나는 찬찬히 아이가 숨어있던 곳으로 다가가서 차량의 내부를 꼼꼼히 들여다보았다. 무엇인가 운전석에 엎드려 있는 것이 보였다. 그것이 역시 감으로 '그래 너였구나' 하면서 차량털이범이라는 것을 알았다.

어차피 담벼락 쪽으로는 도망갈 수 없을 것이고 운전석 문을 막고 돌아섰다. 잠시 후 아이를 따라갔던 손 경장이 돌아왔다. "조그만 놈이 다람쥐처럼 얼마나 빠른지 어디로 갔는지 보이지도 않아요."라며 숨을 헐떡이다가 내가 가만히 서서 차량 안을 손짓하자 신중해졌다. 내가 운전석 문을 당겼으나 문이 잠겨 있었다. 창문을 두드렸다. "어이, 다 알고 있으니까 문 열고 조용히 나와 우리는 경찰이야." 그래도 그는 운전석 밑에 엎드려서 움직이려 들지 않았다. "다 알고 있다니까. 어서 나와 유리창 깨고 문 열기 전에……" 그렇게 큰 쥐는 잡혀서 유치장으로 갔다.

그동안 석수동 주택가에 있었던 수십 건의 차량털이 범죄는 모두 그의 짓이었다. 그런데 그는 끝까지 도망간 작은 다람쥐에 대해서는 알지 못하는 것처럼 입을 다물었다. 우리는 며칠 후 순찰을 돌다가 만난 아이에게서 관계를 확인할 수 있었다. 절도범과 같은 마을에 할머니와 살고 있는 아이는 여섯 살이고 그가 차량털이를 나갈 때면 데리고 다니며 망보기를 시켰고 그 대가로 과자를 사서 들려주곤 했다는 것이다.

그 후 석수동 주택가는 평온을 되찾았고 순찰 중에 가끔 찾아보는 작은 다람쥐는 더 이상 망보기를 하지 않고도 우리가 사주는 과자를 들고 다니면서 행복해했다.

당신을 체포합니다

파출소 6개월 전화위복
지방청 기동수사대 반장으로

나는 석수파출소에서 6개월간 근무를 했다. 관내가 그리 시끄러운 곳은 아니었기에 사건 사고가 많은 편도 아니었다. 관악산은 주말과 공휴일은 늘 등산객들로 북적였다. 그리고 안양유원지와 산자락을 중심으로 크고 작은 사찰들이 있어 사람들의 왕래가 많았지만 유동인구에 비하면 사건 사고는 많은 정도는 아니었다.

나는 시간이 지나가면서 파출소 근무에 회의적인 생각이 들었다. 형사 시절에는 세상이 좁다 하고 범인을 잡으러 뛰어다니다가 파출소 근무가 마치 새장에 갇혀있는 새와 같다는 생각이 들었다. 그러던 즈음 나는 경기지방경찰청 형사과 기동수사대에 근무를 신청해서 발령을 받았다. 지금으로 보면 광역수사대와 같은 역할을 했던 광역수사대의 전신이었다. 2000년 8월 당시 경기지방경찰청 기동수사대는 수원시 장안구 조원동에 독립 건물로 나와 있었다. 나는 그곳으로 발령을 받고 형사1계 3반장으로 근무를 하게 되었다. 1개 반이라고 해야 고작 반장 포함 4명이었다. 전체로 보면 형사1계는 계장1명과 3개반 12명으로 구성되어 있었다. 형사계는 1,2,3계와 관리반 4명 대장 포함 44명 정도였다. 기동수사대에서 하는 일은 경기도 관내에서(그때에는 북부청이 없었다.) 일어나는 사건 전반에 관한 것이었고 남양주 의정부까지 관할했다.

내가 반장으로 있던 3반은 형사기동대 2기 장○○ 경장, 부천에서 근무를 하다가 온 나와 같은 나이이던 이○○ 경장, 두 살 아래 전○○ 경장이었다.

나는 그곳에서 그들과 함께 약속이나 한 듯 열심히 근무를 했다. 되찾은 나의 자리라는 생각에서……

내가 안양경찰서 강력반장에서 모함을 받고 파출소로 쫓겨나지 않았더라면 나는 여전히 강력반장이라는 자리에 취해서 다른 세계를 보려고 하지 않았을 것이다. 어쩌면 결코 놓고 싶지 않았던 강력반장 자리를 놓고 한가한 파출소 근무를 하면서 내 자신을 되돌아볼 수 있는 시간적 여유가 있었고 또 다른 세계를 꿈꿀 수 있었다. 지방청 근무를 생각했던 것도, 용연 형과 상의를 했던 것도 나에게는 모두 전화위복의 기회가 된 것이었다. 그때 기동수사대 근무를 하지 않았더라면 더 큰 세상인 경찰청 특수수사과에 근무를 꿈꾸지는 못했을 것이다.

서울시 서대문에 위치한 대한민국 경찰청, 그곳에 특수수사과라는 곳이 있는지도 모른 채 그냥 변두리 강력반장, 형사반장으로 그렇게 살았을 삶을 다시 한 번 돌아볼 수 있는 기회가 되었다.

당신을 체포합니다

돈 빌려준 게 죄냐?
악덕 사채업자 검거

내가 반장인 형사1계 3반은, 같은 해 경찰이 되었고 나이도 비슷한 내가 반장이랍시고 내세워봐야 반원들은 신경도 안 썼다. 나와 장○○ 형사는 안양에서, 이○○ 형사와 전○○ 형사는 부천에서 함께 출퇴근을 했다. 그런데 그들은 범죄 첩보 입수하러 간다고 부천으로 가면 그날 일은 끝이었다. 연락도 없고 그렇다고 이렇다 할 범죄 첩보를 가져오는 것도 아니었다. 나와 장○○ 형사도 나름 범죄 첩보 수집을 한다고 안양을 들쑤시고 다니며 한두 달 시간이 갔다. 그사이 우리는 회식이랍시고 소주잔도 기울였지만 제대로 사건 하나 수사하지 못하고 아침저녁으로 계장과 대장에게 실적 없다고 닦달을 당하면서 기동수사대에 괜히 온 것은 아닌지 하는 후회도 했다.

그러던 어느 날 이 형사와 진 형사는 부천에 가있고 장 형사는 휴가 중이어서 없을 때였다. 옆반에 있는 정 형사가 걸려온 전화를 붙잡고 한동안 실랑이를 하더니 투덜거렸다. "에이! 여기가 뭐 아무

사건이나 하는데인 줄 아나 왜 이곳으로 신고를 하고 난리야." "무슨 전환데?" "아 뭐! 자기가 피해자라고, 사채업자한테 괴롭힘을 당한다는 이야기인데 돈 빌려가고 안 갚으니까 그러는 거지요. 관할 경찰서는 믿을 수 없으니 여기서 수사해달라고 해서 전화번호는 받았지만 첩보 써서 이첩해야지요." "그 전화번호 이리 줘봐." 나는 그에게 전화번호를 넘겨받았다.

어차피 사건도 없고 첩보도 없고 해서 가벼운 마음으로 피해자라는 여자와 통화를 했다. 다시 전화를 하고 관심을 가져 주자 반가워하는 눈치였다. 자신은 의정부에서 조그만 미용실을 하다가 다 팔고 지금은 식당에서 일을 한다고 했다.

나는 자초지종을 듣기 위해 사무실에서 만나자고 했더니 길도 멀고 식당에서 일하고 있어 어렵다고 했다. 그래서 내가 그 여자가 있는 의정부로 갔다.

얼마 후 그 여자가 일하는 식당 근처 파출소에서 피해자를 만나 들어본 이야기는 정말 기가 막혔다. 미용실을 하면서 사채업자로부터 200만 원을 빌리면서 비극은 시작되었다. 처음에는 별거 아니라는 생각으로 선이자 10%인 20만 원을 떼고 180만 원을 빌려 하루에 2만 원씩 100일 동안 갚으면 되는 것이었기에 어렵다는 생각을 하지 않았다. 하지만 평일 영업을 하는 날 2만 원 일수 찍는 것은 별 문제가 되지 않았지만 100일 동안 하루도 빠지지 않고 찍어야 하는 것이 그렇게 어려운 줄을 몰랐다고 했다. 예를 들어 일요일이 쉬는 날이어서 찍지 못하면 월요일 날 4만 원을 주면 되는 것으로 간단하게 생각을 했는데 그게 아니었다. 쉬는 날이건, 애경사로 자리를 비워서 못 찍는 날이 며칠씩 쌓이고 하다 보면 이자에 이자가

당신을 체포합니다

붙고 그것도 복리로 붙다가 보니 1년 2년 동안 일수를 찍어서 원금보다 몇 배를 더 갚았는데도 아직도 갚아야 할 원금은 1000만 원이 넘어 있더란다. 그러다 보니 버는 돈을 모조리 들이밀어도 원금은 점점 늘어만 갔다. 그 당시에는 채권추심에 관한 법률이나 대부업법이 없었을 때였으니 위법도 아니었다. 돈을 받기 위해 어느 정도 불법행위(집에 찾아가 안방에 드러눕고, 욕하고 전화로 독촉하고, 직장에 와서 돈 달라고 떼쓰고)는 용인되기도 했고 경찰에 신고해서 출동해봐야 "돈을 빌렸으면 갚으셔야지요. 민사 관계네요." 정도였다. 그때부터 피해자에게는 지옥이 시작되었다고 했다. 하루에 수십 차례 전화를 걸어 입에 담지 못할 욕으로 시작해서 "야 이년아, ○○같은 년아. 빨리 돈 갚아. ○○를 팔아서라도 남의 돈 갚아야지. 그 돈 떼어먹고 살 수 있을 것 같아 이년아, 미장원 팔아서라도 내놔"는 기본이었고 전화를 받지 않으면 가게로 찾아와(피해자는 미장원에서 먹고 잤다.) 손님이 있어도 눈을 부라리며 입에 담지 못할 욕을 하고 번 돈을 다 줄 때까지 죽치고 앉아 있기도 했다. 여자 혼자 살면서 그런 지옥을 견디다 못해 결국 미장원을 넘기고 권리금, 보증금을 다 줬는데도 원금은 더욱 늘어나 있었고 식당에서 먹고 자면서 일을 해도 월급을 거의 다 가져가는데도 원금은 줄어들기는커녕 더 늘어 지금은 원금이 2000만 원이 넘어있었다. 이야기를 듣고 있는 동안 모든 것이 내 잘못인 것 같아 괜히 눈물이 났다. '내가 이러면서 법을 집행하는 경찰관이라고 할 수 있나' 하는 자괴감도 들었다. 입장 바꾸어 생각해도 죽지 않고 살아가는 아주머니가 대단해 보였다. 나는 자리에서 일어나 부천에서 첩보활동을 하고 있는 반원들에게 전화를 했다. 앞으로 수사 방향을 합의하기 위해 사건 내용을 이야기했더니 "에이, 반장님. 그거 별거 아니에요. 채권자가 납치해서 구타한 거 아니면 영장 잘 안 나와요. 제가 그런 사건 몇 개 해봤는데 이자 많이 받는 게 위법은 아니니까요." 모두 시큰둥했다. 그때 사채업에 대한 사회적인 분위기가 그랬던 때였다. 나는 그들의 그런 반응에 화가 났다. 오기도 생겼다. '그래 냅둬. 이건 나 혼자 할 테니까'

다음날부터 나는 혼자 의정부로 갔다. 여관방을 잡고 사채업자들의 조직과 규모를 파악했다. 그리고 피해자에게 유사하게 당한 다른 피해자들이 있으면 더 알아봐 달라고 했다. 나는 의정부에서 3일 동안 머물면서 7명의 피해자들로부터 조사를 받았다.

모두 영세한 사람들이었다. 장사가 잘 되지 않는 치킨가게, 구석진 곳에 있는 문방구 주인, 조그만 식당, 미장원 등 그들이 빌려 쓴 돈이라고 해야 적게는 100만 원 많게는 300만 원 정도였고 모두들 지금까지 갚은 돈이 원금의 몇 배였는데도 앞으로 갚아야 할 돈은 1000만 원에서 많게는 몇 천만 원까지도 있었다. 나는 사람들이 이렇게 무지할까 싶어 화가 나기도 했다. 그날 세세한 부분까지 조사를 받고 수사보고서를 작성했다. 그동안 피해자들이 얼마나 많은 고통과 협박을 당했으며 그로 인해 가정이 파탄 나고 인생이 망가졌는지와 피해액 등을 수사보고서에 꼼꼼하게 적었다. 그런 다음 악덕 사채업자들의 사무실과 사장 집 차량에 대한 압수수색영장을 작성하여 직접 검찰청으로 갔다. 그때 만약 영장을 발부해 주지 않으면 직접 설득할 마음으로 검사실에 갔더니 서류를 보고는 잠시 기다리라고 했다. 설명하려고 했더니 "여기 자세히 적혀있네요." 의외로 쉽게 법원으로 영장청구하고 얼마 후 압수수색영장이 발부

당신을 체포합니다

되었다.

나는 영장이 나온 그날 저녁 혼자 자축하면서 소주 한 병을 마시고 4일 만에 집에서 단잠을 잤다.

다음날 압수수색영장이 발부된 것을 본 반원들은 그제야 관심을 가지는 듯했다. 나는 우리 반 4명과 2반 직원 4명을 지원받아 봉고차 2대로 의정부로 갔다. 우리는 사채업자 사무실과 집 등을 압수수색하면서 사장과 부장, 주임 2명 경리 등 5명을 체포해서 사무실로 압송했다. 그런데 그네들은 겁을 먹기는커녕 펄펄 뛰고 난리가 아니었다. "아니 경찰이면 이래도 되는 거야. 우리가 무슨 잘못을 했다고 돈 빌려주고 받은 게 죄냐? 당신들 어디서 나왔어 두고 봐. 우리가 가만히 있을 줄 알아?" 그들은 뭔가 믿는 게 있는지 아니면 정말 잘못을 모르는 것인지 압송하는 2시간 내내 악을 써댔다. 그때 장 형사가 슬그머니 귓속말로 "이거 다 잡아가도 괜찮은가 몰라요." 걱정이 되는 모양이었다. "그럼, 모조리 잡아가야지. 내가 다 책임질게. 정말 나쁜 놈들이거든."

나는 찬찬히 조사를 했다. 물론 처음부터 잘못을 인정할 생각이 없는 사람들이었다. "내 돈 빌려주고 갚으라고 한 게 죕니까?" 사장의 말이었고, "우리는 월급 받고 수금 다닌 것밖에 없어요." "저는 장부 정리만 했는데요." 사장과 직원들은 모두 억울하다는 것이었다. 그러거나 말거나 피해자, 목격자들의 진술과 계약서, 일수장부, 통장, 입금내역, 피해자들에게 보낸 문자메시지 내용 등을 정리해서 경리를 제외한 4명을 구속하겠나는 의견으로 검찰청에 서류를 접수했더니 얼마 뒤 답이 왔다. ─죄질 불량하고 피해사실 엄중하므로 4명 구속영장 신청은 물론 경리라고는 하나 피의자도 오랫동안 함께 근무를 하면서 범행사실에 대해 충분히 인지하고 있는 점 등으로 보아 공범 인정되므로 함께 구속영장 신청할 것. ─

　결국 5명 모두 구속이 되었고 변호사를 선임했지만 풀려나오지 못하고 재판이 길어지자 피해자들과 합의를 했다. 합의 과정에서 남아있는 원금은 갚지 않아도 된다는 그 내용만으로 피해자들은 너무 행복해했다. 의정부에서 수원까지 대중교통으로 먼 길을 찾아 사무실로 온 피해자들은 계속 고맙다며 눈물을 찍어내고 있었다.

　　　　　　　　　　　　　　　　　당신을 체포합니다

먹튀 술집 아가씨와 소개소 남자들
누가 더 나쁜 사람이야?

　형사들은 첩보를 제공하는 사람들을 일명 '망원'이라고 한다. 첩보란 범죄정보를 말한다. 그것은 회사원일 수도 있고 폭력배(일명 건달)일 수도 있고 범죄꾼일 수도 있다. 당시 망원에 대해서는 제한이 없었다. 예컨대 불법적인 거래만 하지 않는다면 형사들은 나름대로의 망원 관리를 하고 있었다. 영화 '투캅스'에서 보는 것과 똑같지는 않지만 비슷했다. 나는 지난번 의정부 악덕 사채업자 사건을 수사하고 잡아다가 그들을 모두 구속시킴으로 기동수사대에서 명성 아닌 명성을 얻었다. 사채업체 사무실 하나를 압수수색해서 일당들을 일망타진한 것이 효과가 있었던 것 같았다. 그래서 그런지 의정부에서 가끔 나에게 심심찮게 이런저런 전화가 걸려왔다. 누가 어떻다더라. 어떤 나쁜 일을 하는 놈들을 안다는 등. 그러다가 어느 날 한 제보자한테서 인신매매범이 있다는 제보를 받았다. 나는 순간 귀가 솔깃했고 요즘 세상에 인신매매범이라니 하며 제보자를 사무실로 불렀다. 제보자에게는 참고인 여비를 지급해 줄 테니 함께

오면 좋겠다고 했더니 20대 초반 아가씨를 데리고 왔다. 그녀는 자신이 인신매매 피해자라고 했다. 내용을 묻자 자신은 아는 언니 소개를 받은 직업소개소 사장으로부터 얼마 정도의 선불금을 받는 조건으로 소개를 해달라고 했더니 전라도에 있는 조그만 섬으로 데려갔다고 했다. 그리고 그곳 다방에서 술집 업주에게 자신을 넘기고 돈을 받아갔다고 했다. "소개비를 준 것이 아닐까요."라고 했더니 "저도 처음에는 그렇게 알았는데 소개업자가 가고 나니까 주인이 저에게 1300만 원짜리 차용증을 내밀더라고요. 그래서 내가 이게 뭐예요. 라고 했더니 선불금 1000만 원에 소개소 사장에게 300만 원을 줬으니 계약기간을 채우지 않고 간다면 네가 1300만 원을 갚아야 된다고 하니 저를 돈 받고 판 거지요."일견 맞는 말이기는 했다. "그래서 어떻게 했나요?" "거기서 일주일 일하고 그냥 나와 버렸어요." "받은 돈은요." "돈이 어디 있어요. 선불금 받은 돈은 다 썼고 그리고 그 사람들 인신매매한 거 불법이잖아요. 돈은 나중에 갚을 거예요." 틀린 이야기는 아닌데 마음이 개운하지가 않았다.

나는 궁리 끝에 피해자라는 아가씨를 돌려보내고 직업소개소 사장과 전라도에 있는 술집 주인을 사무실로 불렀다.

먼저 직업소개소 사장을 조사했다. 어떻게 피해자를 알게 되었으며 어떤 경로를 통해 전라도에 있는 작은 섬에 소개를 했고 돈은 얼마를 받았는지에 대해 물었다. 그는 인력을 소개해 주고 소개비를 받는데 무슨 문제가 있냐고 따졌다. 먼저 피해자가 사무실로 찾아왔고 전라도로 소개를 하게 된 것은 피해자가 많은 선불금을 원했기 때문에 그 돈을 줄 수 있는 곳으로 소개를 했다는 것이다. 그리고는 정당한 대가를 받았다고 했다. 정상적인 소개비보다 몇 배를 받은 것과 업주들이 소개비와 수고비로 준 돈을 종업원들에게서 받는다는 사실을 알면서도 그것을 피해자들에게 고지를 하지 않은 점 등으로 볼 때 돈을 받고 사람을 넘겨준 것이 아니라고 볼 수도 없었다.

지금은 성매매특별법으로 불리고 있는 그것은 2004년 9월 24일부터 시행된 법률이고 당시에는 윤락행위방지법이 있었다. 물론 법으로야 윤락행위가 금지되어 있었지만 거의 모든 유흥업소에서 공공연히 윤락행위를 하고 있었고 사건 당사자 그러니까 업주나 아가씨 손님 중에서 신고를 하거나 문제를 삼지 않으면 알고도 넘어가 주거나 특별히 단속을 하지 않았다. 그런 와중에도 종업원이 윤락행위를 원하지 않았는데 주인이 위력으로 시킨다거나 미성년자를 고용해서 윤락행위를 시킨 것이 확인되면 처벌이 엄하기는 했다. 구속시켜서 재판을 받도록 했고 벌금도 많이 나왔다. 그렇다고 아가씨를 고용해서 윤락행위를 하지 않으면 아예 업소들은 문을 닫아야 할 판국이었고 업소들마다 선불금을 주고 아가씨들을 데려오는데 혈안이 되고 있었다. 그 시절 '술장사는 곧 아가씨 장사'라는 말이 공공연하던 때였다.

나는 피해자인 아가씨를 상대로 윤락행위에 대해 조사를 했다. 아가씨는 윤락행위를 한 것에 대해서는 인정을 하지만 그것은 주인의 강요에 의해 어쩔 수 없이 한 것이라는 진술을 했다. 그러므로 자신은 잘못한 것이 없고 소개소에서나 술집 주인에 의해서도 피해자라고 주장을 했다. 그러나 그녀의 말 속에는 윤락행위가 인정되는 부분이 많았다.

다음은 술집 주인을 상대로 조사를 했다. 아가씨를 소개받고 300만 원 소개비를 준 것에 대해서도 아가씨가 가게에서 손님을 상대로 윤락행위한 것에 대해서도 인정을 하면서도 실질적인 피해자는 자신이라고 하소연을 했다. 어떤 부분에 대한 피해자인지를 물었다. "형사님, 생각해 보세요. 저는 소개소 사장에게 300만 원 그리고 아가씨에게 선불금으로 1000만 원을 줬는데 아가씨는 일주일 일하고는 도망을 갔습니다. 저는 고스란히 1300만 원 손해를 본 것인데 적은 돈이 아니잖아요. 제가 가장 큰 피해를 입었어요." 당시 내 한 달 월급이 100만 원을 조금 넘을 때였으니 적은 돈은 아니었다. "그러면 아가씨를 찾아서 돈을 받으면 되지 않나요?" 업주는 나를 빤히 쳐다보았다. "정말 몰라서 그러시는 겁니까? 요즘 외진 곳에 있는 업소에서는 탕치기 때문에 얼마나 피해가 많은데……" "예? 탕치기요? 그게 뭔가요?" 술집 주인은 어이없다는 표정을 지으며 말을 했다. "바로 저런 아가씨들이지요. 선불금 받고 가게에 와서 일주일 정도 일하면서 윤락행위에 대해 증거만 만들어서 바로 도망을 가요. 그래서 찾아도 어떻게 하지를 못합니다. 오히려 우리를 고소한다고 겁을 주기가 일쑤입니다. 탕치기꾼들에게 걸리면 울며 겨자 먹기로 속앓이를 하는 거지요. 저 아가씨도 원래는 이렇게 신고를 하지 않을 건데 우리집에 와서 손님 딱 한 명 받고는 그 이튿날 도망을 갔어요. 아무리 생각해도 너무 억울해서 주소지인 아가씨네 집으로 민사소송하겠다고 서류를 보냈더니 그거 못하게 하려고 경찰에 신고한 겁니다. 제대로 수사해주세요. 저 처벌받아도 좋으니까요. 아무래도 소개소와 짜고 한 거 같습니다." 이게 뭐야? 갑자기 많은 생각이 들었다. 정말일까? 일단은 모두 돌려보내고 세

당신을 체포합니다

사람의 진술을 검토했다. 수사는 처음부터 다시 시작이었다.

　나는 압수수색영장을 받아 직업소개소를 압수수색했다. 장부를 살펴보고 사장의 통화기록을 검토하면서 통화내역 등에서 사건의 실체가 드러났다. 탕치기 공범으로 아가씨들 5명과 사건을 주도한 정○○ 행동대원, 김○○와 소개업소 사장까지 9명이 함께한 일명 '탕치기' 사기단이었다. 피해업소는 주로 섬, 외딴 곳에 있는 영세업소로 10여 곳이 확인되었다. 피해액은 제일 적은 금액이 1000만 원에서 많은 경우 3~4000만 원 정도였다. 9명이 취한 이득 금액은 2억 원이 넘었다. 큰돈이었다. 그들은 처음부터 모의를 하고 계획적으로 움직였다. 주범인 정○○가 아가씨들을 모집하고 소개업자가 업소들을 선정, 소개비와 수고비를 받고 아가씨들은 가능한 만큼 많은 금액의 선불을 받았다. 그리고 업소에 도착하면 일주일 내에 윤락에 대한 증거를 확보한 뒤에 행동대원 김○○의 도움으로 도주해서 또 다른 업소를 선정, 같은 방법으로 사기행각을 벌였다. 그렇게 받은 소개비와 선불금은 주범 정씨와 소개업자 행동책인 아가씨, 도주책인 김씨가 나누어 가졌다. 그런데 업소 측에서 소개소로 항의를 하면 안 그래도 아가씨가 우리 업소로 항의를 했다. 업소에서 윤락을 너무 심하게 시키고 가두어놓고 감시를 해서 견딜 수 없어 경찰에 신고하기 위해 도망 나왔다. 그런 애를 내가 엄청 달래서 진정시켜 놓은 상태다고 이야기를 하면 약점이 있는 업주들은 전전긍긍하다가 넘어가 버리는 경우기 거의 다수라고 했다. 참 기막힌 일이었다. 이렇게 되면 피해자는 업주들이 되는데 피해를 확인하기 위해 연락을 하면 "우리는 신고한 적 없어요" 했다. 조사를 하다가 사실이 밝혀졌다고 해도 "사건이 되면 우리도 큰 처벌을 받아야 하는데 사건을 원하지 않습니다"라던가 심지어는 "피해 입은 거 없으니 조사받으러 가지 않겠습니다. 돈 준 적 없어요." 하기도 했다. 담당 검사실을 찾아갔다. 사건 설명을 하고 "이 건 확실하게 해결하려면 이 사건에 대해서만큼은 업주에 대해 피해자로만 조사를 하고 윤락행위 건에 대해서는 입건하지 않았으면 합니다"라는 의견을 냈더니 검사도 긍정적이었다.

나는 다음날 검찰에서 서류를 찾아왔다. 원래는 "귀견대로 할 것"이거나 "의견대로 처리할 것"이라고 적혀있어야 했다. 그런데 그곳에는 이렇게 적혀있었다. "저도 같은 의견입니다"라고.

그렇게 진흙탕 싸움을 하면서 주범 정씨와 소개업자, 도주책, 행동책 중에서 범죄사실이 5건이 되는 아가씨 2명을 포함 5명을 구속했다. 나머지 4명에 대해서는 불구속 입건하고 업주들에게는 이 건에 대해서만큼은 피해 금액에 대해 민사소송해도 된다는 이야기를 전해주었다. 그들은 처음으로 경찰에게 감사의 마음을 전했다.

인신매매, 윤락행위, 탕치기(사기) 도대체 누가 제일 나쁜 사람일까?

투자 유혹과 미국 큰손
허망한 빈손으로

기동수사대를 직접 찾아오는 민원인은 많지 않다. 아니 거의 없다. 그런데 어느 날 현관 앞에 서서 잡담을 하고 있는데 정문에서 점잖게 보이는 중년 남자가 근무자인 의경과 한동안 실랑이를 하고 있어 다가갔다. "무슨 일이야?" 의경이 반색을 했다. "안 그래도 이분이 상담을 하러 오셨다고 해서 무슨 일인지 알아보고 있는 중입니다." 기동수사대는 민원인의 고소 고발장을 접수하거나 일반 상담을 하지 않았으니 의경도 답답했으리라.

나를 따라 사무실에 들어온 그는 차를 한 잔 마시고 나서 조심스럽게 이야기를 꺼냈다. "많이 망설이다가 왔는데 어찌 할 줄 몰라서요. 제가 미국에 살고 있는데 며칠 전에 한국에 들어왔습니다. 한국에 계시는 분을 만나러 왔는데 연락도 잘 안되고 이상한 게 있어서요. 그래서 경찰서에 가서 상담을 했더니 일단 고소를 하라고 하는데 사실 확인도 되지 않은 사안이고 해서 답답해서 왔습니다."

그로부터 들은 이야기는 자신은 미국에 이민을 가서 살고 있다고 했다. 그동안 고생고생해서 재산도 좀 모았고 그곳에서도 살만 한 정도는 되었는데 언젠가 한국에 살고 있는 친구인 대학교수가 미국에 다녀가면서 하는 말이 "야, 너 여윳돈 있으면 돈 좀 벌어봐. 내가 진짜 큰손 하나 소개시켜 줄 테니까." 그러면서 자신은 얼마를 벌었고 주변에 있는 누구를 소개시켰는데 그 친구는 얼마를 벌었다고 자랑을 해서 처음에는 그래 뭐 하는 심정으로 1000만 원을 친구가 말한 통장으로 입금을 시켰는데 한 달 뒤에 1200만 원이 입금되었다고 했다. 이것 봐라 하는 마음에 3000만 원을 입금했고 다시 한 달 뒤에 3600만 원이 입금되어 빠져들기 시작했다고 했다. 친구에게 소개받은 그는 증권회사를 운영하는 큰손이었고 미국에도 한번 다녀갔다고 했다. 그가 미국에 왔을 때 큰손을 위해 지극정성을 다해 대접을 했고 그도 만족을 하고 돌아가면서 "사장님이 이렇게 잘 해주셨으니 제가 각별히 신경 쓰겠습니다. 사실은 수입이 좋아서 모두 많은 금액을 배팅하려고 해서 상한액이 있지만 사장님이 보내는 것은 제가 다 접수하도록 하겠습니다."란 달콤한 말까지 들었다는 것이다.

그렇게 해서 몇 개월에 걸쳐 넘어간 돈이 모두 합해 10억 원이 넘는다고 했다. 그러면서 한국에 있는 친구들과 통화를 해보니 그들도 적게는 몇 천만 원에서 몇 억 원씩은 투자를 했는데 요즘은 연락도 잘 안된다고 했다. 그래서 귀국하여 여의도 사무실을 가보니 텅 빈 채 먼지만 날리고 있었고 큰손인 김○○는 전화조차 받지 않고 연락도 되지 않는다고 했다.

나는 사건을 접수하고 우선 같은 피해를 당한 사람들을 찾았다.

당신을 체포합니다

전화를 해서 알아보고 또 불러서 조사하는 등 며칠에 걸쳐 찾아낸 피해자들만 12명, 피해 금액은 20억 원이 넘었다.

그리고 큰손에 대한 조사를 했다. 김○○, 37세. 증권회사에 근무하다가 3년 전 퇴직한 후 일정한 직업이 확인되지 않았다. 피해자들의 여러 가지 증거들을 보면 분명 회사에서 사용했음직한 서류들이었다. 대리, 과장, 차장, 부장, 사장 결재가 된 서류들도 많았다. 나는 피해자들이 투자한 금액을 어디에 투자했다는 내용들의 서류를 보면서 '우리가 헛짓을 하는 것은 아닐까' 하는 생각이 들 정도로 서류들은 빈틈없어 보였다. 어찌 되었거나 그의 얼굴을 봐야 모든 것이 해결되지 싶었다.

그는 결혼도 하지 않았다. 마음먹고 사기를 친 것이라면 검거가 쉽지 않겠다는 생각이 들었다. 친구에게, 친척에게 돈을 빌리면서까지 전 재산을 걸었던 피해자들은 수사가 시작될 때까지만 해도 설마설마하는 심정이었다. 본격적으로 검거 작전에 들어갔는데도 불구하고 그의 종적을 발견하지 못한 채 하루하루 시간이 흐르자 피해 사실이 현실이 되는 듯 매일같이 우리 사무실로 출근을 했다. "형사님. 내 전 재산입니다. 제발 빨리 잡아주세요. 돈 다 쓰기 전에 잡아야지요." 범인 검거를 위해 형사들이 사용하는 방법은 나름대로 여러 가지가 있다. 개인별로 다르겠지만 어떨 때는 기상천외한 방법까지 동원되기도 한다. 다른 사람에게 피해를 주지 않는 방법으로……

하지만 이 책에 어떤 방법을 사용했다고 표현할 수는 없다. 물론 현재도 열심히 범인을 잡기 위해 일을 하고 있는 형사들을 위해서 또는 잡히지 않기 위해 도망을 다니고 있는 많은 범인들이 악용할

우려가 있으니까.

어찌 되었거나 우리는 참으로 다양한 방법을 사용해서 10여 일 쫓아다닌 끝에 과천 사설경마장에서 도박을 하고 있는 그를 검거했다. 당시 그의 주머니에서 나온 현금은 100여만 원. 그를 앞세우고 간 곳은 인덕원에 있는 꽤 그럴 듯한 오피스텔이었다. 그곳은 자신의 명의도 아니고 예전 동료의 명의로 보증금 500만 원에 월 100만 원씩 낸다고 했다. 그가 타고 다니는 차도 역시 다른 사람 명의의 벤츠 차량이었다. 사무실로 오는 도중 차 안에서 피해자들이 가장 궁금해 하는 돈에 대해 물었다. 범행 수법이야 이미 밝혀진 것이고.

그는 쓴 웃음을 지었다. "아시잖아요. 뭐 지금 저에게 있어봐야 몇 백이지요." "나머지 돈은? 20억 원이 넘는 금액인데." "저 혼자 쓴 거 아닙니다. 그 사람들에게 초창기에 배당하느라 썼고, 나머지는 제가 차 사고 생활비로 썼고 경마장에도⋯⋯" 의외로 순순히 범행수법과 돈의 출처에 대해 이야기를 했다. 형사의 감으로 보면 전문적인 범죄꾼은 아닌 듯했다. 사무실에 도착하니 어떻게 알았는지 피해자들이 몰려와 소리를 지르고 야단이었다.

나는 그에게 범행 동기를 물었다. "왜 시작하게 된 거야?" "처음에는 정말 순수하게 제 지식을 가지고 몇 사람 도와준 겁니다. 그런데 재수가 좋은 건지 나쁜 건지 몇 번 수익을 본 사람들이 계속 저에게 돈을 입금시켜주며 관리해달라고 하고 그렇게 몇 사람에게 돈이 들어오면 주식투자를 했고, 손해를 보면 또 더 큰돈이 있어야 만회를 할 수 있는 것들이 있어서 더 큰돈을 만들기 위해 제가 증권회사를 운영하는 것처럼 꾸며서 사람들을 모은 겁니다. 하지만 처음부터 사람들에게 사기 칠 마음은 없었습니다. 형사님이 믿건 안 믿

당신을 체포합니다

건 이건 정말입니다. 사실 어떻게 보면 저도 피해잡니다." 그는 고개를 떨구었다. 불쑥 화가 났다. "피해자라니? 저 사람들이 당신에게 어떤 피해를 줬는데?" 그 말에 그는 고개를 들었다. "욕심이요. 처음에는 제가 아니라고 이야기를 했는데도 돈을 더 벌기 위해 강제로 돈을 맡기다시피 했어요. 사실 이렇게까지 할 생각은 없었는데 지금 제 꼴이 뭔가요." 울먹였다. 옆에 있는 전 형사가 물었다. "다른 공범은 없나?" "없어요." "그럼 이것은? 여러 사람이 사인한 결재서류인데." 서랍 속에서 증거물을 꺼내 들이밀었다. 그가 픽 웃으며 "종이하고 펜 줘보세요." 그는 받아든 펜으로 종이에다 여러 가지 어려워 보이는 사인들을 오른손 왼손으로 펜을 바꿔 잡아가며 시범을 보여주었다. 그렇게 장난처럼 사인한 서류에 속은 많은 사람들은 무엇일까. 정말 그 사람들 욕심 때문에 생긴 일일까.

그에게 구속영장을 집행하고 사무실로 돌아오니 미국에 살고 있는 피해자인 김○○와 국내 교수 친구인 유○○가 나를 기다리고 있었다. 그들은 이미 피의자로부터 돈을 돌려받기란 요원하다는 사실을 알고 있었다. 오히려 자신도 피해자라고 했던 그의 말을 전했을 때 김○○는 생각을 하는 듯했다. "그럴지도 모르겠네요. 사실 그렇게 궁색하지도 않은데 왜 그렇게 돈을 더 가지려고 했는지 지금 생각하니 저도 잘했다는 생각은 들지 않네요. 어찌 되었거나 고생 많으셨습니다. 저는 내일 미국으로 돌아갑니다." 그와 친구는 점잖게 작별을 고하고 돌아섰다. 사건을 해결하고 나선 술 한 잔씩은 나누는 형사들의 전통, 하지만 오늘은 술 생각이 나질 않았다. 반원들도 나와 같은 생각이었을까. "반장님, 오늘은 서로 일찍 퇴근합시다."

짜고 치는 카드 도박
호구를 벗겨라

그동안 크고 작은 사건 몇 가지를 해결하게 되자 그때마다 기동
수사대로 방송과 언론인들이 들이닥쳐 나에게 인터뷰를 하고 또 사
건 내용을 보도하기에 바빴다.

그러던 어느 날이었다. 부천에서 큰 도박판이 있다는 제보에 나
는 며칠 잠복 미행을 했다. 그리고 그날 형사1계 13명이 총동원되
어 일명 마발이(도리짓고땡) 도박꾼 50여 명과 판돈 6000만 원 정도
를 현장에서 압수하고 도박꾼 11명을 구속했다.

그 사건을 마무리하면서 평화롭게 지내던 날이었다. 40대 중반의
남자가 사무실을 기웃거렸다. 결국은 사무실로 들어와 커피 한 잔
을 다 마시고 망설이던 남자가 나에게 말을 꺼냈다. "얼마 전 TV보
니까 큰 도박판을 잡았던데요. 도박 액수가 얼마 정도 되면 구속이
되나요?"였다. "무슨 일 때문에 그러시는데요?" "사실은……" 그
남자가 한참을 망설이다가 침통한 표정으로 말을 했다. 자신은 일
산에서 제조업 공장을 하는데 사업이 잘되어 돈도 제법 벌게 되자

아무런 걱정이 없었단다. 그런데 6개월 전쯤 거래업체 사장과 몇 사람이 근처 전원 식당에서 심심풀이로 카드 도박을 했다는 것. 자신은 카드를 잘하시도 못하고 재미삼아했던 거였는데 첫날 어찌 되었거나 꽤 많은 돈을 따서 술집에 가서 술도 샀고 그 후로 주말과 휴일이면 그들과 함께 어울려 카드 도박을 해왔다고 했다. 처음에는 적은 액수로 하던 도박이 날이 갈수록 판돈이 점점 커져갔고 밤을 새우는 일이 많아졌다고 했다. 그런데 언제부터인가 도박을 하면서 자신이 이기는 판수가 많은 거 같은데도 불구하고 판이 끝나면 자신은 항상 빈털터리였단다. 그렇게 6개월 동안 잃은 돈이 10억 원이 넘었고 공장 가동도 제대로 되지 않았고 현금을 구하기 위해 사채까지 빌려서 집과 땅이 담보로 잡혀있다고 했다. 그러면서 자꾸 이상한 기분이 들어 청계천에 가서 몰래카메라를 구입, 미리 식당에 가 도박하는 방 천장 전등 위에 몰래카메라를 설치해 놓고 카드를 하고 그 다음날 확인해 보니 4명이 카드 도박하는데 자신을 제외한 3명 모두가 짜고 하는 공범이었다고 했다. 슬쩍슬쩍 밑장을 빼주고 서로 눈짓을 하는 등 그 당시에는 볼 수 없는 모습들이었는데 이상해서 상담을 하러 왔다고 했다. 그가 가지고 온 카메라 영상을 본 우리는 확실하게 3명이 짜고 사기도박을 했음을 알았다. 아마 목 카드를 사용한 것 같았다.

"만약 그들이 짜고 사기도박을 한 것이라면 선생님은 처벌받지 않아요. 이런 경우는 도박이라고 할 수 없고 사기라고 할 수 있지요." 그는 숨을 크게 내쉬며 "진작 신고를 하고 싶었지만 거액의 돈을 걸고 도박을 했기 때문에 자신도 구속될 수 있다고 하여 많이 망설였다."고 했다. 그를 돌려보내고 나는 도박꾼들에 대해 인적 사항을 확인해보니 웬걸 사기도박 전과와 도박 전과가 수두룩했다. 우리는 토요일 오후쯤 식당에 도착하여 닭볶음탕을 시켜 먹으며 그들의 거동을 살폈다. 이윽고 그들이 옆방에 모여 카드를 시작했다. 우리는 손님으로 가장해서 때를 기다렸다. 한 시간 가량 지나서 옆방을 급습하여 수북한 판돈과 함께 모두를 검거했다.

"나는 경기청 기동수사대 장 형삽니다. 왜 왔는지 아시지요? 사기도박 현행범으로 체포합니다. 아! 그리고 선수가 누굽니까? 목 카드는 누가 가지고 왔나요?" 선수와 목 카드를 찾으니 그쪽에서도 포기를 하는 듯했다 선수가 순순히 손을 들고 가방에 들어있던 목 카드도 내놓았다. 일명 '호구잡기'였다. 어수룩하고 돈은 좀 있고 눈치도 별로 없는 사람 대상으로 오랫동안 공들여 있는 돈 다 빨아먹는 방법이었다.

며칠 후 3명 모두 구속영장이 발부되었을 때 피해자가 찾아왔다. "호구가 돈은 많이 잃었지만 세상 공짜 없다는 사실을 다시 확인했습니다. 이제 다시는 도박 근처에도 가지 않겠습니다." 회한에 찬 음성으로 그가 몇 번이고 감사를 표하며 머리를 숙여 보였다.

당신을 체포합니다

일선형사의 허물벗기
경찰청 특수수사과 시절

나는 2001년 2월 1일자로 경기청 기동수사대에서 경찰청 특수수사과로 발령을 받았다. 대한민국 경찰의 최고 수사부서라고 하는 특수수사과는 어떤 수사를 하는 곳인지 몹시 궁금했다. 그래서 인터넷에 들어가 조직도를 보고 하는 일을 검색했다. '사회적 파장이 크거나 국익에 관련된 사항'이란다. 그곳에선 모두 넥타이에 정장을 입고 근무를 했다. 지방경찰서 형사계에서처럼 편한 옷과 운동화, 잠복을 위한 검정색 잠바 이런 것들을 입고 근무할 수 있는 곳은 아닌 듯했다. 나는 큰 마음먹고 세일하는 매장을 찾아가 거금 13만 원을 주고 양복과 와이셔츠 등을 샀다.

며칠 후 나는 양복을 멋들어지게 입고 서울에서 발령받은 직원들 몇 명과 수사국장에게 신고를 했다. 그리고 특수수사 203호실에 함께 신고를 마치고 앉아있는데 서울 직원들이 입고 있는 양복이 옷맵시도 그러하거니와 옷감이 반질거리는 것이 엄청 좋아보였다. 나중에야 안 일이지만 150수라는 것이 고급 양복 원단을 말하는 것이었다. 그렇게 촌놈의 서울 생활이 시작되었다.

나는 그곳에서 41개월 동안 근무를 했다. 처음 발령받아 갔을 때 특수수사과장은 최○○ 총경이었는데 내가 그곳에 간 지 얼마 되지 않아서 당시 김○○ 대통령 3남이 관련된 게이트로 인해 현직 총경은 비행기를 타고 미국으로 도미를 했고 세상은 시끄러웠다. 어쩌면 그때 나는 대한민국 상류사회의 생활을 엿보면서 많은 사건들을 수사했다. 언론에 나온 사건들도 많고 개괄적으로 설명하자면 못할 것도 없지만 아무리 지난 일이라 해도 자세한 것까지 서술하는 것은 적절하지 않은 듯하다. 내가 형사를 하면서 취급한 일반적인 사건들이야 말 그대로 늘 우리의 일상 주변에서 일어나는 것들이어서 특정이 어렵다. 하지만 이곳에서 사건들은 조금만 신경 써서 보면 즉각 어떤 사건의 누구인지 알 수 있는 사건들이기에 기술을 생략한다.

경찰청 특수수사과 근무는 나에게 참으로 힘들었던 시간들이었다. 처음에는 촌놈이라고 일도 시켜주지 않았다. 겨우 시키는 일은 복사나 잔심부름이었다. 특히 대화할 수 있는 상대도 없었고 그러다 보니 하루 종일 스트레스만 쌓여갔다. 매일같이 밤 11시가 넘어 지친 몸으로 퇴근을 하면 쉽사리 잠들기가 어려웠다. 때론 아이들은 잠들고 남편이 오기를 기다리는 아내를 불러 옆에 앉히고 먹자 골목 선술집에서 소주 한 병을 마시고 집에 들어가면 12시가 넘어 있었다. 부랴부랴 씻고 누웠다가 새벽 4시 30분이면 일어나 출근하는 그런 전쟁 같은 시간들을 보냈다. 나는 그동안 특수수사과에 근무하면서 많은 생각을 했다. 인지사건 외에는 BH(청와대)에서 하

당신을 체포합니다

달되는 첩보 사건 처리를 했다. 공무원은 4급 이상 공기업은 주로 기관장, 이사급에 대한 하명이었다. 이러이러하다는 첩보가 거의였다. 그러한 첩보들을 받으면 확인하기 위해 압수수색영장을 받아 사무실이나 집 압수수색을 하고 나면 범죄가 확인되고 안 되고는 나중 문제였다. 그렇게 특수수사과에서 수색을 당한 그날로부터 공무원 생활은 끝난 것이나 다름없었다. 설령 수사를 해서 범죄가 확인되지 않더라도 그전에 이미 상사나 동료 주변 사람들로부터 범죄자로 낙인되어 옷을 벗는 경우가 많았다. 수사관 입장에서는 영장을 받아 압수수색까지 했는데 범죄사실을 입증하지 못하면 애초에 자신의 무능이라고 생각하는 경우이기 때문에 처음부터 범죄 첩보와 다른 범죄사실이 있는지에 대해서도 살펴보게 된다. 본인만이 아니라 주변에 친했던 지인까지 확대되는 수사는 거의 그렇게 시작되는 것이다. 그렇게 주변인까지 불러 조사하고 괴롭히다 보면 처음에는 맘대로 해봐라 뭐가 나오나 하던 사람들도 그쯤에서 자포자기하며 사직서를 제출하는 경우가 많았다.

그래서 한때는 공직사회에서 자신의 경쟁자를 제거하기 위한 수단으로 청와대 주변 행정관들을 통해 활용된다는 말도 있었다.

나는 최초 특수수사과 여자 경찰관이었던 강○○ 경위와 그곳에서 만나 파트너로 많은 사건들을 수사했다. 특수수사과의 유일한 여경으로 중앙 언론의 주목을 받기도 했다. 하지만 법조브로커 윤○○ 사건과 관련하여 팀장과 함께 구속되었고 그로 인해 203호실에 근무했던 모든 직원들은 중앙지검 특수부를 들락거리며 조사를 받았다. 특히 그중에서 203호실 사건에 대해서는 막내였던 내가 서류를 만들고 조사도 많이 했기에 6개월 동안 수차례 불려 다니면서 피의자 같은 조사를 받았고 우리 조직 내부 감찰에도 시달려야 했다. 정말 생각하기도 싫은 시간들이었다. 저녁에 잠들면서 아침에 눈뜨지 않았으면 하는 바람을 갖기 수십 번이었다. 그렇게 특수수사과에서의 좋은 것보다는 힘들고 어려웠던 기억이 많이 남아있다.

나는 그 후 이른바 공수부대 낙하산 납품비리 사건을 수사한 공로를 인정받아 경위로 특진되어 2005년 4월 경기지방경찰청으로 발령을 받았다.

당신을 체포합니다

장기매매, 은밀한 거래의
뒷골목

'신장, 간 각종 장기 사고팝니다' 가끔씩 공중화장실 벽에 붙어있는 문구와 은밀한 연락처가 있지만 실질적으로 이곳을 통해 신장이나 간을 팔거나 구입하는 사람들이 있을까 늘 궁금했었다.

그러던 어느 날 간이나 신장을 매매하는 중간 브로커에 대한 제보로 수사를 시작하게 되었다. 하지만 브로커에 대한 수사를 하자면 간이나 신장 각종 장기를 돈 받고 판 사람과 돈을 주고 매수를 한 사람에 대한 수사를 하지 않을 수 없는 일이었다. 물론 자신의 몸에 있는 장기를 돈을 받고 판매를 하는 것 자체가 법으로 하지 못하도록 정해놓은 것이니 처벌을 받았다. 하지만 비난 가능성이 그리 높지 않은 것이 사실이고 장기를 이식받지 못하면 목숨을 잃어야 하는 절박한 사람들은 돈을 주고 타인의 장기를 이식받아 살고 싶어 하는 것이라면 비난을 할 수 없는 현실 아닌가. 그렇다면 브로커에게만 죄가 있는 것일까 어찌 되었건 모든 것이 궁금했다. 어떻게 장기를 매매하고 구입해서 어떤 방법으로 수술을 하는지, 또 여느 동네 병원에서도 아무 거리낌 없이 장기이식수술을 하는지 의문이 들었다. 장기매매의 중간 브로커들은 연락이나 접근이 어려웠다. 그들은 신장이 필요하다고 전화를 해도 덥석 만나주는 것이 아니고 이런저런 확인 절차를 거쳤다. 병원 진료기록과 가족증명서 등 모든 것을 꼼꼼히 확인하고 정말 장기를 팔려고 하는 사람이나 사려고 하는 사람인 것이 확인되어야 일을 한다. 얼핏 생각하면 장기를 이식받지 못하면 살 수 없는 환자들은 어떻게 하느냐. 물론 장기기증센터에 등재를 하고 그 순서를 기다리는 것이다. 하지만 적지 않은 수술비가 준비되었다 하더라도 장기 기증자가 없으면 수술을 할 수 없다는 이야기다. 그런데도 불구하고 방법이 없는 것은 아니다. 촌수 이내의 친지가 장기를 환자에게 기증하는 경우에는 그 장기가 서로 맞는지 확인한 다음 즉시 수술이 가능하다. 문제는 타인이 자신이 원하는 경우에 아무에게나 장기를 줄 수 있느냐. 그렇다면 정말로 돈 있는 사람들은 원하는 장기를 사서 이식하거나 돈으로 그렇게 되도록 만들 것이기 때문에 장기를 살 수 있는 능력이 있다 하더라도 타인의 장기를 매매할 수 없도록 법을 만들어 놓은 것이다. 사는 사람도, 중개하는 사람도, 파는 사람도 모두 처벌을 받을 수 있는 것이 장기매매 관련 법이다.

나는 모든 가능성을 열어두고 간 이식수술로 유명한 ○○병원을 찾아가 도움을 청했다. 그날 간 이식수술을 받고 관찰 중이거나 회복 중에 있는 환자가 몇 명이 있었다. 이들이 모두 장기기증센터에 등록을 하고 순차적으로 수술을 받았는지 확인했지만 그런 경우는 없었다. 위에서 말한 것처럼 그렇다면 친족으로부터 기증을 받아 수술을 한 경우였다. 우선 간을 떼어준 친족을 만나보고 싶었다. 아무리 친족이라 할지라도 자신의 몸에 있는 간을 떼어주기가 그리 쉬운 것만은 아닐 터였다. 간을 이식받은 사람이 아직 제대로 회복을 하지 못하고 치료를 하고 있다면 간을 떼어준 사람도 마찬가지였을 것이다. 어느 병실에 있는지 확인하려 했지만 그날 환자 3명의 친족 모두는 같은 병원에 없었다. 간을 떼어준 사람은 수술을 끝내고 다른 곳에서 휴양 겸 치료를 하고 있다는 거였다. 하지만 그곳이 어딘지는 모르겠다는 답변에 연락처를 받아서 전화를 해보았지만 전화기는 꺼져 있었다. 며칠을 간을 떼어준 친족 수사를 했지만 도대체 그들은 어디서 무엇을 하는지 흔적조차 찾을 수 없었다.

그렇다고 간 이식수술을 받은 아픈 사람들을 상대로 수사를 할 수도 없는 노릇이었다. 압수영장을 제시하고 병원으로부터 받은 그들의 서류는 모두 완벽했다. 모두 환자들의 친족들로 검사 동의서부터 수술 동의서까지 모든 것이 갖춰져 있었다. 나는 결국 처음부터 다시 제보받은 브로커에 대한 수사를 했다.

마침내 어렵게 그의 인적 사항을 확인하고 전화번호도 확보했다. 그의 주민등록에 등재되어 있는 주소로 갔지만 그의 어떤 흔적도 찾지 못했다. 다시 그가 현재 거주하고 있는 곳을 찾아내어 집 앞에서 잠복을 했다. 결국 잠복 3일 만에 유령처럼 떠돌던 그를 검거했다. 그는 동네에서 있는 듯 없는 듯 큰 회사에 다니는 사람처럼 행세하며 살았다. "당신을 장기매매 등에 관한 법률로 긴급체포합니다……" 그는 검거되는 순간에 모든 것을 포기하는 듯했다. 그가 살고 있는 집에서 발견된 서류들은 압수영장에 의해 병원에서 받은 서류와 똑같았다. 증거가 될 만한 것들을 모두 확보해서 사무실로 왔다. "이 사람들 모두 어디에 있나요." "그건 알 수 없어요. 병원에서 수술이 끝나고 몸이 움직일 정도가 되면 모두 사라지니까요."

"아니 자기 간들을 떼어주고 왜 그렇게 숨듯이 사라지는 겁니까."

"모든 것이 불법이라는 사실을 본인들도 알기 때문이지요." 그의 진술 내용은 이러했다. 장기를 팔려고 하는 사람이 있으면 우선 검사를 시켜서 사고자 하는 사람과 맞는지 확인을 한다는 것. 혈액형이나 모든 것이 환자와 맞아서 수술이 가능하다고 생각되면 그를 환자의 친족으로 만들어 수술을 시킨다는 것이다. 말하자면 주민등록증 사진을 위조한다든지 주민등록등본을 가지고 확인을 시킨다든지 하는 방법으로 장기를 팔고자 하는 사람을 환자의 친족으로 만든다.

며칠 후 대한민국에서 간 이식수술의 최고 권위자인 ○○병원 ○○○ 박사는 우리 사무실에 조사를 받으러 와서 "당연히 우리는 모르고 수술을 하지요. 병원 원무과에서 서류나 모든 것을 확인하고 우리는 수술만 하니까요." "예, 알겠습니다. 박사님께는 피해 없도록 하겠습니다."고 했음에도 불안했던 그는 "이제부터 간 이식수술은 하지 않을 생각입니다."라고 했다. 그런데도 불구하고 그는 지금도 간 이식수술을 하고 있다.

문제는 장기를 구입하는 사람은 간일 경우 7천만 원에서 1억 원 사이의 돈을 지불하는데(물론 목숨 값으로는 큰돈이 아닐 수 있지만) 그러나 이 돈이 자신의 장기를 꺼내어 판매하는 사람에게 3분의 1도 가지 않는다는 것이었다. 그들이 자신들의 배를 열고 대수술을 하고 (간 이식수술은 상처가 너무 크게 남아서 공중목욕탕에 가는 것이 어려움) 대가로 받는 돈은 1천5백만 원에서 2천5백만 원 수준이었다. 나머지 돈은 장기매매를 중개하는 브로커가 서류 만드는 비용이라든지 소

　　　　　　　　　　　　　당신을 체포합니다

개비 명목으로 모두 가져갔다.

나는 장기매매 브로커 2명과 병원 관계자들(공모자들) 몇 명을 구속시키고 간을 이식받아 회복 중에 있는 환자, 그리고 간을 떼어준 사람 다수를 조사했다. 수사를 하면서 가슴 아팠던 것은 간을 떼어준 사람 거의 대다수가 수술이 끝나고 몸이 제대로 회복되기도 전에 장기를 팔았던 돈이 수중에 남아있는 경우는 거의 없었으며 가슴에 커다란 흉터를 남긴 상태로 살아가고 있다는 것이다.

악덕 사채업자들이 채무자들로부터 신체포기각서를 받는 것을 당연시하던 시절이 있었다. 그들은 어떤 마음으로 신체에 대한 포기각서를 썼고 실질적으로 얼마나 많은 사람들이 돈을 갚지 못해 자신이 가지고 있던 신체의 장기를 본인 의사에 반해 떼어 냈을까를 생각하니 정말 사람이 비정하고 무섭다는 생각이 들었다.

산골소년 방위병 출신
별을 잡다

"○○건설 상무 리베이트 사건이 있는데 한번 들어볼래요?" 특수수사과 유일한 여경인 강○○ 경위가 말을 건넸다. "뭐 내용만 괜찮다면 한번 해보지요." 그렇게 해서 첩보 제공자이자 직접 돈을 마련해 전달했다는 이○○을 을지로 어느 사무실에서 만났다. "제가 토목공사 사업자인데요. ○○건설에서 토목공사를 따서 공사를 했습니다. 그런데 계약을 할 때 원래는 50억 원 공사였는데 55억 원으로 공사비를 부풀려 계약을 하고는 5억 원은 현금으로 다시 ○○건설로 돌려달라는 조건이었어요. 그러니까 일종의 비자금을 만드는 거죠." 시중에서 말로만 떠돌던 비자금 조달 방법이었다. 그는 ○○건설 상무에게 비자금을 만들어 골프가방에 넣어 을지로 ○○건물 지하 주차장에서 현금으로 전달했다고 진술했다. 그러면서 ○○건설에 대해 섭섭함을 감추지 않았다.

"그렇게 하다 보니 사실 토목공사에서 남은 것도 없어요. 다음 공사도 준다고 해서 그거 믿고 그렇게 했는데 그 공사 끝나고는 쓰다

달다 말도 없이 공사도 주지 않고 해서 저는 도산했습니다. 지금은 빚만 잔뜩 가지고 있어요. 그리고 ○○건설 상무에게 개인적으로 돈을 전달한 것도 있고요. 그것은 계좌로 보내서 근거도 있습니다." 그는 미리 준비한 듯 계약서와 현금을 인출했던 내역, 계좌 거래내 역서까지 제출했다.

나는 이 정도면 기초적인 진술과 증거가 확보되었으니 수사를 시작해도 될 것 같았다. 우선 ○○건설 상무에 대한 계좌와 집, 사무실에 대한 압수수색영장을 발부받았다. 그리고 우리는 디데이를 잡아 이른 새벽 그의 집으로 들이닥쳤으나 그는 벌써 현장으로 출근하고 없었다. 당시 청계천 고가도로를 헐어버리고 복개를 위한 공사를 시작하는 시기였다. 대형 건설사들이 그 공사를 하기 위해 올인을 하던 때여서 이미 출근했다는 거였다.

우리는 서둘러 청계천 복개 현장 입찰이 있는 서울시청 별관으로 가서 그를 만나 압수수색영장을 제시하고 동행을 요구했다. 그는 순간 당황해 하면서도 "알겠습니다. 협조하겠습니다. 그런데 제가 여기서 하고 있는 업무가 있어서 그것을 동료에게 전하고 가야 하는데……" "예, 그렇게 하시지요." 그는 주변에 있던 직원을 불러 앞으로 일들을 지시하는 듯했다. 하지만 수사관의 감은 참으로 매서웠다. 나도 모르게 그들에게 다가서면서 김○○ 상무의 팔을 잡았다. 대화를 하는 척하면서 직원에게 넘겨주려고 했던 것은 주머니 속에 넣고 다니는 조그만 수첩이었다. "이러시면 안 되지요. 압수수색에는 이것도 포함되어 있으니 이것도 압수합니다." 우리가 그를 체포해 경찰청 사무실로 돌아올 때까지 그는 아무 말도 없었다. 제보자이자 피해자인 이○○이 진술한 내용에 대해 그는 예상대로 현금 5억 원은 본 적도 받은 적도 없다고 했다. 그리고 계좌로 받은 1억 원에 대해서는 금전차용을 한 것인데 아직 갚지 못한 것뿐이라고 했다. 그러면서 "그 사람은 정말 나쁜 사람입니다. 자꾸 공사를 달라고 하는데 지금은 적당한 공사가 없으니 기다리라고 했는데도 불구하고 우리를 물고 들어가려고 거짓말하는 겁니다." 사건이라는 것이 늘 그렇지만 상반된 진술이 있기 마련이다. 이제부터 진실을 밝혀야 하는데……

문득 화장실에 다녀오면서 내 책상 위에 놓여있는 조그만 수첩에 눈이 갔다. 아침도 먹지 못한 나는 그와 배달음식을 시켜 먹은 뒤 수첩을 한 장 한 장 넘기며 살펴보았다. 그 수첩엔 그날그날 일정을 적어놓은 듯했다. '그런데 이것을 왜 직원에게 넘기려고 했을까' 물론 그는 현장에서 "이 수첩에 지금까지 진행한 일들 그러니까 순서 같은 것을 적어놓았기 때문에 인계하려고 한 겁니다."를 말했지만 (6시. ○○일시, 신 장군, 5. 7시 ○○각, 이 국장, 10) 매일매일의 스케줄표에 적혀있는 내용들이었다. 나는 몇 개월분의 암호 같은 내용들을 다른 종이에 적어가며 살펴보았다. 사람을 만나는 날짜와 시간, 장소 등은 알겠지만 5. 10. 상이라고 적힌 내용들을 알 수가 없었다. 그러나 이 지면에 더 이상의 조사 과정은 수사 과정의 일부일 수 있어 밝힐 수 없지만 이 수첩으로 인하여 결국 대한민국 최초의 장군 잡는 여경이 탄생했다.

그 후 우리가 여러 날을 조사하며 밝힌 내용들은 충격적이었다. 신 장군, 당시 ○○ 소장으로 국방부 건설국장 외 많은 군 장성들의 이름과 만난 일시, 장소 그리고 숫자로 표시된 것은 5는 현금 500만 원, 10으로 표시된 것은 현금 1000만 원이었고 5상으로 표시되

당신을 체포합니다

면 상품권 500만 원이었다. 자녀 축의금도 현금 1000만 원이었고 한번 만나면 용돈으로 준 것도 현금 1000만 원이었다. 토목공사 사장 ○○○으로부터 받은 현금 5억 원의 용처가 드러났다.

그때부터 우리는 국방부 군 검찰단과 합동수사를 했다. 수첩에 드러난 사람들 중 현직에 있는 장성들의 숫자가 많아서였다. 대한민국 최초 전직 장성과 현직 장성들이 민간과 군에서 재판을 받았고 언론에서 대서특필했다.

그 당시 나의 조장이자 경찰청 특수수사과 유일한 여경이었던 강○○ 경위는 이렇게 스타가 되었다.

그러면서 ○○건설은 군과 관련된 공사를 거의 도맡아 했다. 그때의 나의 월급이 100여만 원이 넘었을 때였으니까 한 번씩 만날 때마다 건네지는 용돈이 현금으로 1000만 원이면 누구나 욕심낼만도 했지만 참 서글펐다. 압수수색 과정에서 다른 비리 내용도 드러났다. 청계천 복개공사에 참여하려는 회사들이 자신들의 설계도면을 검토해달라는 구실로 당시 위원회에 선정될 가능성이 있는 교수 전문가들의 명단을 확보해서 찾아다니면서 상품권 또는 주유티켓을 대량 살포하고 다녔다. 건설 회사들은 서로가 그러한 내용들을 알고 있었지만 돈을 어떻게 전해야 할지만 고민했다. 그런 내용들이 담겨져 있는 자료들을 정리하면서 어떻게 수사할까를 걱정하는 것이 아니고 쓴 웃음만 나왔다.

추락할 뻔한 공수부대
낙하산 비리의 전말

　범죄 첩보가 한 건 입수되었다. 우리나라 군인들 중에서도 특수부대로 알려진 특전사에서 사용하고 있는 낙하산에 대한 건이었다. 사건 내용이 중요한 만큼 사실인지 여부를 먼저 확인해야 했다. 그러자면 낙하산을 실질적으로 사용하고 있는 군의 협조가 필요했다. 나는 용산에 있는 국방부 법무관실을 찾아 그곳에서 최○○ 소령을 만났다. 그와 나는 장군 사건을 하면서 손발을 맞춰보았기 때문에 잘 알았고 소주도 한 잔 나누고 친해진 사이였다.

　"이번에 또 군이 관련된 사건이 있나요?" 그가 해맑게 웃으면서 말을 건넸다. 첩보에 관련된 내용을 설명했더니 그가 더 난리였다. "정말 그런 일이 있다면 그냥 두면 안 되지요. 제가 뭐를 하면 되겠습니까." 그는 금방이라도 수사를 나갈 사람처럼 서둘렀다. 그는 명민한 군 검찰관이었다. 실력과 열정을 함께 두루 갖춘……

　그를 만나고 온 지 며칠 후였다. 전화가 왔다. "형님. 오늘 저녁이나 하실까요." 삼각지 근처에서 만나 저녁을 먹는 자리였다. "제가 지금 당장 사실이다 아니다 라고 말씀 드릴 수는 없지만 어찌 되었거나 군 담당자들과 납품업체 간 뭔가 있기는 있는 거 같습니다. 안에서 들리는 소문도 있고 아무래도 수사를 해봐야 알겠지만요." 우리는 합동수사를 하기로 하고 수사에 착수했다.

특수부대원들이 사용하는 낙하산의 중요 부품을 만드는 회사에서 폐기해야 하는 낙하산의 부품을 재활용한다는 내용이었다. 군에서 쓰는 낙하산은 10년 동안 사용하거나 300회 이상 낙하하면서 사용한 것은 모두 폐기하도록 되어있다. 낙하산과 그것을 연결하는 보조 부품들을 포함해서 제대도 된 기능을 할 수 없을 것을 염려한 조치였다. 낙하산은 수천 미터의 상공에서 뛰어내릴 때 사용하는 것인데 만약 그 부품이 다 닳거나 잘못된다면 당연히 그것을 사용하는 사람의 생명과 직결되기 때문이다. 낙하산은 군에서 사용을 하는 것이지만 낙하산 부품을 사용해서 낙하산을 만들어 납품하는 곳은 민간회사였다. 우리는 회사와 관련된 사람들을 상대로 낙하산 제작 과정을 확인하고 민간회사에 대한 압수수색을 실시했다. 회사의 창고에 쌓여있는 낡은 부품들도 확보했지만 그 부품들은 사용하지 않는 것이라고 발을 뺐다.

관련자들은 하나같이 범행 사실에 대해 인정하지 않았다. 문제는 이러한 중고부품들을 어디서 확보했느냐는 질문에는 모두 입을 다물었다. 사장과 관리자는 그렇다 쳐도 낙하산을 제작하는 종업원들도 그 내용들을 알 터인데 모두 입을 다물었다. 오히려 큰소리를 쳤다. "낙하산을 만드는데 중고부품을 쓰다니요. 절대 그런 일 없습니다. 어디서 무슨 말을 들었는지 몰라도 세상에 군인들의 생명을 가지고 장난질을 치다니요. 말도 안 됩니다." 군 검찰에서 현재 특전사에서 사용하고 있는 낙하산을 가지고 와서 직접 확인을 했지만 눈으로 확인이 어려웠다. 중고를 새 것처럼 도금을 해서 사용했기 때문에 물건을 만든 회사에 의뢰를 하는 방법밖에는 없는데 그 물건을 만들어 수출하는 회사는 외국에 있었다. 난감했다. 피의자들은 완강하게 부인하고 김○○가 납품한 낙하산 58개를 모두 외국에 보내 검증하게 할 수도 없는 노릇이었다. 악질적인 범행이고 어떻게든 다시 그렇게 되는 것은 막아야 했지만 정확한 증거가 확보되지 않는 한 다른 방법이 없었다. 그렇게 사무실에서 새벽까지 고민을 하고 있을 때 의외의 전화가 걸려왔다. 최○○ 소령이었다. "형님. 고생하고 계시지요. 이리 오세요. 제가 다 해결해 드릴게요." '무슨 일일까 이 새벽에' 혹시나 하는 마음에 어둠을 뚫고 그의 사무실을 방문했을 때 꾀죄죄한 모습의 그를 보니 밤샘 조사를 했지 싶었다. 그의 앞에는 공수부대 제복을 입은 준위 한 명이 고개를 떨구고 앉아있었다. 갑자기 최 소령이 준위에게 말했다. "이제 정말로 용서를 비는 거지? 밤새 말한 것처럼." 준위는 벌떡 일어서서 큰소리로 말했다. "예, 그렇습니다. 모든 거 다 사실대로 말씀드리겠습니다." 나는 그를 상대로 조사를 했다. 그는 군에서 낙하산 폐기를 담당하고 있는 담당자였다. 김○○ 준위는 평소에 업체 사장과 친하게 지냈는데 어느 날 술자리에서 업체 사장이 제의를 했다는 것이다. "형님. 그 부품이 들여오는데 시간도 많이 걸리고 까다로워요. 근데 낙하산 봐서 알겠지만 그 부품은 재사용해도 문제가 없어요." 술기운에 그의 달콤한 유혹에 넘어가 낙하산 폐기를 하면서 그 부품만은 폐기를 하지 않고 빼내어 민간업체 사장에게 넘겨주었다고 했다. 물론 그에 대한 대가를 받고. 그는 부품업체 사장과만 공

당신을 체포합니다

모한 것이 아니었다. 낙하산을 주문하고 검증하는 군인들에게도 업체 사장에게 받은 돈을 나누어 주었고 그들도 중고부품을 이용해 만든 낙하산인 것을 알고도 납품을 받았다. 그들이 받은 돈은 많게는 몇 천만 원에서 적게는 천만 원까지……

그렇게 군부대 관계자들 15명에게 건네진 뇌물이 1억6천만 원이나 되었다. 군 검찰은 곧바로 관계된 전부를 검거 조사하겠다고 했다.

낙하산 58개 납품 금액이 3억4천만 원이었던 것을 생각하면 얼마나 부실하게 낙하산이 만들어졌을까를 생각하자 업체 사장에게 화가 났다. 나는 곧바로 서대문 경찰서로 달려가 유치장에서 편한 자세로 누워있던 그를 불러내어 김 준위를 상대로 조사한 내용을 들이밀었다. "이제 계속 부인해도 됩니다. 여기 공범들의 진술과 증거가 있으니 혼자 중형 받으면 되지요." 그는 순식간에 무너졌다. 그것도 아주 철저하게…… "아닙니다. 원래 제가 그럴 생각이 아니었습니다. 그런데 폐기 연한이 지난 부품들이 너무 멀쩡하고 문제가 되지 않을 것 같다는 이야기를 김○○ 준위가 먼저 했어요. 그 사람들이 돈도 먼저 요구하고, 죄송합니다." 누구 말이 맞는 걸까. 그는 숨겨놓았던 장부까지 내놓았다. 언제 어디서 누구에게 얼마를 건넸는지 빼곡하게 적혀있는 장부까지…… 그래 나쁜 놈은 항상 증거를 남기는 법이니까.

관련자가 민간인과 군을 합쳐 무려 17명이나 되었다. 그중 중요 역할을 했던 사람들을 구속하고 사건을 정리하면서도 참으로 미안했다. 우리 국민들을 위해 목숨 걸고 대한민국의 국토를 지키는 군인들에게 한없는 고마움과 미안함이 함께 몰려왔다.

몇 푼의 돈 때문에 군인들의 목숨을 가지고 장난질을 친 사람들이 이렇게 많다는 것을 병사들은 알고 있을까. 검수관, 감찰관까지 연루되어 있다는 사실을……

　낙하산 비리 사건이 언론에 크게 보도되고 며칠 후 함께 수사한 최○○ 소령을 만났다. "낙하산을 사용하는 장병들이 모두 고마워합니다. 수사가 아니었으면 전혀 알 수 없었을 것이라고 하면서……" 회사 대표 등을 구속 송치하고 군 검찰팀을 만나 소주 한 잔을 나누면서도 마음은 못내 개운치 않았다.

　　　　　　　　　　　　　　　　　　　　당신을 체포합니다

어이없는 연쇄방화
안산경찰서 강력팀장 시절

경찰청 특수수사과에서 경위로 승진하고 경기지방경찰청 안산경찰서로 발령이 났다. 안산은 대한민국에서 강력사건이 가장 많이 나는 도시다.

신고를 하기 위해 안산시청 옆에 있는 안산경찰서 경무과를 갔더니 이미 형사과로 내정되어 있었다. 그렇게 낯선 도시 안산에서 강력팀장이 되었다. 신고를 마치고 강력팀 사무실에 갔더니 아직 자리 정리가 되지 않았다. 퇴근해서 늦은 저녁을 먹고 잠자리에 누워 잠이 들었나 했을 때 핸드폰이 요란하게 울리더니 다급한 목소리가 들려왔다. 처음 듣는 목소리였다.

"장재덕 팀장님이시지요? 저는 안산경찰서 강력○팀의 ○○○ 형삽니다. 다른 게 아니고 관내에서 살인사건이 났습니다. 형사과 직원들 모두 비상이 걸렸는데 팀장님도 나오셔야 될 것 같아서요."

안산 지리도 모르는 내가 경찰서에 서둘러 도착했을 때 공단 어디선가 살인사건이 났다고 현장으로 빨리 가랜다. 내가 어딘 줄 알고? 어찌어찌해서 붐하니 새벽이 밝아오는 시간에 현장에 도착했다.

이미 현장은 감식이 끝나고 범인도 특정되어 아침 10시경 범인까지 검거를 했다. 아니 이곳에선 무슨 살인사건이 유흥거리도 아니고⋯⋯

다음날 출근했더니 장○○ 형사과장이 엄포를 놓았다. "새로 발령받은 분들은 모르겠지만 지금 우리 관내에선 연쇄방화범 때문에 비상입니다. 모두 방화범 검거 때까지는 퇴근할 생각하지 마시오." 오자마자 이건 또 무슨 소리? 확인해보니 관내 골목주택가에 주차해놓은 차량에 전문적으로 불을 놓고 다니는 놈이 있단다. 한 달 동안 10회가 넘었다고 했다. 현장으로 가 살펴보니 범행 장소 반경은 그리 넓지 않았고 누가 봐도 동일범의 소행이 맞다는 생각이 들었다. 그때만 해도 지금처럼 폐쇄회로(CCTV)가 흔하지 않을 때였다. 범행 장소 모두가 조그만 골목으로 사각지대였다. 탐문수사에도 별다른 소득이 없으니 우리가 할 수 있는 일이라고는 '잠복근무'였다. 범행시간대는 밤 10시에서 12시 사이 그 시간대 구역을 나누어 차량 안에서 잠복근무를 했다. 추위도 차량 시동을 걸 수 없었다. 옷을 껴입고 손을 불어가며 떨 수밖에 없는 근무를 했다.

나는 출근 둘째 날부터 퇴근도 못한 채 새벽이 되어서야 겨우 집에 들어 가서 자는 둥 마는 둥 또다시 출근했다. 그리고 5일마다 돌아오는 당직은 24시간이었지만 당직날은 그야말로 전쟁이었다. 적어도 그날은 목 맨 시체, 투신 사체 건 등 하루 평균 5건 정도의 변사체를 봐야 했고 절도 현장은 너무 바빠서 아예 나갈 생각을 못했다. 심심찮게 발생하는 강도사건, 현장 출동해서 입에 재갈을 물고 손발이 묶여있는 피해자를 보면서 '범인 잡을 때까지 집에는 다 갔네'라는 생각부터 들었다. 주말과 주일은커녕 어떻게 시간이 갔는지 내가 무엇을 하는지도 모르게 시간이 갔다.

그렇게 며칠이 지나는 동안 근처 골목에 주차된 차량에서 또 불이 났다. 정말 미칠 지경이었다. 형사들이 그렇게 촘촘하게 잠복하고 있는데도 불구하고 어떻게 수사망을 뚫고 방화를 하는 건지……

서장, 과장이 난리를 쳤다. 형사들은 눈 감고 잠복하느냐고 아니면 범인이 불을 놓을 때 망보기로 있는 거냐고.

나는 틈나는 대로 직원들과 회의를 했다. "범인은 현장을 한번은 다시 오는 습관이 있으니까 불구경하는 무리에 섞여있을 수 있잖아요." "그럼 어떻게 해야 하지? 불구경하는 사람들 모두 검문검색할 수도 없고." "일단 불구경하는 사람들 모두 사진을 찍으면 어떨까요." 직원들과 대화하며 생각을 들어보니 그럴 듯한 의견들이 많이 나왔다. 그때부터 우리 팀은 화재가 발생하는 현장으로 달려가 무조건 사진부터 찍어댔다.

며칠 뒤 또 방화사건이 발생했다. 우리 팀은 그곳으로 달려가 현장을 살피는 대신 주변에서 구경하고 있는 사람들을 모두 촬영했다. 불구경하는 사람들이야 사건 현장 사진을 찍는 것으로 알았지만……

내가 안산경찰서에 와서 한 달 정도 되었는데 3번이나 방화사건이 발생했다. 그러니까 또 한 번의 방화사건이 있었다. 그때도 현장으로 가서 구경꾼들의 사진을 찍어서 지난번에 찍었던 사진과 비교하면서 분석을 했다. 가만히 앉아 있는데도 눈이 감길 정도로 피로

감이 몰려들었다. 그때 "팀장님. 이것 보세요. 이거 같은 놈인데요." 이○○ 형사의 목소리에 힘이 실렸다. 두 사건을 찍은 사진을 대조하다가 현장에서 찍힌 20대 초반의 남자, 일단은 인적 사항을 확인해야 했다. 그날부터 낮이면 형사들이 사진을 나누어 주변 탐문을 시작했다. 그러기를 사흘째. 두 번째 방화사건 현장에서 1킬로미터 정도 떨어진 고시원에 살고 있는 남자를 확인했다. 김○○ 31세, 직업은 없었고 월 10만 원씩 하는 고시원에서 혼자 살고 있었다. 가끔 노동일을 해서 생활하는 것으로 확인되었다.

혐의점은 있지만 증거 확인과 자백은 우리의 몫이었다. 어느 범인이 "네가 그랬지?" 하면 "네, 제가 했습니다" 할까. 두 곳의 방화사건에서 나온 사진과 범행 현장 부근에 혼자 살고 있다는 이유만으로 혐의점을 두기에는 힘들었다.

수사보고서 작성하고 담당 검사를 찾아가 설득해서 겨우 그가 화재현장 두 곳에서 입고 있던 옷에 대한 압수수색영장을 발부받았다. 그가 살고 있는 고시원은 혼자 누우면 물건 하나 제대로 둘 곳 없는 좁은 공간이었다. 그는 쪼그리고 앉아서 노트북을 두드리고 있다가 영장을 내밀고 들이닥치자 그는 우리를 넘나간 표정으로 바라보며 당황하는 기색이 역력했다. 나는 순간 감이 왔다. 범인이 맞다는……

방화사건을 설명하고 그가 입고 있던 옷을 요구하자 그는 순순히 옷을 내주었다. 그리고 "지금 조사하나요?" "만약 응한다면 지금 조사받을 건가요?" 그는 고개를 끄덕였다. 우리를 따라 사무실로 온 그는 "담배 한 대 피울 수 있나요." 하더니 담배 한 개비를 다 피우고는 말을 했다.

당신을 체포합니다

"너무 답답했어요. 몸이 아파서 일도 매일 하지 못하고 다른 사람들은 모두 잘 사는 거 같은데 나만 이렇게 살고 있는 거 같아서……"

2평도 안 되는 골방에서 희망도 일정한 직업도 없는 그는 사회에 대해 막연한 불만을 가지고 있었다. 12번의 범행 끝에 우리 손에 검거된 그는 쓴 웃음을 지으며 순순히 범행에 대해 자백을 했다.

방화범에 대해 구속영장을 신청한 날 우리 팀은 내 발령 후 첫 회식을 했다. 속은 씁쓸했지만 늘 그랬듯이 술은 달디 달았다. 그 건으로 인해 우리 팀 막내였던 이○○ 형사가 경장으로 특진하는 경사도 있었다.

형사들에게 있어 사건 발생이 무조건 좋거나 무조건 나쁜 것은 아니다. 그건 상황에 따라 그때그때가 다른 것이다.

트렁크에 실린 자동차 영업사원
설마 영화 촬영은 아니지

나는 가끔 범죄와 관련된 영화를 보면서 생각했다. 영화니까 그런 거지 실제도 저런 범죄가 있을 수 있을까 하고. 하지만 정말 영화 같은 범죄가 많다. 지금 말하고자 하는 사건도 영화에서나 나올 법한 이야기이다.

어느 날 30대 남자가 형사계 사무실로 와서 쭈뼛거리고 있기에 무슨 일이냐고 하자 그는 몸을 벌벌 떨기만 하고 쉽게 말을 못했다. 나는 그 남자를 형사계장실로 데리고 가서 물 한 잔과 따뜻한 차 한 잔을 주고서야 이야기를 들을 수 있었다. 강도를 당했고 그리고 지금도 강도들로부터 협박을 받고 있다고 했다. 이해가 되지 않았다. 강도를 당했는데 그들로부터 협박을 당한다? 자세한 설명을 요구했다. 그로부터 나온 이야기는 정말 영화보다 더 영화 같은 이야기였다.

자신은 자동차 영업사원이라고 했다. 누군가 전화를 해서 자동차를 구입하려고 하니 카탈로그와 견적서를 가지고 ○○아파트 ○○

당신을 체포합니다

동 자신의 집으로 방문을 해달라고 해서 찾아갔다는 것. 그런데 느닷없이 건장한 남자들 3명이 나타나서 칼로 협박한 다음 자신을 빨랫줄로 손과 발 그리고 온몸을 묶은 다음 어디서 나무로 된 사과 궤짝 같은 것을 가지고 와 자신을 통 안에 집어넣고 위에 판자를 대고 못을 박아서 막았다고 했다. 그리고는 궤짝을 차량에 싣고 어디인지 알 수도 없는 곳을 돌아다니면서 집 주소와 가족관계, 연락처, 자신의 통장 비밀번호 등을 알아냈다고 했다. 그러면서 자신은 온몸이 밧줄로 꽁꽁 묶인 채로 나무 궤짝 안에서 이대로 죽을 수도 있겠구나 생각이 들었다며 울먹였다.

겁에 질려서 그들이 원하는 것을 모두 알려주고 어디선가 멈추었다가 다시 가고 하면서 5~6시간 궤짝에 갇힌 채 끌려다녔다는 것. 그리고 어느 은행인가를 들러 피해자 계좌에 있던 돈 600만 원 전부를 인출한 뒤 한적한 곳에서 궤짝을 내려놓고 못을 뺀 다음 피해자를 밖으로 끌어내어 묶은 줄을 풀어주었다고 했다. 그런 다음 다시 차에 태워서 "왜 돈이 이것밖에 없어! 네 목숨 값이 이것밖에 안 되는 거야? 돈을 더 낼 거야? 아님 죽여줄까." 하기에 살고 싶은 욕심에 무조건 "돈 더 드릴게요."했단다. "그래. 그러는 게 좋을 거야. 어차피 너의 집 다 알고 있고 마누라 자식들 다 파악하고 있으니까 신고하거나 엉뚱한 짓 하면 식구들까지 다 죽을 줄 알아."라고 협박을 하고는 피해자를 신천리 한적한 곳에 버려두고는 가버렸다고 했다. 그래서 어떻게 했냐고 했더니 우선 집으로 전화를 걸어 집사람과 아이들을 친정에 가 있으라고 한 다음 이곳저곳에서 돈을 만들어 범인들이 알려준 계좌로 500만 원을 더 보냈다고 했다. "왜 신고를 하지 않고 돈을 보냈나요?" 했더니 그는 아직도 진정을 하지 못하고 부들부들 떨었다. 그는 떨리는 손으로 물을 한 컵 마시고는 자신의 옷소매를 걷고 손목을 내보였다. 얼마나 꽁꽁 오래 묶여 있었던지 양쪽 손목이 시커멓게 피멍이 들어있었다. 피해자는 울먹였다. "정말 무서웠어요. 범인들이 우리집도 알고 우리 식구들도 모두 알고 있어서 해코지 하는 게 두려워서 그 돈을 주고 끝낼 수 있으면 끝내려고 한 겁니다." "그러면 왜 신고를 했나요?" "제가 돈을 보내주고 한 시간 정도 되어서 제 핸드폰으로 다시 전화가 와서 돈은 받았는데 그것으로는 부족하니까 더 구해서 보내라고 했습니다. 생각해보니 다시 돈을 구해서 보내준다고 해도 끝날 것 같지가 않고 계속 불안에 떨어야 할 것 같아서요." 나는 그 말을 듣고 정말 화가 났다. 아무리 범죄라지만 기본 양심이라도 있어야 하는 것은 아닌가 뭐 이딴 놈들이 다 있어. 간이 부은 거야 겁이 없는 거야. 이도 저도 아니면 막가파인가?

"걱정 마세요. 꼭 잡아 드릴게요." 그때부터 비상이었다. 형사 2명이 그를 보호하면서 함께 생활을 했고 그의 가족들도 다른 곳으로 피신시키고 형사들이 보호를 했다. 그렇게 바쁜 시간을 보내고 있는데 몇 시간이 지난 뒤 피해자의 핸드폰이 울렸다. 이미 감청을 걸어놓은 상태였다. "이봐! 아직 정신 못 차렸어? 왜 돈 보내라니까 안 보내는 거야? 해보자는 거야?" 사내의 묵직한 음성이었다. "예! 예! 지금 돈 구하러 다니고 있는 중인데 빨리 구해서 보낼게요." 범인은 한걸음 더 나아갔다. "빨리 좀 해봐. 우리가 당신 봐준 거 알잖아. 어영부영하면 재미없을 줄 알아." 그리고 전화가 끊겼다. 서울 화곡동에 있는 공중전화였다. 형사들 몇 명이 서둘러 화곡동으로 출발하고 안산 관내 공중전화 위치를 확인하고 중간중간에 형사들

당신을 체포합니다

이 배치되었다. 몇 시간 잠복 중. 무전기에서 지령이 떨어졌다. '범인 현재 피해자와 통화 중 위치는 안산시 ○○동 25시 편의점 앞 공중전화. 그곳은 우리 조가 잠복하고 있는 장소와 그리 멀지 않았다. 중앙선을 넘어 달렸다. 다행히 우리가 공중전화를 지나치면서 보니까 누군가 안에서 통화 중이었다. 조금 지나서 차를 세우고 형사들이 뛰었다. 급한 마음에 김 형사는 뛰다가 넘어지기까지 했다. 이럴 때 형사들의 마음은 아마 범인들보다 더 긴장하고 두근거리고 급하다. 그렇게 우여곡절을 겪으면서 일단 그를 검거했다. 참 대담한 강도였다. 수갑이 채워지고 미란다 고지를 받으면서도 별로 당황하지도 않았다. 마치 재수 없어서 잡혔다는 그런 표정이었다.

어찌 되었거나 그를 통해 공범 2명을 순차적으로 검거했다. 일명 사과 궤짝 강도 사건이었다. 그 사건을 마무리하면서 또 하나의 놀라운 일이 있었다. 공범 3명 중 주범 2명은 원래 친구 사이였지만 둘이서 범행이 힘들다고 생각한 그들은 인터넷을 통해 범행을 함께할 알바생을 모집했다.

놀랍게도 범행을 함께하기로 한 알바생은 강도 범행의 계획을 듣고도 함께하기로 했고 그는 연세대학교 의과대학에 재학 중인 수재였다. 그의 부모는 대기업 임원이었으며 그는 외동아들이었다. 그를 검거하기 위해 방문한 그의 집은 강남에서도 웬만한 부자가 아니면 살 수 없는 집인 듯 보였다. 범행 동기에 대해 그가 말했다. "돈이 필요했어요. 오토바이를 사고 싶었는데 집에서는 사 주지를 않아서……" 기가 마혔다. 얼마 후 변호사를 대동하고 온 그의 모친은 "아직 학생인데 무슨 수갑이에요. 풀어주세요." 거만을 떨었다. 그 모습을 본 형사가 아직도 벌벌 떨고 있는 피해자의 피멍이 든 손

목을 보여주면서 "범죄 내용이 중합니다."라고 하자 "피해 보상해
주면 되는 거 아니에요. 사람이 죽은 것도 아닌데……"

　참으로 어이가 없었다. 돈 있는 사람들의 부도덕함에 경악을 금
치 못한 순간이었다.

　　　　　　　　　　　　　　　　　　당신을 체포합니다

3부

나의 마지막 승진이 된
무궁화 2개

도망간 투견 도박꾼들
개는 어쩌라고

 당직날이었다. 지역신문기자가 직접 당직실로 찾아와 신고를 했다. 현재 관내 야산에서 투견을 이용한 큰 도박장이 벌어지고 있다는 것이다. 신고내용이 상황실을 경유, 형사과장에게까지 보고가 되었다. 아무래도 신문기자가 직접 구체적인 신고를 한 것이어서 신경이 쓰인 듯했다. 나는 서둘러 지방청에 보고하고 기동대 지원을 받았다. 서둘러 신고자를 앞세워 버스와 승합차량으로 현장 가까이 도착한 시간은 밤 10시쯤 되었다.

 우리는 숨을 죽이고 가로등도 없는 산길을 올랐지만 산길은 자신도 모르게 헉헉거려졌다. 산 중턱에 서치라이트까지 설치하고 철망으로 둘러싸인 투견장이 보였다. 개들은 인기척에 정신없이 짖어댔고 무전기를 들고 망을 보던 사람들을 우리가 잽싸게 제압했지만 소용없었다. 우리가 현장에 도착하기도 전에 말 그대로 아수라장이 되었다. 모여 있던 수십 명의 사람들은 혼비백산하며 너나 할 것 없이 모두 도망을 쳤다. 어두운 산길로 쫓고 쫓기는 숨 막히는 상황에서 겨우 7~8명을 검거했다. 그나마 검거된 사람들은 투견을 소유하고 있는 주인들보다는 투견 도박에 돈을 건 사람들이었다. 수십 명의 경찰이 출동한 현장은 깊은 산중이었고 서치라이트를 비추고 있는 도박장을 제외하고는 자신의 손가락 하나도 볼 수 없는 깜깜한 어둠이었다. 대부분의 피의자들은 도망을 가서 잡을 수 없는 것은 어쩔 수 없다고 해도 그들이 도망을 하면서 버리고 간 투견(개) 숫자가 상당했다. 차량도 많았고 그 안에 실려 있는 투견들 처리가 참으로 암담했다. 투견들은 다루기도 힘들 뿐만 아니라 가격도 비싸 함부로 어쩔 수 없었다. 어찌 되었거나 도박 사건은 형사과에서 처리를 해야 했다. 우리가 당직이니 우리 사건이었다. 차량번호를 모두 적고 밤중에 열쇠 없는 차량을 끌고 가기 위해 관내 견인차량을 모두 불렀다. 경비도 만만치 않을 듯했다. 그보다 더 큰 문제는 경기를 치르면서 상처를 입고 아직 치료도 받지 못한 투견들을 위해서는 관내에 있는 수의사들의 연락처를 확인해서 붙잡고 사정을 했다. 늦은 밤 연락에 수의사들은 '사람이 위급한 상황도 아닌데' 라며 난색을 표했다. 주인을 찾아 소환할 때까지 관리를 해달라고, 관리비는 주인에게 두둑이 받아주겠다고 했지만 그마저 쉽지가 않았다. 안산 관내에 있는 동물병원이 그렇게 많은 것도 아니고 그 개들을 모두 데려갈 수는 없다고 했다. 결국 상처가 심해서 당장 치료를 필요로 하는 개들부터 관리해달라고 사정하고 남은 개들은 경찰서로 데리고 왔다.

그 시간 데리고 온 개들을 경찰서 주차장 한쪽에 모아놓자 그야말로 완전히 개판이 되었다. 어느덧 날이 환하게 밝아오고 개들도 무엇을 좀 먹여야 할 텐데, 우리가 구내식당에서 힘들게 밥과 국을 얻어다 말아주었는데도 개들은 쳐다보지도 않았다. 이것들을 그냥, 그렇다고 쇠고기를 사다가 줄 수는 없는 거잖아.

우리는 별수 없이 개 주인들에게 매달렸다. 어렵게 통화가 되어 경찰에 출석요구를 하면 "지금 가면 구속시키려고 그러는 거죠?"라던가 "변호사 구해서 갈게요." 모두 쉽게 오려고 하지 않았다. 까다로운 개들은 주인이 주는 음식이 아니면 먹지도 않는다. "아 글쎄, 개는 어떡할 겁니까." 하면 "거야 형사님들이 증거물로 압수해 간 거 아니었나요. 알아서 하셔야지요." 정말 미치고 환장할 노릇이었다. 결국 그들에게도 사정을 했다. "변호사 구해서 나중에 오는 건 오는 것이고 우선 사람 보내서 개 좀 데려가세요." 사람이 아니라 개가 상전이었다. 그렇게 사정하고 달래서 피의자들을 불러들이고 조사하면서 며칠 밤을 세웠다. 어쩌면 살인사건보다 힘들었던 사건이었다. 나는 조사를 하면서 피의자들에게 한마디 하지 않을 수가 없었다. "도박을 하려면 사람들끼리 그냥하지 개는 왜 끌어들여서…… 당신들이야 도박하고 잡혀 처벌받으면 되지만 개는 무슨 죄가 있어요? 피 철철 흘리면서 경찰에 잡혀오면서도 잘못한 것을 아는지 한 번 짖지도 않더라고요." 하자 시큰둥한 표정으로 피식 웃는다.

정말이지 개는 어쩌라고……

당신을 체포합니다

트럭째 몽땅 털이범 추적 중
광역수사대로 발령

"팀장님. 또 차량까지 몽땅 털어갔는데요." 유○○ 형사가 발생보고 결재를 받으면서 설명을 했다. 벌써 3번째 같은 사건이 발생했다. 안산은 지역이 넓고 큰 차량을 주차할 수 있는 공터가 이곳저곳에 많아서인지 큰 화물차량들의 주차가 많았다. 서울이나 안산공단에서 15톤 화물차량에 물품들을 가득 싣고 지방으로 내려가는 차량들이 많았는데 야간 운행이 부담스러운 기사들 아니면 도착시간을 맞추기 위해 기다리는 기사들이 커다란 공터에 차량을 주차해 두었다.

그리고 다음날 새벽 출발하기 위해 차량을 주차한 장소에 가보면 물건이 실린 15톤 차량이 통째로 증발해 버리고 없는 이른바 몽땅 털이 사건이었다. 관내에서 불과 15일 사이에 3건의 같은 사건이 발생했다. "이것은 물건이 실린 차량만 전문적으로 노리는 놈들 소행 같은데 실려 있던 짐이 무엇인지 그리고 훔쳐간 차량이 어디서 발견되었는지를 확인해 보자고." 수사회의를 했지만 신통치가 않았다. 폐쇄회로(CCTV)가 많지 않았던 때라 범인 검거의 어려움이 예상되었다. 보통 때 15톤 차량에 원자재와 완제품들을 가득 실으면 물품에 따라 수천만 원 정도의 가치는 된다는 것이다. 나는 근자에 발생한 3건의 사건을 모아 유 형사에게 전담해서 수사를 하도록 했다.

그러던 어느 날 안산에서 통째 도난당한 차량이 물건만 없어지고 차량은 충북 청주 공터에서 발견되었다. 우리는 서둘러 같은 수법 범죄자들이 있는지 여부와 차량에 실려 있던 물건을 장물 처분 예상경로 등 수사에 온힘을 쏟고 있는데 그사이 또 한 대의 화물차량이 도난되었다는 신고가 접수되었다. 이렇게 계속되는 범죄는 검거할 수 있는 확률이 크다. "이 사건 피해액이 꽤 되는데, 이거 잡으면 대박을 칠 수도 있으니까 유 형사는 이 사건 집중해봐." 격려와 함께 수사회의를 하고 사건을 검토하고 있는데 지방청에서 전화가 왔다.

"내일 지방청 광수대로 발령 나니까 짐 싸서 준비하세요." 갑자기 이게 뭐야? 이제 막 안산에서 적응하며 직원들과 끈끈한 정도 들었는데…… 그렇지만 어쩌랴. 안산경찰서 강력팀장으로 발령받은 지 이제 겨우 6개월 정도밖에 안됐는데 유 형사에게 한마디 하는 것을 잊지 않았다. "이거 꼭 유 형사가 검거해야 해. 아마 다른 곳에서도 쫓고 있는 팀이 있을 거야. 이놈들 잡으면 특진도 가능할 걸."

그러기에 형사란 큰 사건이나 정말 나쁜 놈들 수사하며 검거할 때가 제일 행복하고 힘든 줄을 모른다. 다른 사람들이 볼 때에는 잠자는 시간도 없이 신발이 다 닳도록 뛰어다니는 형사들이 얼마나 피곤하고 힘들까를 걱정하지만 형사란 직업이 그랬다. 범인을 검거

당신을 체포합니다

해 수갑을 채우는 순간 모든 피로가 풀리는 것이다. 그렇게 보면 유 형사에게 활력을 주는 사건이기도 했다. 유 형사는 피의자들 5명에 대해 인적 사항을 확인할 정도로 수사의 진전이 있었고 체포영장까지 발부받았다.

그렇게 추적을 하던 중 아뿔싸, 역시 같은 사건으로 피의자들을 추적 중이던 충청도 어느 경찰서 형사들에게 피의자들을 빼앗기고 말았다. 빼앗겼다는 것은 같은 범인들을 다른 경찰서 형사들이 먼저 체포한 것을 말한다. 물론 그쪽에도 범죄가 있어야 하고 그곳에서 검거해서 구속을 했다면 우리가 수사하던 5건에 대해서는 피의자를 검거한 경찰서에 넘겨주는 것이 관례였으니까.

"에이씨, 한 발 차이로……" 유 형사가 세상 다 귀찮다는 표정으로 투덜거렸다.

우리도 한번 업그레이드를
경기청 광역수사대

동료들과 작별의 아쉬움으로 소주 한 잔 나눌 시간도 없이 짐을 쌌다.

다음날 나는 경기청 광역수사대에 도착, 형사과장에게 신고식을 하고 지원팀을 통해서 전달받은 강력2팀 사무실로 갔다. 내가 강력 2팀장으로 내정이 되었다고 했으니까. 하지만 그때까지 팀원들도 구성되어 있지 않았고 하물며 내 책상도 없었다.

발령을 받고 며칠 후 우리 팀으로 용병 6명을 배정받았다. 용병이라고 표현한 이유는 각 팀에서 한두 명씩을 차출해서 강력2팀을 만들었기 때문이었다. 자유분방한, 우리말로 기가 센 직원들, 안 좋은 말로 문제의 소지가 있는 직원들이었다. 끈끈한 의리와 화합을 가장 중요시하는 것이 팀인데 출신 경찰서와 살고 있는 주거지도 모두 각각이었다. 수원, 용인, 부천, 안양, 안산, 특히 양평에서 출퇴근을 하는 직원도 있었다. 그들은 아침에 출근해서 회의 끝나고 범죄 첩보 수집한다고 나가면 끝이었다. 나는 그때서야 다른 팀에서 왜 그들을 보내주었는지 알 것 같았다. 나는 며칠을 용병부대장이 된 것 같은 마음으로 지냈다. 함께 일을 해야 하는 직원들인데 답이 보이질 않았다. 당시 광수대에는 발생 사건이 없었다. 각 팀에서 범죄 첩보를 수집 내사해서 그에 대한 인지수사를 하게 되어있었다. 범죄 첩보는 무슨……

그들은 아침 느지막이 출근해서 내가 회의가 끝나고 사무실에 올라올 때까지 아무 생각 없이 있다가 부서 회의 끝나면 범죄 첩보 수집하러 간다고 뿔뿔이 흩어져 자기네 관내로 가면 그만이었다. 연락도 잘 안되고 그곳에서 무슨 일을 하는지 누구를 만나는지도 알길이 없었다. 아무리 용병 같은 직원들이라 해도 그렇게만 팀을 운영할 수는 없겠다는 생각을 했다.

나는 며칠을 고민하다가 직원들에게 폭탄선언을 했다. "내일부터 9시 전까지 출근해서 6시 퇴근시간까지 사무실에 있도록……" 그러자 난리가 났다. "아니 형사들에게 그렇게 하라고 하면 첩보 수집은 어떻게 해요. 첩보 없으면 실적은?" "꼭 일이 있어 외근활동을 하게 되면 언제 어디서 누구를 무슨 일로 만날지 보고를 해라"는 말에 "그렇게 하면 일 못하지요." "그럼 하지 말던지." "실적은 어떻게 하려고 그래요." "글쎄 그건 내가 걱정할 문제고, 나와 함께 근무하기 싫은 직원은 자신들이 있던 경찰서로 돌아가도 됩니다." 나는 팀장으로 초강수를 두었다. 사실 그때 우리 팀은 완전히 외인부대였다. 각 팀에서 잘 어울리지 못하고 말도 잘 안 듣는 직원들을 추려서 만든 팀이었으니까.

직원들은 나에게 대놓고 말은 못하고 자기네들끼리 숙덕거렸다. "어디서 또라이 같은 미친놈이 하나 왔다" 아우성이었다. 원래 다른 팀에서도 튀던 직원들이었는데 한 곳에 모아놓으니 통제가 너무 힘들었다. 그렇게 직원들은 첫 주일은 출근해서 의자에 앉아 컴퓨터를 하거나 밖으로 들락거리면서 담배를 피우고 잡담을 하고 그렇게 시간 때우다가 저녁 6시가 되면 퇴근을 했다.

그다음 주 월요일 아침 9시 30분. 직원들을 사무실로 불러 원탁 의자에 둥글게 앉게 했다. "오늘부터는 매일같이 회의를 하겠습니다." 하자 "무슨 회의요? 지금 진행하는 사건도 없는데 무슨 회의를 합니까." 불만에 찬 목소리였다. "그러면 그와 관련 있는 업무에 대해 회의를 해야겠지요." 나는 그들과 모여앉아 형법, 형소법에 대해 질문과 토론을 하고 심지어는 개별 사건에 접목시켜 문제까지 풀게 했다. 며칠 동안 이러한 일들이 반복되자 직원들은 또 아우성이었다. "여기가 무슨 경찰학굡니까? 그때도 이렇게 빡세게는 하지 않았어요." 반발하면 할수록 오히려 나는 담담했다.

"학교 다닐 때야 공부를 하건 말건 본인의 자유였지만 이제는 먹고살기 위해 해야 되지 않겠나……" 그것이 내 답변이었다. 그 당시 그들은 내가 마치 외계에서 온 이방인 같은 존재였을 것이다. 답도 없이 고집과 원칙으로 똘똘 뭉쳐진. 하지만 난 그때부터 용연 형이 그렇게 말씀하시던 밥값을 하기 시작했다.

당신을 체포합니다

중앙지방검찰청 특수부 조사 6개월
그 악몽

그때쯤 그러니까 2005년 10월경이었다. 언론이 시끄러워졌다. 경찰청 특수수사과에서 장군 잡는 여경으로 이름을 날렸던 강○○ 경위가 구속되었다. 당시 그는 서울지방경찰청 광역수사대에서 눈부신 활약을 하고 있을 때였다. 사건의 핵심 내용은 수배가 되어 도망 다니던 지인에게 타인 명의로 면허증을 만들어 주었다는 혐의로 중앙지검에 체포가 되어 구속된 것.

나는 그동안 그녀를 옆에서 지켜보면서 무척 부지런하고 성실함을 느꼈는데 구속되었다는 것에 너무 마음이 아팠다. 그리고 며칠 후 중앙지검 ○○호실에서 연락이 왔다. 참고인으로 조사할 내용이 있으니 출석하라는 거였다. 아무리 참고인이라고는 하지만 수사기관에 조사를 받으러 출석하는 기분은 좋을 리 없었다. 대장, 과장에게 타 기관 출석 보고를 하고 중앙지검 형사부 김사실에 가서 소사를 받았다. 하지만 참고인 조사 내용이 그리 중요한 것이 아니었기 때문에 편한 마음으로 조사를 받고 있는데 갑자기 핸드폰이 울렸다. 조사를 하고 있던 검사가 전화를 받아보라고 해서 받았더니 "장재덕 경위님이지요. 여기 중앙지검 특수2부 ○○○ 검사실인데요." "예? 어디라고요? 내가 지금 중앙지검 형사부 ○○○ 검사실에 와 있는데요." 그쪽에서도 머쓱해했다. 혹시 조사가 일찍 끝나면 특수2부 ○○○ 검사실에 들려가라는 내용이었다.

당시 중앙지방검찰청 특수2부에서는 법조브로커 윤○○에 대한 수사를 하고 있었다. 그러다가 강○○ 경위가 다른 사건으로 구속되었고 나와 강○○ 경위가 함께했던 ○○건설 사건의 참고인이자 제보자인 이○○도 윤○○이 소개시켜준 사람이었다. 당시 내가 그를 상대로 조사를 했다. 당시 그에게는 지명수배가 5건 있었다. 지명수배가 있으면 당연히 검거해서 해당 관서에 신병을 넘겨주는 것이 원칙이었다. 그런데 사건 진행을 하면서 그러지 않았고 그로부터 마지막 조사를 받던 날 아침 회의를 했다. 오후에 이○○에 대한 마지막 조사를 받고 지명수배 건에 대해 통보를 하고 신병을 확보해 관할 경찰서로 넘겨주기로 했다. 그날 퇴근시간이 지나서 내가 이○○에 대한 조사를 했다. 조사를 마치면서 "이○○ 씨 미안하기는 하지만 오늘은 당신을 체포해서 ○○경찰서에 인계해야 합니다. 들어서 알고 계시지요." 조사를 마칠 즈음 퇴근했던 하○○ 팀장이 사무실로 전화를 해왔다. "장 수사관 그 이○○이 오늘 넘기지 말고 보내줘 내일 온다고 하니까." 내가 말했다. "팀장님. 벌써 미란다고 지도 했고 내일 안 들어오면 어쩌지요?" "내 보내라면 내 보내지 웬 말이 그리 많아." 짜증을 냈다. 마침 퇴근하지 않고 있던 강○○ 경위가 들어오기에 말했다. "강 주임 어쩌지. 팀장님이 전화 와서 내

당신을 체포합니다

보내주라고 하던데." 그도 팀장과 통화를 했던 것 같다. "팀장님이 내 보내라고 했으면 내보내야지 뭐." 그렇게 이○○의 지명수배 건에 대해 적절한 조치를 하지 않고 내보냈다. 그 후 그는 다시 오지 않았고 연락도 되지 않았다.

그 사건에 대해 하○○ 팀장은 자신에게 구속영장이 청구되자 "나는 그 사람을 내보내라고 한 적 없다"고 하였고 강○○ 경위도 "나는 모르는 일이다"라고 했으며 후에 검찰에 구속된 이○○은 "장 수사관이 내보내줬다"는 진술로 인해 특수수사과 막내였던 나는 졸지에 중요 참고인 아닌 피의자가 되었다.

그렇게 시작된 나와 중앙지방검찰청 특수2부와의 인연은 2006년 5월까지 계속되었고 그동안 몇 번을 더 출석해서 조사를 받았다. 어느 날은 식사도 하지 못하고 저녁에 출석해서 대기실에 앉아 이런저런 생각에 대기하다가 스피커를 통해 "장재덕 씨 ○○○ 검사실로 들어오세요" 하는 소리에 자릴 털고 일어나곤 했다. 늦은 시간 검사 앞에 앉으면 "당신은 묵비권을 행사할 수 있고 변호인을 선임할 수 있습니다. 어쩌고……" 들으면서 나는 나대로의 생각을 했다. '난 오늘 저녁 집으로 돌아갈 수 있을까' 하고.

함께 근무하던 강○○ 경위, ○○○ 경감 등이 이미 구속되어 있었다. 퇴근을 하고 집에 돌아오면 하루가 멀다 하고 은행들에서 통지서가 날아와 있었다. ○○은행, ○○은행 등 나와 처 그리고 중학교, 초등학교 학생인 아이들 계좌까지 범죄 관련 의심 압수수색을 했다는 사후 통지 내용이었다. 현실은 냉혹했다. 내가 무슨 큰 범죄를 저질러 조사를 받는 것은 아닌지 스스로 생각해보게 되었다. 잠자리에 들면서도 '제발 내일 아침에 눈뜨지 말았으면' 할 때가 한두 번이 아니었다. 그렇게 나의 불면의 밤이 몇 개월이 지나갔다. 나는 검찰청에서 출석하라는 전화를 받을 때마다 마치 살얼음판을 건너듯 전전긍긍했다. '이번에 조사받으러 가면 나올 수 있으려나. 언제 구속영장을 청구한다고 할까'

맨 처음 검찰청에 갔을 때 검사가 나에게 피의자 신문조서 뒷장을 들고 물었다. "이거 장 경위님이 쓴 글자가 맞지요?" 강○○의 이름을 가르키며 물었다. 물론 내가 조사받고 쓴 글씨이니 맞을 수밖에. "예 맞는데요." 했더니 "그러면 일단 허위 공문서 작성한 것은 인정하신 것이네요." 그렇게 '허위 공문서 작성' 어느 날은 '직무유기' 또 어느 날은 '직권남용'······ 사는 게 너무 힘이 들었다.

그즈음 신문, 방송에서 연일 떠들썩하게 했던 '법조브로커비리 윤○○ 사건'은 매일같이 각 중앙지 1면을 장식하면서 나도 그렇게 잠식되어갔다.

법정에서 출석요구, 검찰특수부에서는 조사요구, 우리 조직 감찰에서는 검찰에 들어가서 어떤 내용을 진술했냐고 닦달하면서 검찰에서 받았던 조사보다 더 혹독한 조사를 받았다. 나와 함께 근무했던 직원들은 매일같이 전화가 와서 "어떻게 진행되고 있느냐, 나는 괜찮을 거 같냐"는 등 어느 곳에서 건 나를 걱정해주는 사람은 없었고 오로지 자신들에게 불똥이 튀지는 않을까 아니면 조직에 피해를 주는 것은 아닐까 하는 걱정들뿐이었다.

그즈음 윤○○과 관련된 조사를 받던 고위층의 부속실에 근무하던 강○○ 경위가 특수2부의 출석요구를 받고 출석하기 전 강원도 야산에서 목맨 시신으로 발견되었다. 그의 유서에는 '내가 뭘 잘못한 게 있다고, 검새 없는 세상에서 살고 싶다'였다. 모든 언론들은 너나 할 것 없이 사회면 톱뉴스로 도배를 했다.

당시 경찰청장 직무대행을 하던 최○○ 차장이 '나를 수사해달라'고 했지만 며칠 지나자 잠잠해졌다.

그렇게 검찰청을 오가면서 조사를 받을 때 유일하게 가족들만이 묵묵히 나를 믿어주고 격려해 주었다. 검찰 출석을 앞두고 아내에게 "내가 만약 출석해서 구속되어 못 나올 수도 있는데 그래도 너무 걱정하지 마. 돈 받은 거 없으니 금방 나올 거야." 했더니 "걱정 안 해, 믿으니까. 너무 힘들면 경찰 관두고 다른 거 하면서 살지 뭐."라고 위로했다. "그래도 혹시 내가 구속되면 변호사는 선임해야 할 거야." "변호사? 비용은 얼마나 들까?" "글쎄 적어도 500만 원은 줘야 하지 않을까?" 당시 괜찮은 변호사 선임하려면 몇천만 원은 들었고 조금 비싸다 하면 5000만 원도 달라고 했다. "뭐? 500만 원 내가 그런 돈이 어디 있어?" 나는 지금까지도 그 말이 제일 슬프고 가슴 아팠다.

특수수사과에서 피의자 조사할 때 입회하던 변호사들은 적게는 몇천만 원이고 억대 변호사도 많았는데 막상 나는 500만 원도 없어서 변호사 선임이 어렵다니, 하지만 그렇게도 세월은 갔다.

퇴근해서 보면 법정 출석요구서, 각 은행에서 날아온 수사기관에서 계좌조회를 했다는 통지서들, 계속 걸려오는 검찰에서의 전화, 밥을 먹는지 잠을 자는지, 내가 일을 하고 있는지 정신은 몽롱하니 허공 중에 떠 있는 듯했다. 생각해보면 참으로 힘들던 때였다.

아직도 가끔은 그때의 검사 목소리가 들리는 듯하다. "묵비권을 행사할 수 있습니다" 하는……

15톤 벤츠 트럭
가출사건

그 즈음 내 일상은 검찰에 불려가서 조사받고 새벽에 집에 돌아와 씻고 바로 출근하는 그런 시간들이었다. 물론 휴가를 낼 수도 있었고 오후에 출근할 수도 있었지만 스스로에게 관대하기 싫었다.

그렇게 출근한 광수대 강력2팀 팀원들은 내가 검찰에 조사를 받으러 다니는 것도 전혀 몰랐다. 내가 그런 내색을 하지도 않았다. 그런 와중에 수사를 할 범죄 첩보 한 건도 없이 모여서 형법, 형소법 토론만 하면서 2개월이 지났다.

첩보라는 것이 갑자기 생기는 것도 아니고 그렇다고 경찰서에서처럼 고소를 하거나 신고를 하러 오는 것도 아니었다. 그때는 모든 것이 왜 그렇게 힘들었는지 모르겠다.

그러던 어느 날 광수대에서 좀처럼 구경할 수 없는 민원인이 찾아왔다. 그는 "경찰서에 갔더니 사건이 안 된다고 해서요. 민사사건이라고 하지만 우리는 너무 답답하고 힘들어서 한번 상담이나 해보려고요." 곁에서 이○○ 형사가 잠시 이야기를 듣더니 "이건 민사

당신을 체포합니다

사건인데요." 했다. 민원인은 "저도 그렇게 이야기를 들었는데 이건 도무지 연락도 안 되고 주소지에 찾아가도 그런 사람 없다고 하고 방법이 없어서요."라고 했다. 나는 이상한 생각이 들었다. 우물거리면서 나가려고 하는 그를 내가 다시 불렀다.

"앉아서 자세히 말해보세요." 그는 캐피탈 직원이었다. 주로 외국에서 수입하는 볼보, 벤츠 15톤 화물차량을 취급하는 사람이었다. "캐피탈에서 보증을 서고 차량도 할부로 구입한 차주들이 연락도 전혀 안 되고 할부금도 안 내고 전화도 해지되어 있고 주소지로 찾아가도 그런 사람은 살지 않는다고 했어요." "그러면 차량을 찾아 압류를 하면 되지 않나요?" "당연히 그렇게 하려고 했죠. 그런데 아무리 차를 찾으려 해도 찾을 수가 없어요." 이상한 생각이 들었다. 계약서를 보니 외국에서 차량을 주문해서 수입한 것도 맞고 차주 인적 사항도 맞는데 차 또한 확인되지 않고 사람도 연락이 안 된다고 했다. 얼핏 보면 차량을 구입하고 할부금을 납부하지 않은 단순한 사건(몇 개월 정도는 할부금을 납부했음.)이며 민사사건 같아 보이기도 했다. 일단 가져온 서류를 제출하고 돌아가 있으라고 했다.

나는 다음날부터 직원들을 시켜 차주들을 찾게 했다. 직원들은 "이거 사건도 안될 것 같은데 왜……" 하지만 나는 단호했다. "사건은 확인해봐야 하지 않겠어요. 일단 차주 하나 찾고 나서 이야기하자고." 연락이 되지 않는 차주 3명의 인적 사항을 확인하고 추적수사를 했다. 아무래도 추적 수사는 광수대가 전문 아닌가. 추적의 방법이야 형사들의 노하우이니만큼 밝힐 수는 없지만 그렇게 추적해서 한 명을 어렵게 서울역 근처 인력사무소에서 찾아 데리고 왔다. 그를 조사한 결과 우리는 사건의 실마리를 찾았다.

역시 단순히 할부금을 내지 않은 민사 건은 아니었다.

기가 막힌 사기 사건이었다. 주범인 윤○○는 무역회사를 운영하고 있었다. 그는 모집책을 내세워 "무조건 돈 빌려드립니다"라는 광고를 내고 찾아오는 사람들을 상대로 신용조회를 한 후 명의를 빌려주면 500만 원씩을 줬다. 돈을 빌리러 오는 대부분의 사람들은 500만 원을 당장 손에 쥘 수 있다면 나중에 신용불량이 되는 것은 크게 두려워하지 않는 사람들이었다. 어차피 나중에 되나 당장 신용불량이 될 수 있는 사람들을 대상으로 했다. "이 건은 절대 형사 사건이 안됩니다. 민사사건으로 가다가 집에 압류를 하든지 다달이 할부 나오는 거 그때 형편대로 갚아도 되고 그것도 아니면 정 잘못되었을 경우에는 신용불량자가 되는 거지요." 그들은 모두 신용불량을 무서워하지 않았다.

그렇게 노숙자 아닌 노숙자들의 명의를 빌려 외국으로부터 볼보 15톤 트럭을 수입 신청했다. 1억5천만 원 상당 금액 차량의 30%를 현금으로 납부하면 나머지 금액에 대해서는 캐피탈에서 할부금으로 갚는 조건으로 수입을 했다. 명의자에게 500만 원 그리고 차량할부금 몇 개월분과 차량 총금액의 30%, 5500만 원 정도의 현금이 필요했다. 그렇게 수입된 차량은 부산항을 통해 들어와서 차량등록과 번호판을 붙임과 동시에 곧바로 부산항을 통해 유럽 등지로 중고 자동차로 역수출을 했다. 그렇게 받는 금액은 8~9000만 원 정도였다. 1억5천만 원짜리 차량이 번호판만 달고는 중고차로 둔갑해서 국내에서는 한번 사용하지도 않고 해외로 다시 팔려나갔다.

당신을 체포합니다

조그만 무역회사를 운영하고 있던 신○○는 차량 수입과 중고차 역수출 등을 총괄했고 김○○ 전무는 명의자들 모집과 수입차량 번호판 등록을 했다. 진○○ 실장은 캐피탈을 상대로 영업을 하는 등 철저히 역할과 분업을 나눈 사기단이었다. 그렇게 차량 1대당 2~3000만 원씩 남겨져 역수출을 하고 나면 결국 금전적인 피해를 보는 것은 캐피탈이었다. 차량 소유주들이자 명의자들은 500만 원씩 받았다는 이유로 대책 없는 차주가 되었고 차주들이 구경도 해보지 못한 차량들은 외국으로 수출되어 나갔다. 차량이 수출이 되는지 국내에서 다니는지 신경 쓸 이유도 없는 차량 소유주들은 서울역이나 영등포역 등에서 소주병을 안고 그렇게 하나 둘 사라져갔다. 이 사건 때문에 부산 세관으로 관계 기관으로 조사를 다니면서 느낀 것은 그렇게 전문적으로 수출입 관리를 담당하는 사람들보다 사기단의 수법이 훨씬 뛰어나다는 것이었다. 차량 한 대당 2~3000만 원씩의 돈을 벌자고 자신들의 재능을 그렇게 써버려야 하는 사람들……

그 후 무역회사 사장 신○○ 등을 모두 검거해서 구속을 하고 사건을 마무리하면서도 마음이 산뜻하질 않았다. 도대체 돈이 무엇이기에 이렇게까지 해야 하는 걸까. 몇 명을 유치장에 넣고 모여 앉은 술자리건만 목을 넘는 소주가 달지 않았다.

참 단순한 속셈
아파트 주인은 누구

나는 볼보차량 등 외국 역수출 사건을 수사하면서 또 다른 사건을 인지하게 되었다. 다른 모집책을 확인하면서 역시 대한민국 사기꾼들은 대단하다는 생각을 했다.

군포시 ○○동에 있는 33평형 아파트 16채, 쉽게 말해서 나 홀로 아파트였다. 땅 주인이 아파트 건물 한 동을 신축했는데 생각처럼 분양이 잘되지 않았다. 땅 담보로 은행에서 받은 융자금에 대한 이자 부담, 아파트 분양은 어렵고 건물주 입장에서 힘들어 할 즈음 머리 좋은 사기꾼들이 접근했다. 조건은 건물주에게 아파트 한 채당 1억4천5백만 원씩 주기로 하고 분양대행을 맡았다. 아파트 전체 분양을 책임지는 대신 방법과 모든 것들에 대해 위임을 받았다. 그들만의 방법을 사용했다. '금전 필요하신 분 돈 빌려드립니다'란 광고를 내고 찾아오는 사람들 상대로 신용에 문제없는 사람들과 상담을 했다. "명의를 빌려주면 500만 원을 드릴 수 있는데" 귀가 번쩍 뜨였다. 그들에게는 1~200만 원의 적은 급전이 필요한 사람들이

당신을 체포합니다

었으니 500만 원이란 현금에 귀가 솔깃해질 수밖에. "어떻게 해야하나요……" 그때부터는 일사천리였다. 명의야 까짓 거 거기다 형사책임도 없다는 것. 나중에 민사문제가 생길 수 있지만 그것도 담보가 잡혀있으니 책임질 일은 없다고 했다. 정 문제가 생긴다면 신용불량자가 될 수 있다고 했지만 당장에 돈 필요한 사람들에게 나중 일은 크게 중요한 것이 아니었다.

분양팀은 ○○은행과 작업을 했다. 신용에 문제가 없는 명의대여자들 이름으로 아파트를 분양받는 것처럼 서류를 작성해서 은행으로부터 아파트 담보로 한 채당 1억5천만 원의 대출을 받았다. 당시 아파트 시세가 그 정도라지만 담보에 비해서는 과도한 금액의 대출을 은행에서 해준 것이다. 그중 1억4천5백만 원은 건물주에게 500만 원은 명의대여자에게 주었다. 그리고는 아파트에 대해 위임장을 받았다. 그런 방법으로 16개의 아파트 모두를 담보대출을 받아 분양을 했다. 건물주는 아파트 전체를 팔았고 돈도 받았다. 명의대여자들은 자신들의 이름으로 아파트 한 채와 1억5천만 원의 빚이 있지만 담보대출이니 안되면 자신들의 돈을 들이지 않고 받은 아파트만 날리면 된다는 생각이었다. 그렇게 명의대여자들은 500만 원을 받고 아파트에 대한 위임장을 써준 채 각자 자기 갈 길을 갔다. 그 뒤에는 새 아파트 16개 모두 빈집으로 남아있었다. 비록 한 동이지만 교통도 편리하고 모두 살기 좋다는 산본은 집을 알아보는 사람들에게 인기가 높았다. 그들은 그것을 이용해 또 다른 사기범죄를 꾸미고 있었다. 어쩌면 지금부터기 진짜 돈벌이였는지도 모른다.

그들은 명의자는 있지만 주인과 관리자가 없는 아파트 16개를 부동산 중개업자들을 내세워 아파트를 월세 계약이나 깔세로 내놓았다. 어차피 아파트에 입주하려는 사람들은 금융권의 융자금을 확인하고 들어오는 것이니 입주자들과도 공모를 했다. 새 아파트이니 2000만 원만 주고 들어와 살아라. 최소한 경매가 진행되더라도 처음 몇 달간은 이자를 넣어줄 거니까 2년 이상은 살 수 있다. 그리고 계약서 작성해 놓으면 임대차보호법에 의해 경매에 들어가더라도 1500만 원은 변제를 받을 수 있으니 실질적으로 500만 원에 넓은 새 아파트에서 최저 2년 이상을 살 수 있는 거고, 경매가 들어가더라도 유치권 행사하고 유찰되면 시간이 얼마나 더 걸릴지 알 수 없으니 결코 밑지는 장사는 아니다며 세를 놓았다. 그렇게 월세, 깔세로 받은 돈은 주범, 모집책, 중개업자 등이 나누어 가졌다. 아파트 명의인들은 이미 아파트에 대해서는 관심이 없고 주범이 6개월 동안의 이자는 은행에 지불했다. 그네들도 아파트에 관심이 없기는 마찬가지였다. 하지만 아파트는 엄연히 존재하고 있었다.

다른 사람 누구를 속이느냐의 문제이기도 했지만 나는 고민을 했다. 사기 범죄는 확실한데 그렇다면 피해자는 누구일까. 건물 주인, 아파트 명의자들, 아니면 임차인들? 은행? 생각해보면 범죄이기는 한 거 같은데 일견 크게 피해를 당한 사람들은 없어 보였다. 세상은 그렇게 머리 좋은 범죄자들이 별 죄의식 없이 범죄를 저지르고 잡혀서 감옥에 가는 것은 운이 나빠서 정도로 생각하는 세상이 되었다는 것이 서글펐다.

나는 그동안 아파트 수사를 하면서 몇 건의 사건을 더 수사하고 마무리를 했다. ○○베라(유명메이커)사기 사건, 조직폭력배가 개입된 100억 원 규모의 사설경마 50여 명을 입건하고 그중 7명을 구속하는 등 세상은 어지럽고 범죄자들은 영악했지만 형사들은 뚜벅 뚜벅 자신들의 일을 그렇게 했다.

　경기청 광역수사대에서 이런저런 사건을 수사하면서 팀원들도 보람을 가지고 신나게 일을 했다. 실적도 우리 팀이 늘 1등이었다. 그동안 방송도 몇 번 탔고 윤○○ 형사는 경찰청에 경위 특진도 상신되어 있었다.

　그렇게 용병들의 집단이 마음 다잡고 훌륭한 베테랑 형사들이 되어 잘 되어가나 보다 했는데 생각지 못한 큰 사건이 터졌다.

　경기청 광역수사대에서 뇌물사건으로 인해 광수대장과 팀장 하나가 수원지검에 체포되어 구속되는 초유의 사건이 터졌다. 정말이지 자다가 날벼락을 맞았다. 수사고 뭐고 곧바로 경기청장의 지시로 광수대 직원 전원에 대해 발령이 났다.

　"이게 뭐야? 내가 뭘 잘못했다고? 우리는 열심히 일한 죄밖에는 없는데……" 어찌 되었거나 진행하던 수사 그대로 두고 우리는 김포, 양평, 수원, 안양 등 각자 다른 곳으로 발령을 받아 뿔뿔이 흩어졌다. 나는 안양경찰서 강력5팀장으로 발령을 받았다. 그리고 15일쯤 지났을까 경찰청 보안국에서 새로 설치한 과거사조사위원회 조사관으로 다시 발령이 났다.

남영동에서 분단의 비극을
다시 조사하다

김대중 정부 출범과 함께 '진실 화해를 위한 과거사정리위원회' 가 발족되었고 경찰청에서도 자체적으로 과거사조사위원회를 만들 어 운영했다.

과거 보안분실을 운영했던 남영동에 사무실을 만들어 조사1계에 서 4계까지 민간인 조사위원들로 반을 채우고 경찰관들(경정, 경위) 로 반을 채워 16명의 조사관들로 운영이 되었다.

나는 조사4계에서 근무했고 계장 홍○○ 경정 그리고 민간 조사 관인 이○○, 신○○ 이렇게 4명이 함께 일을 했다. 우리는 주로 국 가보안법이 관련된 어젠다와 민원인들이 진정한 사건을 조사했다.

나는 개별적으로는 진정사건 몇 건을 배정받아 조사했다. 1950 년대 6·25 전쟁을 전후한 사건들이 대부분이었다. 기록이 남아있 을 리 없어서 주로 대전에 있는 국가기록원을 다니면서 서류를 열 람하고 사건이 발생했던 동네를 찾아다니며 나이 드신 분들 상대로 조사를 했다. 그중 기억에 남은 일 몇 가지를 소개한다.

당신을 체포합니다

김○○ 사건

그는 6·25전쟁이 발발했던 1950년 경북 군위 ○○면에 살았다. 그 당시 인민군에 밀려 국군이 대구까지 후퇴를 했을 때 그는 ○○면 ○○리 이장이었다. 어느 날 밭에서 일을 하고 있는데 동네 사람이 찾아와서 면사무소로 오라는 연락을 받고 면사무소에 갔다가 집으로 돌아오지 못하고 경찰서 유치장에 갇혔다는 것. 그 후 국군들이 올라와 그 마을을 수복하면서 그 와중 누군가 유치장에 불을 질러 그로 인해 유치장에 있는 사람들이 사망한 사건이었다.

납북어부 ○○○ 사건

○○○는 어촌에 살면서 고깃배를 타고 고기잡이를 하는 사람이었다. 그는 먼 바다에서 고기를 잡다 북한 경비정에 나포되어 북으로 끌려가 60일 정도 억류되어 있다가 돌아온 사람이기도 했다.

돌아와서 생활하던 어느 날. 느닷없이 들이닥친 수사관들에게 연행되어 15일간을 여관과 경찰서 등에 감금되어 고문을 당했다. 그는 재판을 받고 국가보안법을 위반한 사실이 없는데도 수사기관에 끌려가 모진 고문을 당하는 바람에 허위자백을 했다는 것이다. 그것을 바로 잡아달라는 진정이었다.

국가기록원에서 찾아낸 범죄사실 기록에는 국가보안법 중 북한에 대한 찬양고무를 했다는 것이다. 쉽게 말하면 북한이 남한보다 잘 먹고, 잘 살고 있고 전기도 들어온나는 내용을 이야기했다는 이유만으로 잡혀와 모진 고문을 받고 결국은 북한을 찬양했다는 자백을 했다. 그래서 소름 돋는 국가보안법으로 감옥에 다녀온 내용들을 알 수 있었다. 그냥 언론에서 들었던 '국가보안법'의 실체를 조금은 알 수 있을 것도 같았다. 남북이 분단된 아픔, 어부이기에 생업으로 바다에 나갔다가 북한에 나포되어 간 것만으로도 많은 두려움과 아픔, 고통이 있었을 것인데 천신만고 끝에 가족들이 있는 고향으로 돌아오면 거의 전부라고 해도 좋을 만큼 관할 경찰서의 감시대상이었다. 게다가 동네 사람들과 술이라도 한잔 먹고 북한에 대한 말을 했다는 이유로 불법 체포되어 며칠 동안 고문 끝에 구속되어 옥살이를 했던 사람들의 이야기를 조금은 엿볼 수 있는 계기이기도 했다.

그렇게 나는 남영동에서 지금까지 몰랐던 과거사에 대해서도 다시 한 번 생각하고 당시의 엉성한 기록들을 엿볼 수 있었다. 외부에서 온 조사관들과 함께한 1년 6개월의 시간.

진정사건을 조사하면서 1950년 한국전쟁 근저의 사건들을 찾아보고 대전 국가기록원을 매일같이 들락거리면서 기록을 찾고 문제의 현장을 다니면서 과거로의 여행을 했던 시간들이었다. 우리 조직이 국민들에게 왜 신뢰를 받지 못하는 이유에 대해서도 조금은 알게 된 것 같았다. 그러면서 어느덧 김대중 정부도 임기를 마쳤다. 이명박 정부로 바뀌면서 과거사위 조사관 생활도 끝이 났고 나는 다시 안양경찰서 수사과 지능팀으로 발령을 받았다.

안양경찰서 수사과 지능팀에서 그리고 경제팀에서 3년여의 시간을 보내고 2011년 1월 경감으로 심사 승진을 해서 군포경찰서 강력계장으로 자리를 옮겼다.

당신을 체포합니다

나의 마지막 승진이 된 무궁화 2개
편의점 강도사건

나는 2012년 1월 3일에 경감으로 승진을 했다. 경찰 조직에 입문한 지 23년, 감격스러운 승진이었다. 돌아보니 정말 전쟁과도 같은 날들이었다. 맘 편할 날이 하루도 없었다. 그리고 곧 바로 군포경찰서 강력계장으로 발령이 났다. 나는 강력계장으로 강력 5개 팀과 과학수사팀, 실종수사팀 등 30여 명의 직원들과 함께 근무를 했다.

강력계장이라는 직책은 낮과 밤이 없었다. 출퇴근 시간도 없었다. 강력사건이 나면 주야, 휴일 불문이었다. 사건이 없으면 빈둥거리는 한직일 수도 있고 강력사건이 나면 그것은 강력계장이 책임지고 해결해야 했다.

강력계장으로 근무한 지 한 달쯤 되었을까 토요일 새벽에 들려오는 전화벨은 100% 강력사건이었다. "계장님. ○○동 편의점에서 강도사건이 났습니다." 시간을 보니 새벽 4시가 조금 넘어있었다. 현장은 ○○역 부근에 있는 한적한 편의점이었다. 24시간 영업을 하는 곳으로 주택가 외진 곳에 있어서 왕래하는 사람도 많지가 않았다. 과학수사팀에서 감식을 했지만 특별한 것은 없어 보였다. 폐쇄회로(CCTV) 동영상에서는 스키복을 입고 마스크를 쓴 범인이 밖에서 기웃거리는 듯하더니 안으로 달려들어와 바로 계산대로 뛰어올라 손에 들고 있던 칼로 카운터에 있던 종업원을 위협하고, 금고에 있던 돈을 쓸어 담아 나가는 장면이었다. 범행 시작부터 끝날 때까지 걸린 시간은 1분이 채 되지 않았다.

피해 금액은 현금 20만 원 정도였다. 탐문수사는 어려움이 따랐다. 먼저 주택가여서 범행시간이면 다니는 사람도 별로 없고 모두 잠을 잘 시간이었다. 또 어두운 골목인데도 불구하고 가로등도 드물었고 특히 개인이 설치해 놓은 사설 폐쇄회로(CCTV) 몇 개를 찾아 확인했지만 특별한 것은 없었다.

사건이 발생하면 강력형사들은 누구보다 활력이 생긴다. 마치 먹고 살아야 하는 양식 같은 것이다. 하지만 그것도 사건이 술술 잘 풀려야 즐거운 법이다. 수사단서도 없고 오리무중인 여행성(뚜렷한 목적대상 없이 무작위로 행하는 범죄) 범죄 같았다. 우리는 범행시간대 주변 PC방 탐문수사와 함께 당일 편의점에 물건을 사러온 손님들에 대한 수사도 병행했다. 그렇게 관내 폐쇄회로(CCTV)를 샅샅이 뒤지고 우범자 상대 수사를 했으나 신통한 단서는 없었다. 미안하기는 했지만 아직도 진정되지 않아 무섭다는 피해자를 수시로 찾아가 다른 이상한 점은 없는지 진술을 청취했다.

사건 발생 3일째 피해자가 문득 "근데 형사님. 이게 도움이 될지는 모르겠는데요." "뭔데요." 갑자기 귀가 솔깃해진다. 보통 이럴 때 수사에 전환점이 생기는 것을 알기 때문이다. "별 건 아니고 그 전

당신을 체포합니다

에 여기서 알바를 하던 김○○가 사건 발생 30분 전에 와서 일회용 라이터를 하나 사갔어요." 그에게는 별게 아닐지 모르겠지만 형사들에게는 또 하나의 수사단서가 생겼다. 새벽 시간에 외진 편의점에 와서 라이터 한 개를 사 갔다는 게 이상했다. 형사들을 보내 김○○ 상대로 알리바이 수사를 했다. 그는 범행시간대 범행 현장에서 1킬로미터 떨어진 PC방에서 친구들 3명과 게임을 했다고 진술했으며 담배를 피우러 나왔는데 라이터가 없어서 근처에서 가장 가까운 편의점인 그곳에서 라이터를 구입했다고 했다. PC방을 상대로 알리바이를 확인한 결과 그의 말이 모두 사실인 것으로 확인되었지만 찜찜했다. 알리바이가 짜 맞춘 것처럼 너무 정확하게 일치하는 것도 의심해야 할 일이니까.

PC방 사장의 진술이다. "김○○ 등 3명은 이곳에 오던 손님은 아닙니다. 처음으로 와서 게임을 한 것이며 새벽 5시까지 게임을 하다가 돌아갔어요." 왠지 찜찜한 마음이 가시지를 않았다. 보통 PC방에서 게임을 하는 사람들은 대부분이 자신들의 단골이 있다.

다시 형사를 보냈다. 게임 이후의 알리바이에 대해 확인을 했다. 그렇게 며칠이 지났지만 탐문 폐쇄회로(CCTV) 등에서도 특별한 것이 나오지 않았다. 하지만 편의점 전 종업원이었던 그에게 계속 마음이 쓰였다.

수사회의를 하면서 김○○의 PC방 이후 행적에 대해 확인을 했는지 물었다. 김 형사가 대답했다. "예, 제가 확인을 했는데 마침 PC방 근처에 동네 선배가 있어 그 집에 모여서 놀았다고 했습니다. 그래서 그 선배라는 이○○에게 전화까지 해서 확인했는데 그 친구 이야기가 맞던데요."라고 했다. 그 정도면 김○○는 용의 대상에서 제외되어야 했다. 그런데도 그가 마음에 남았다.

그날 저녁, 사건 담당 팀장과 통화를 하다가 "팀장님. 혹 그 선배라는 사람 집에 한번 가 봤나요?" 했더니 "그럼 한번 가보지요." 했다.

그날 밤 늦은 시간, 핸드폰이 울렸다. 담당 팀장의 들뜬 목소리가 들렸다. "계장님. 범인 잡았습니다." 형사에게 있어 '범인 잡았다'는 말보다 기쁜 말은 없다. 그 순간만큼은 범인을 잡은 사람도, 곁에 있는 사람도 이보다 더 기쁠 순 없다. 당시에는 전국적으로 편의점 강도가 많았고 부천, 안산, 남양주 등에서도 여러 건 발생했었다.

사건 발생 일주일도 안되어 사건의 전모를 수사를 통해 밝히고 공범 등 4명 전원을 체포해 구속했다.

형사의 감각은 때로는 믿기지 않을 만큼 신통하기까지 하다. 알리바이가 성립되어도 찜찜하고 의심스러웠던 김○○와 친구 3명이 공모를 해서 벌인 사건이었다. 사전에 김○○가 범행시간 30분 전에 사전답사를 하고 자신은 알리바이를 만들기 위해 공범 2명과 사건 시간대 근처 PC방에서 게임을 했고 행동책만 범행을 한 후 아침에 만나 돈을 나누어 가졌다는 자백도 받았다. 담당이었던 강력 3팀장이 김○○의 선배라는 집 주소지를 찾아갔을 때 범행 시 입었던 스키복이 옷걸이에 걸려 있었다고 했다. 확실한 증거물을 발견했을 때 형사들의 심장은 얼마나 뛰었을까. 그렇게 군포에서 신고식 겸 발생한 편의점 강도사건은 깔끔하게 마무리를 지을 수 있었다. 사건 해결에 있어 형사 한 사람의 열정이 어떠한 결과를 가져오는지를 깨달은 사건이기도 했다. 열정은 무엇으로 만들어지는가. 형사라는 자긍심이 피워올리는 불길이다.

당신을 체포합니다

참 잔인한 이름 '아빠'
여섯 살의 죽음

사건은 토요일 새벽에 많이 발생한다. 쉽게 말해서 마음이 들뜨는 '불금'과도 연결된다. 아무래도 주 5일 근무가 되면서 토요일이 휴무이다 보니 '불금'에 술도 많이 마시고 일주일 동안 긴장했던 마음을 풀어놓아서 그럴 것이다.

새벽 2시쯤 전화벨이 요란스럽게 울리며 김 형사의 다급한 목소리가 수화기를 타고 흘러나왔다. "주공아파트 화재사건인데요. 아빠랑 여섯 살 된 여자아이가 살고 있었다는데 아이가 못 빠져 나온 것 같습니다." 나는 서둘러 사건 현장으로 갔다. 불이 완전히 진화되기를 기다렸다. 다행이 불은 다른 집으로 번지지 않고 방 한 개만 다 태우고 진화되었다. 불이 꺼진 방안에는 새카맣게 타버린 조그만 아이의 시체가 발견되었다. 의외로 아빠라는 사람은 멀쩡했다. 나는 오히려 그게 짜증이 났다. 딸아이와 둘이서 살면서 아이는 새카맣게 탔는데 아빠는 너무 멀쩡한 것을 보면서 이유도 알 수 없는 분노가 스멀거렸다. 하지만 어쩌랴, 사건 경위를 묻는 형사에게 그는 차분하게 이야기를 했다. "1년 전 아내와 이혼하고 아이와 둘이 삽니다. 아이가 잠들고 저는 잠이 오지 않아서 아파트 앞 가게에서 소주를 사가지고 들어가는데 안에서 연기가 나와서 급하게 현관문을 열고 들어갔더니 안방에서 불길이 보였는데 불길이 너무 세서 들어가질 못했습니다." 순간 그의 눈시울이 붉어지는 듯했다.

나는 그쯤에서 아이가 죽었는데 더 캐묻는 것도 뭣해서 자세한 조사는 천천히 하기로 했다. 오히려 연락을 받고 달려온 아이 엄마가 난리를 쳤다. 장례식장 안치실을 거쳐 형사계 사무실로 온 그녀는 사무실 바닥에 드러누워 악을 썼다. "아이고 ○○야! 어디 갔냐. 내 아이 살려내 xxx들아." 그녀는 남편과 이혼하고 다른 남자와 결혼해서 살고 있다고 했다. 언제나 이런 사건 현장이 난감했다. 어설픈 위로는 도움이 되지 않았다. 그렇다고 바닥에 드러누워 악을 쓰고 있는 사람을 그냥 둘 수도 없는 난감한 상황이 가끔 발생한다.

화재 현장의 열기가 거의 빠지고 난 다음 과학수사팀과 현장에 갔다. 그때 과수팀 직원이 말했다. "계장님. 아무래도 이상한데요. 기름 냄새도 나는 것 같고 방화일 가능성이 있는 거 같습니다. 저쪽이 발화점으로 보면……"

그동안 아이 아빠의 말과 행동도 미심쩍은 부분이 있었다. 신고를 받고 화재 현장에 갔을 때 이미 그에게서는 심한 술 냄새가 났고 취해있었다. 조사하면서 담당 형사가 "일단 부검을 합시다"라는 말에 아이 아빠는 펄쩍 뛰었다. "절대 안 됩니다. 누구도 아이 몸에 칼을 댈 수 없어요. 그러지 않아도 불쌍한데 죽어서까지……" 차분하던 그가 그때서야 목을 놓아 울었다. 목 놓아 우는 그를 놓아두고 아이 엄마를 설득했다. "아무래도 정확한 사인을 알기 위해서는 아이 부

당신을 체포합니다

검을 해야 합니다." 그녀는 조금 정신을 차린 듯 "형사님. 아이에게는 미안하지만 그렇게 해주세요. 그래야 할 것 같네요."라고 했다.

이런저런 사연 끝에 부검 영장을 받아서 국과수에서 부검을 했다. 담당 의사가 말했다. "이 시신은 연기로 인한 질식사가 아닙니다. 액사입니다." 액사라니? 액사는 목이 졸려 죽은 것을 말한다. 결론은 두 가지였다. 아이 아버지가 마트에 다녀오는 사이 범인이 집에 침입을 해서 아이를 죽이고 불을 내고 도망을 했거나 아님 아이 아버지가 범인인 경우였다.

우리는 이미 사건 당일 형사들이 현장 주변과 엘리베이트 폐쇄회로(CCTV) 자료를 확보해 검색을 마친 상태였다. 그 시간대 아이의 아빠 외에 집을 드나든 사람은 없었다. 그에 대한 신병을 확보하기 위해 형사들을 보냈다. 잠시 후 형사들이 술에 만취한 그를 데리고 왔다. 대화도 어려웠다. 형사계 사무실 대기석 의자에 서너 시간 자고 일어난 그를 상대로 조사를 했다.

"아이를 왜 죽였나요?" 정말 하기 싫은 말이지만 해야 했다. 이미 복도와 엘리베이트 폐쇄회로(CCTV) 등 모든 것을 확인하고 난 다음이었다. 그도 조금의 양심은 있었나 보다. 한동안 멍하니 앉아있더니 "그럴 맘 없었어요. 술에 취해서…… 자꾸 엄마 보고 싶다고 울어서 달래도 듣지를 않고 해서 화가 많이 났는데 정신을 차리고 보니 제가 아이 목을 조르고 있더라고요. 마누라를 많이 미워했는데 술이 취해서 그만……"

살인과 방화로 구속하고 사건 송치를 하면서도 마음이 내내 우울했다. 부모들의 이혼이야 그렇다 하더라도 6살짜리 아이는 무슨 죄가 있을까. 하늘나라에서는 그 아이가 정말 행복했으면 좋겠다.

돈이 뭐길래
투명인간이 된 엄마

하늘이 티끌 하나 없이 맑았다. 기분 좋게 출근했던 가을 아침, 상쾌한 발걸음으로 들어가 사무실에 앉았는데 멀쩡하게 생긴 40대로 보이는 남자가 당직팀에 안내되었다. "고발장을 접수하러 왔는데요." 고소장이야 늘 접수하는 것이지만 고발장은 구청에서나 가끔 들어오는 것이었기에 흥미가 생겼다. "저와 결혼할 여자가 납치, 감금되어 있으니 제발 좀 구해주세요." 이게 무슨 소리? 법치국가에서 있을 법한 소리도 아니고 사실이 그렇다면 당장 출동해서 수사를 하고 범인을 검거해야 할 중범죄가 아닌가. 그런데 민원인과 상담을 마친 담당 팀장의 반응은 그렇게 다급해 보이지 않았다. "납치, 감금사건이라며?" 내가 관심을 보이자 "이런 일 가끔 있어요. 아들이 엄마를 병원에 입원시켰는데 사실 저 사람은 결혼할 사람이라고는 하지만 제 3자일 뿐이고 막상 조사를 해보면 아무것도 아닌 경우가 많습니다." 팀장에게서 고발장을 받아서 읽어보았다. 50세 (여) 김○○는 남편과 이혼하고 혼자 살고 있으며 장성한 아들이 두

명 있지만 모두 외국에 나가 있었다. 현재는 이혼한 남편과 60억 원 상당의 재산에 대해 분할소송 중이고 고발장을 들고 온 남자와 결혼 중매업소를 통해 만나 교재 중이라는 것이다.

그런데 갑자기 외국에 있던 아들이 귀국해서 김씨를 정신병원에 강제입원을 시켰다는 내용이었다. 본인의 의사도 없이 강제로. 이 게 가능한 일인가. 좌우간 맘에 걸렸다. 그래서 느긋한 표정으로 있는 팀장에게 "이 사건 빨리 배당해서 지금 확인하고 수사하도록 해 주세요." 했다. 감금되어 있다는 김씨 핸드폰으로 전화를 했으나 전 원이 꺼져 있었다. 다시 김씨의 아들, 그리고 전 남편에게 전화를 해도 받지를 않았다. 이렇게 되자 사건을 진행할 방법이 없었다. 하 지만 마냥 손을 놓고 있기에는 뭔가 찜찜했다. 형사들은 가끔씩 사 건에 대해 좋은 쪽이건 나쁜 쪽이건 일종의 영감을 받을 때가 있다. 자신도 알 수 없는 사이에 거기에 끌려 사건에 몰두하기도 하고 정 신없이 몰아칠 때도 있다. 김씨의 아들 핸드폰을 조회해서 그의 주 소지인 안산 고시원으로 찾아갔지만 그런 사람은 살지 않는다고 했 다. 고발장을 들고 왔던 남자를 다시 불러 자세한 내용을 들었다. "김씨와 만난 지 3개월 되었습니다. 중매업소를 통해 만났는데 결 혼을 전제로 진지하게 교재 중입니다. 그런데 아직 전 남편과 재산 정리가 되지 않아서 소송 중인데 며칠 전에는 미국에서 아들이 들 어와 아버지 편을 들고 있다는 이야기를 들었습니다. 그런데 그녀 가 그랬거든요. 자신에게 전화가 안 되거나 집에도 없으면 분명히 아들과 전 남편이 나를 어떻게 한 것이니까 알고 있으라고 했는데, 며칠 전부터 전화가 안 되어 집에 가 봐도 없고 전 남편에게 전화를 했더니 남의 가정사에 개입하지 말라고. 어쨌든 계속 따지듯 물었더니 몸이 아파서 병원에 입원시켰다는 이야기를 들었습니다." 횡설수설하는 것도 아니고 그의 정확한 진술에 신뢰가 갔다. 담당 형사에게 틈날 때마다 아들과 전 남편에게 전화와 메시지를 남기도록 했다. 그렇게 3일의 시간이 흐른 후, 30대 초반의 남자와 40대 초반의 신사가 찾아왔다. "저는 김○○의 아들 ○○○입니다. 메시지를 보기는 했지만 깊은 산속에서 기도를 하느라고 지금 왔습니다. 그리고 이분은 제 변호사입니다. 누가 저를 고발했나요?" 멀쩡하게 보이는 남자였다. 그는 미국에서 살다 왔다고 했다. 담당 형사가 고발장 접수 경위에 대해 설명을 했다. "아! 그 남자 말이군요. 나도 알아요. 소개소에서 우리 엄마 재산 보고 소개를 해줬는데 엄마 재산 때문에 딱 붙어서 성치도 않은 우리 엄마를 뒤에서 조종하고 있는 사람, 나쁜 사람입니다." 일견 생각하면 그의 말도 맞았다. 우리가 너무 그 사람 말만 믿고 수사를 하는 것은 아닌지 하는 생각이 들었다. 그래도 일단 김씨의 신병 확인이 먼저였다. "지금 어머니는 어디 계신가요?" "전부터 정신과 치료를 받았는데요. 요즘 더 심해지신 것 같다는 연락을 받고 입원시켰습니다." 그를 앞세우고 수원에 있는 ○○병원을 찾아갔다. 병실에 갔더니 김씨는 링거를 꽂고 잠들어 있었다. "요즘 몸이 안 좋으신지 입원해서부터 틈만 나면 이렇게 맥을 못 추고 주무시네요." 담당 간호사가 말했다. 그리고 담당 의사를 만나 상태를 물었다. "글쎄요. 아직 좀 더 관찰을 해봐야 하지만 스트레스가 심한 거 같습니다. 몸이 많이 약해져 있는 상태예요." 담당 의사와 이야기를 나눈 뒤 병원에서 3시간 정도를 기다렸지만 김씨는 일어날 기색이 없었고 흔들어도 눈을 뜨지 않았다. 간호사에게 명함을 주고 그녀가 깨면 바로 연락을 달라고 하며 돌

당신을 체포합니다

아왔다. 하지만 그날 저녁에도 다음날도 병원에서 연락이 없었다. 나는 다시 그녀를 만나보기 위해 김 형사와 병원을 찾았다. 그런데 그녀가 있던 병실은 비어있었다. 간호사와 의사에게 물었다. "김○○는 어디에 있나요?" 했더니 "글쎄요. 어제 가족들이 와서 다른 병원으로 옮긴다고 하면서 데려갔는데 어디로 갔는지는 모르겠습니다."

그녀의 아들과 전 남편은 또 전화를 받지 않았다. 협박성 비슷한 문자를 수차례 보낸 후에야 아들이 전화를 했다. "김○○ 씨 어디에 있나요?" 그녀의 아들은 전과는 달라져 있었다. "우리 가정 일에 왜 형사님이 끼어서 그러세요? 알아보니까 우리가 잘못한 거 없던데, 왜 우리를 죄인 취급하고 그럽니까. 나쁜 사람 편만 들고, 우리 엄마가 아파서 아들인 내가 입원시킨 게 잘못은 아니잖아요." 물론 정신보건법에는 가족 중 정신질환이 심한 경우 직계가족 2명의 동의가 있으면 강제입원을 시킬 수 있는 규정이 있다.(2017년 5월 30일 개정된 정신건강증진 및 정신질환자 복지서비스 지원에 관한 법률에도 위 내용이 조금 보완되어 적시되어 있음) 하지만 그것은 정신이 멀쩡한 사람에게 적용될 소지도 있기 때문에 본인의 말을 꼭 들어봐야 했다. 극심한 스트레스나 순간의 우울 등으로 정신과 상담을 받은 사실이 있다는 이유로 직계가족 2명의 동의만으로 정신병원에 강제입원시킬 수 있다는 사실에 소름이 돋았다. 요즘 정신병원이라는 곳이 환자 유치를 위해 이것저것 가리지 않은 세태이고 보면……

우리는 병원 폐쇄회로(CCTV)를 모두 조사하는 과정에서 김씨를 태운 구급차를 확인하고 안산에 있는 ○○병원으로 심씨를 이송한 것을 알았다. 우리는 서둘러 안산에 있는 병원으로 갔다. "보호자 동의 없이는 곤란한데요."라는 담당자에게 "당신도 잘못하면 감금의 공범이 될 수 있어요."라는 겁을 주고 병실로 들어갔다. 김씨는 이번에도 링거를 꽂고 자고 있었다. 하지만 형사에게 같은 방법이 계속 통할 리 없는 법.

"환자 빨리 깨우세요. 만약 우리가 조사를 해서 신경안정제 과다 투여해서 이렇게 잠만 자게 하는 거라면 모두 공범으로 조사를 할 겁니다."윽박질렀던 게 먹혔던지 주사를 놓고 어쩌고 해서 깨어난 그녀를 대면할 수 있었다. 그사이 어디서 연락을 받았던지 우리의 전화를 그렇게 받지 않던 김씨의 아들이 헐레벌떡 달려왔다. "당신들 나에게 연락도 없이 이래도 되는 겁니까? 변호사에게 알아보니 우리가 잘못한 거 하나도 없다고 했어요." 오자마자 우리를 보고 큰소리를 쳤다. "글쎄요. 그것은 본인하고 대화한 후 따지자고요." 간신히 눈을 뜬 그녀는 정신을 차리고 한참 동안을 아들을 바라보더니 소리를 질렀다. "나쁜 놈아. 네가 나에게 어떻게 이럴 수 있는 거야. 이 나쁜 놈아." 그러더니 갑자기 사정을 했다. "○○야, 나 좀 내보내줘 제발. 내가 돈 다 줄게, 너 다 줄 테니까 나 내보만 줘 응?" 정말 미친 건 아닐까? 김 형사에게 눈짓을 했다. "잠깐만요, 김○○ 씨 맞지요." 그녀는 놀란 듯 몸부터 사렸다. "겁내지 마세요. 저는 형삽니다. 군포경찰서 형사계 김 형삽니다."라면서 신분증까지 내밀었다. "정말 형사님이세요?" 그녀는 눈빛이 달라지면서 뭔가 생각하는 듯하더니 갑자기 김 형사에게 매달렸다. "형사님. 제발 저좀 여기서 내보내 주세요. 나쁜 놈들이 재산 소송이 자신들에게 불리하게 돌아가고 있으니까 짜고 저를 정신병자로 만들어 이곳에 넣었어요." "의사에게 내보내달라고 말하지 그랬어요. 친척에게 연락을 하든가." "말도 마세요. 전화도 못 쓰게 하고 의사에게 아무리

이야기를 해도 지켜보자고만 했어요. 그리고 무슨 주사 맞고 매일 잠만 잤어요. 일어나면 또 자고 지금 며칠이 지났는지도 모르겠어요. 정말 이러다가 여기서 정신병자가 되어 죽는 것은 아닌지 겁이 났어요." 그녀는 흐느껴 울었다. 이제 대강의 사정은 알았고 담당 의사를 만났다. "환자분은 전에 정신과 상담하면서 약을 먹은 기록이 있고 또 가족인 아들이 동의해서……"

우선 우리는 김씨의 신병처리를 해야 했다. 그러자 그녀의 아들이 거칠게 항의를 했다. "엄마가 아파서 병원에 입원을 시켰는데 아픈 사람 말만 듣고 형사님 마음대로 내보냈다가 집에 가서 엄마가 이상한 짓 하면 형사님이 책임지실 겁니까? 옛날에도 그런 적이 있었는데……" 책임이라는 말이 무겁게 와닿았다.

우리는 의사협회와 이곳저곳에 확인하고 모두 함께 인천에 있는 ○○병원으로 갔다. 몇 시간을 여러 가지 확인하고 진료한 의사에게 환자에 대한 소견을 들었다. "지금 환자가 심리적으로 상당히 불안한 정신 상태를 보이기는 하지만 강제입원을 시켜 치료를 해야 할 사안은 아닌 것으로 생각됩니다." 우리는 의사의 말을 듣고 그녀의 친정 동생을 불러 그녀를 집으로 돌려보냈다.

며칠 뒤 안정된 모습의 그녀로부터 진술을 들었다. 50년을 부족한 거 없이 살아오면서 이번 일이 '가장 힘들었고 무서웠던 5일이라고' 했다. 전 남편과 이혼을 하고 60억 원 상당 재산을 두고 분할소송이 진행 중이라고도 했다. 진 님편이 소송에 물리해지자 전화도 오고 찾아도 왔지만 만나주지 않고 있던 어느 날 미국에 살고 있던 큰아들이 초인종을 누르면서 "엄마, 나야!"라고 해서 반가워서 문을 열었는데 건장한 남자들이 아들을 앞세우고 들어와 김씨의 이야기는 듣지도 않고 팔을 잡아 묶고는 강제로 앰뷸런스에 태웠다는 것. 그리고는 어딘지도 알 수 없는 정신병원 병실에 감금해 놓고 연락도 못하고, 항의라도 하고 소리 지르면 링거를 꽂아 잠들게 했고, 자다가 깨서 울며 사정하고 그러면 또 링거를 꽂아 잠들게 했단다. 그야말로 정말 미친 사람 취급을 당했다는 것이다.

전 남편과 김씨의 아들을 조사하면서 알아낸 진실은 그녀와 60억 원 소송을 하는 중에 결혼 중매업소를 통해 다른 남자를 만난 것이 화근이었다. 용하다는 점쟁이가 그 남자와 김씨가 공모해서 재산을 빼돌리고 정리를 하려 한다는 이야기에 전 남편과 김씨의 아들 그리고 점쟁이까지 공모해서 벌인 일이었다. 재판정에서 전 남편과 김씨의 아들 그리고 점쟁이까지 실형을 받아 법정구속이 되었다. 그들이야 자신들이 잘못한 것에 대한 벌을 받는다고 하지만 김씨는 쉬이 그 충격에서 벗어나지 못하고 있었다. 매일같이 악몽을 꾼다고 했다. 자신이 투명인간이 되는 꿈을……

아무리 자신의 이야기를 들어달라고 소리를 지르고 나 좀 봐달라고 소리쳐도 아무도 돌아봐주지 않는 꿈. "형사님은 지금 제가 보이나요? 언제 또 다른 사람들 눈에 보이지 않는 투명인간이 될까봐 무서워요. 병원에 있는 그 시간은 정말 투명인간이었어요. 그리고 자꾸 아이들이 엄마! 하고 부르는 것 같아서 그게 제일 무서웠어요." '아들이 무서워지는 투명인간' 그녀는 쓸쓸하게 웃었다. 어쩌면 나 아닌 다른 사람들 일에 무관심해지는 우리는 서로가 모두에게 투명인간이 아닐까. 상념에 잠겨 창밖을 보니 그동안 보이지 않던 낙엽이 우수수 떨어졌다.

당신을 체포합니다

맥 빠진 수사
보관함 속 보석의 주인은

　상황실 김○○ 팀장이 계장급 회의를 마치고 나오는 나를 보고 걸음을 멈추더니 말을 건넸다. "계장님. 이거 강력팀에서 수사해야 하는 거 아닌가요?" "뭐가요?" "지금 상황실에 보석과 금붙이가 수억 원어치 있는데 주인이 나타나지를 않아서 물품보관회사로 넘어가게 생겼어요." 이게 무슨 소린가.

　확인해 본 내용은 수개월 전 서울 동대문에 있는 쇼핑몰 지하 물품보관소에 물품을 보관하고 2개월이 지나도록 찾아가지 않아서 그런 물품은 회사에서 수거한다고 했다. 물품보관회사에서 확인해 보니 내용물은 가공된 보석과 금목걸이, 금반지 등이었는데 물량이 많아 적어도 수억 원어치는 된다고 했다. 마침 위 물품을 수거해 보관하고 있는 회사가 군포에 있었다. 그 회사는 주인 없는 물건으로 군포경찰서에 신고를 하고 그것이 상황실 금고에 보관되어 있다는 거였다. "주인이 나타나지 않은 물건은 어떻게 되나요." 물었더니 6개월간 경찰서에서 보관을 하고 공고를 해도 주인이 나타나지 않을 경우에는 이것을 신고한 사람의 소유가 된다고 했다. 6개월이 되는 날도 얼마 남지 않은 상황이었다.

수억 원이나 되는 물건을 맡겨놓고 찾아가지 않는 사람이라, 그날 당직인 강력팀과 상의를 했다. "아무래도 이 건은 범죄 연관성을 두고 수사를 해야 할 것 같으니 우선 장물품표를 만들어 시작하지요." 그렇게 시작된 일은 물건들을 꺼내어 일일이 사진을 찍고 팸플릿을 만들어 전국의 귀금속협회로 보냈다. 며칠 후 사진 속 물건의 주인이라는 사람이 찾아왔다. 그는 물건을 찬찬히 확인하고 나서 "예, 이거 제 물건이 맞습니다."고 했다. "그런데 왜 이 물건들이 여기에 있나요?" 했더니 "그러게요. 제가 종로에서 아내와 함께 보석상을 운영하다가 아내와 이혼을 하게 되어 위자료를 물건으로 나누어 가졌는데 아내가 가져간 물건입니다." 그의 아내는 이○○(48세)로 주소지는 동대문구 ○○였다. 주소지로 형사를 보냈다. "이○○ 집에 찾아갔더니 안 그래도 그의 모친이 이○○가 작년 ○월에 이혼을 하고 집에 와 있다가 외출해서는 돌아오지 않은 지 몇 개월이 되었다고 하네요." "그래서?" "안 그래도 관할 경찰서에 가출신고를 해놓았는데 아직까지 연락이 되지 않고 있다고 하던데요." 이게 뭐야?

왠지 범죄의 기운이 느껴졌다. 이혼한 여자, 수억 원어치나 되는 보석을 물품보관소에 몇 개월간 찾아가지도 않고, 가출신고, 연락도 안 된다? 의견이 분분했다. 이혼하고 새로 만난 남자가 죽여서 묻은 것은 아닐까. 누군가 수억 원이나 되는 보석을 빼앗기 위해 범행을 한 것은 아닐까. 생각하고 추론하면 할수록 의심은 더 깊어졌다. 그녀는 근 1년이 다 되어가도록 핸드폰도 사용하지 않았고 통화내역도 없었다. 수사를 진행하면서 점점 더 강력사건 쪽으로 생각이 기울었다.

우선 그 여자의 모든 것에 대해 영장 신청해서 확인했다. 핸드폰은 물론 신용카드, 컴퓨터 아이디 등 마치 살인사건 수사를 하듯 그렇게 수사가 시작되었다. 속도감 있는 수사를 진행한 지 3일째 되는 날 점심시간쯤 전화가 울렸다.

서울서 수사를 하고 있던 담당 팀장이었다. "계장님. 이○○ 씨 찾았어요.""예?" 당연히 반가워해야 하는데 기운이 빠졌다. "어떻게 된 거랍니까." 내용은 허무하리만큼이나 간단했다. 이혼하고 나니 세상이 귀찮아졌단다. 그래서 모친에게도 이야기하지 않고 방하나 얻어서 핸드폰도 사용하지 않고 두문불출 살았단다. 보석을 찾아가지 않은 부분에 대해서는 물품보관함에 넣어 두면 몇 년이고 이용료만 내면 되는 줄 알았지 그런 규정이 있는 것은 몰랐다고 했다.

며칠 뒤 이○○는 보석을 찾으러 경찰서에 왔다. "정말 감사합니다. 저는 까맣게 모르고 있었는데 이렇게 찾아주지 않았으면 머리 아플 뻔했네요.""에이 뭘요, 당연히 할 일을 한 거지요." 웃는 마음은 이상하게 씁쓸했다. 사람도 다치지 않고 보석도 찾고 좋은 일인데 꼭 뭐가 부족한 느낌이었다. 형사도 가끔은 이렇게 범죄수사 아닌 봉사를 하고 살아야 하는 세상이 되어야 할 텐데.

강력 1개 팀이 전담되어 수사를 시작했던 사건의 진말은 간단했다. 종로에서 남편과 보석상을 운영하던 이○○(48세, 여)는 남편과 이혼을 하면서 재산분할로 받은 보석과 금을 어디에 보관하는지에 대해 고민하다가 동대문 의류 쇼핑몰 지하에 있는 물품보관소에 보관을 했단다. 그리고는 세상이 귀찮아 아무도 모르는 원룸을 하나 얻어 그곳에서 몇 개월을 죽은 듯 지냈단다. 휴대폰도 끄고 아는 사람과 연락도 없이 신용카드 사용도 하지 않았다고. 그러자 집에 있는 노모는 이혼한 딸이 연락도 안 되고 집에 들어오지 않아 경찰서에 실종신고를 했고, 물품보관소를 운영하는 업체에서는 2개월마다 한 번씩 보관함 정리를 한다. 2개월이 지나도록 아무 연락도 없이 찾아가지 않는 물건은 본사에서 가져다가 관할 경찰서에 분실물로 신고를 하고, 경찰에서는 6개월간 보관하면서 공고를 해서 6개월이 지나도 물건의 주인이 나타나지 않으면 그 물건은 신고한 사람의 소유가 된다.

그런데 물건의 주인인 이○○는 이러한 규정에 대해 전혀 알지 못해서 이런 상황이 벌어지게 되었고 씩씩하게 시작했던 수사는 맥 빠진 해피엔딩을 만들어 냈던 것이다.

당신을 체포합니다

수능시험
족집게 학원강사

2013년 3월 1일자로 경기지방경찰청 형사과 광역수사대로 또 발령이 났다. 군포경찰서 강력계장 1년 만이다. 지능팀장 보직을 받았다. 지능팀은 1개 반에 5명씩 3개 반 모두 15명으로 구성되어 있었고 경기도 전역에 대한 지능사건 인지 수사를 했다.

안양, 평촌 학원가에 위치한 수능 모의고사 전문학원으로 원장인 조○○는 유능한 강사로 소문나 있었다. 그곳에서는 수능 문제를 족집게처럼 찍어준다고 했다. 실제로 그 학원에서 수강을 하는 학생들이 수능 모의고사를 치면 성적들이 많이 올랐다고도 했다. 하지만 문제는 2012년 수능이 치러지고 불거졌다. 1년간 위 학원을 다니면서 모의고사에서 고득점을 했던 학생들이 본고사에서는 높은 점수는 고사하고 평균 이하의 점수를 받아서 문제가 되었다. 학생 어머니 중 하나가 학생을 데리고 방문했다. "아무래도 학원 선생이 사기꾼 같아요."였다. 우리는 학생만 따로 면담을 했다. 입을 다

물고 있던 학생이 한참이 지난 후에 쭈뼛쭈뼛 입을 열었다. "저도 같이 처벌받는다고 했는데……"

그러고도 한동안 입을 열지 않았다. 우리는 가능하다면 처벌받지 않도록 해주겠다고 설득하고도 한참을 지나서 이야기를 시작했다. "모의고사 볼 때에는 원장님이 우리에게 모의고사 문제와 답을 다 알려줘서 시험을 잘 봤던 거예요." 이해가 안 되는 소리였다. 아무리 모의고사라 하더라도 문제와 답을 알려준다는 것은 불가능한 일이었다. 또한 답을 알 수 있다고 해도 시험장에서 시험을 보고 있는 학생들에게 답을 알려준다는 것이 이해가 되질 않았다. 학생의 진술만 있고 나머지는 확인할 만한 것이 아무것도 없었다. 그렇지만 이것이 사실이라면 수사가 절실했다. 일단 학원에 수강생으로 등록되어 있는 학생들을 상대로 찾아다니며 조사를 시도했지만 쉽지 않았다.

분명히 학원비를 내고 시험을 잘못 본 피해자들이 있는 듯했지만 부모들의 방해로 진술조차 들어보기 어려웠다. 혹시라도 자식들에게 피해가 있을까 싶어 지금까지의 일에 함구를 했다. 그렇다고 이런 사건에 대해 수사를 하지 않을 수도 없었다. 우리는 학부모들을 찾아다니며 설득했다. 아이들에게 피해가 없도록 하겠다. 원장은 지금도 학원을 운영하고 있는데 그대로 두고 보는 게 맞느냐, 이 사건은 학원 원장만의 문제가 아니다. 문제지도 유출된 거 같다. 수차례 찾아 설득해서 몇 명의 학생들을 만나 조사하면서 사건의 전말을 확인했다. 원장 조○○(45세)는 평촌에서 ○○학원을 운영하고 있었다. 그는 고등학생들 상대로 영어, 수학 강의를 하면서 소수의 학생들을 모집해 고액의 학원비를 받았다. 수능 성적을 올려줄 수

　　　　　　　　　　　　　　　　당신을 체포합니다

있다고 장담했고 실질적으로 2번 치른 수능 모의고사에서 학원생들은 우수한 성적이 나왔다. 수능 모의고사 날이면 학생들에게 핸드폰을 소지하고 시험을 치르도록 했고, 시험시간에 핸드폰으로 수능 모의고사 정답을 알려주어 그대로 답안을 적어 제출하도록 했다.

우리는 어디서 누구에게 문제지를 입수했는지 확인해야 했다. 치밀하고 은밀한 사건인 만큼 공범 확인이 어려울 수 있을 거라 생각했는데 의외로 공범들과 직접 통화를 주고받는 등 허술했고, 통화내역을 들이밀자 순순히 자백을 했다. 통화내역과 자백으로 안양에 있는 고등학교 2곳의 교사들을 출석시켜 조사를 했다.

인덕원에 있는 ○○고등학교 영어교사는 윤○○(32세)의 미혼 여성이었다. 시험이 시작되는 시간에 문제지를 빼내 밖에서 기다리고 있던 조 원장에게 넘겨주었다고 진술했다. 그녀는 조 원장이 잘 나가는 총각인 줄 알았고 조 원장과 연인 사이라고 했다. 물론 결혼을 전제로 만나면서 조 원장이 학원 운영에 필요하다면서 부탁을 해서 들어주었다고 했다. 그리고는 그가 아이까지 딸린 유부남이라는 사실을 알고는 조사 내내 펑펑 울었다. 마음이 아팠지만 시험지를 빼돌렸으니 처벌은 받아야지. 또 다른 고등학교 선생은 그와 지연, 학연으로 얽힌 관계여서 부탁을 거절할 수 없었다고 했다. 그도 조사받는 내내 후회를 하면서 공범으로 입건되었다.

조 원장은 학생들에게 "부모님들에게는 이야기하지 마라. 수능 본시험도 지금처럼 답을 알려 줄 수 있다."고 거짓말을 했다. 그러나 수능 당일엔 당연히 답을 알려줄 수 없었다. 그렇게 사건은 터졌고 조 원장은 구속되고 수능 모의고사 시험지를 유출한 선생님들도 처벌을 받았지만 마음의 상처를 입은 학생들을 치료해줄 방법은 없었다.

조 원장은 수갑을 차고 포승줄에 묶여 구치소로 향하면서도 그리 미안해하는 기색은 아니었다. "도대체 우리 애들에게 무슨 억하심정이 있어서 공부도 못하게 이게 뭐야? 차라리 그냥 돈을 달라고 하지!" 울부짖는 엄마들의 하소연, 그 여운만 가슴으로 깊이 스며들 따름이었다.

당신을 체포합니다

9년 미제사건을 풀다
장수사철탕 살인사건

　지능팀에서 '가평토지사기사건', '방사청군납비리사건' 등 몇 건의 사건을 마무리할 즈음 경기청 수사과에 지능범죄수사팀을 신설함에 따라 광수대에 있던 지능팀도 수사과로 배치되었다.

　그렇게 되자 나 또한 지능팀장 6개월 만에 광수대 강력1팀장으로 자리를 옮겨 앉게 되었다. 강력1팀에는 1반 5명, 2반 5명 그리고 미제사건 전담반 4명이 근무했다.

　미제사건 전담반 안 반장이 어느 날 "잘하면 9년 전 수원에서 발생했던 '장수사철탕 살인사건'이 해결될 것도 같은데요." 했다. 미제사건이래야 강도 이상 미제 건은 경기지방경찰청에 그리 많은 편은 아니었다. 형사에게는 '사건 해결'이란 말 한마디가 행복이다.

　9년 전 수원 ○○동 골목에 있는 징수사철탕이라는 식당에서 수인 김○○가 칼에 찔려 숨진 사건이었다. 당시에 수사본부를 설치하고 몇 개월 수사를 했지만 용의자도 밝히지 못한 채 미제로 남아

있던 사건이었다. "어떻게?"라고 했더니 사건 당시 식당 그릇에 남아 있던 쪽지문(온전한 지문이 아니고 지문의 한 언저리를 말함)을 매년 2회씩 본청에 감식 의뢰를 해왔는데 감식 기술이 점점 발달하다 보니 이번에 인적 사항을 확인했다는 연락이 왔다고 했다. 물론 희소식이었지만 앞으로 어떻게 수사를 하느냐가 문제였다. 식당 밥그릇에 쪽지문이 남은 거야 얼마든 설명이 가능한 일이었으니까. 확인한 인적 사항으로 검거한다고 해도 9년 전의 일, 직접증거는 없고 자백이 없으면 간접증거일 뿐이니까. 게다가 범행이 일어난 장소는 식당이었다. 좌우간 용의자를 검거하고 볼 일이었다.

이〇〇를 추적했다. 주소지에는 살고 있지 않았다. 47세임에도 결혼도 하지 않았고 혼자 떠돌며 살고 있는 듯했다. 그 사실을 확인하고 나니 오히려 마음이 편했다. 진범일 확률이 더 커진 듯했다. 대한민국에 살면서 자신의 명의로 핸드폰 하나 만들지 않고 여인숙이나 찜질방, 고시원 등을 전전하며 살면 찾기가 어려웠다. 컴퓨터 게임을 할 때에도 다른 사람 명의로 아이디를 만들어 썼다. 며칠 추적한 끝에 그를 찾았다. 이곳에서는 밝힐 수 없는 방법으로 그의 DNA를 확보해서 의뢰를 하고 다시 차분히 기록 검토를 했다.

이제부터는 범죄를 재구성해서 사건의 진실을 밝혀야 했기 때문이다. DNA에 대한 비교 결과가 통보되었다. 당시 사건 현장에 있던 피해자의 혈흔 외에 다른 사람의 혈흔이 섞여 있었는데 그 혈흔의 DNA와 일치한다는 통보를 받았다.

용의자를 검거해서 사무실로 데려와 추궁을 했지만 무슨 말이냐는 듯 범행을 완강히 부인했다. "무슨 말입니까? 뜬금없이 내가 무슨 사람을 죽였다고 그래요." 쪽지문 대조한 것을 들이대도 부인했다. "오래전이라 기억은 안 나지만 내가 그 식당에 갔을 수는 있겠지요. 식당에 가서 밥 먹고 나오면 다 살인자인가?" 쉽지 않았다. 아침에 검거를 해왔는데 밤 11시가 되도록 같은 말만 되풀이했다. 그럴수록 진범의 확신은 더 생겼다.

저녁을 시켜서 그와 함께 먹고 난 다음 담배를 한 대 피우게 하고 설득을 했다. "당신이 그동안 맘고생 한 거 다 안다. 그러니 지금까지도 가정을 못 꾸리고 떠돌면서 이렇게 사는 거 아니냐. 이렇게 증거도 확실한데 이제 맘 편히 정리하고 살아라." 감정에 호소를 했다. 한동안 그는 말없이 앉아서 담배를 한 대 더 피우게 해달라고 했다. 그리곤 담배연기와 함께 한숨을 쉬었다. "정말 맘고생 많이 했어요. 잠도 편하게 한번 못 잤어요. 꿈에 자꾸 나타나고, 경찰에 쫓기는 꿈도 매일 꾸고, 이제 맘이 후련하네요." 당시 사건 경위에 대해 자세한 진술을 들었다. "그때 배가 고파서 밥 한 그릇 먹으러 식당에 간 거였어요. 특별히 정하고 간 것도 아니고 지나다가. 그런데 밥을 시켜서 먹고 있는데 식당에 다른 손님은 하나도 없었고 주인아주머니도 밥을 차려주고는 주방에 들어가 설거지를 했어요." "그래서요?" "문득 카운터 쪽을 보니까 금고문이 열려있는 거 같아서 순간적으로 욕심이 났어요. 주인이 주방에 있으니까 들키지 않고 가지고 나올 수 있을 거 같아서……" 그는 계속 진술했다. "그래서 살그머니 가서 금고 안에 들어 있던 돈을 꺼내는 순간 주인이 보고 주방에서 달려 나와 제 멱살을 잡았어요. 그래도 그냥 뿌리치고 도망 나오려고 했는데 주인아주머니가 내 멱살을 잡고 놓지 않고 흔들면서 소릴 질렀어요. 이 도둑놈 경찰에 신고한다고." "그래서 죽였나요?" "뿌리치고 나오는데 계속 옷깃을 부여잡고 도둑 잡아라!고 소리를 질러 당황해서 순간적으로 카운터 옆에 식칼이 보여서 들고 피해자의 어깨와 가슴 등을 몇 차례 찔렀습니다. 어느 순간 정신을 차려보니 피해자는 이미 피투성이가 된 채로 쓰러져 있었습니다." 그리고는 식당 밖에서 피해자의 시신이 잘 보이지 않도록 끌어다 놓고 도망을 쳤다고 했다. 정말 아무것도 아닌 이유 때문에 살인사건이 발생했고 당시 경찰은 수사본부까지 설치해서 수사를 했지만 범인을 검거하지 못하고 미제로 남아있던 사건이었다.

현장검증을 위해 간 곳은 식당이 없어진 지 오래였고 건축설계 사무실이 들어서 있었다. 사망한 여주인의 남편과 딸에게 연락을 했더니 남편은 "피해 변제도 안 해줄 거면서 전화는 뭐 하려 하는 거유 귀찮게……" 술 취한 목소리였고, 그래도 딸은 사무실로 찾아왔지만 그리 애틋한 표정은 아니었다. 사람의 죽음도 세월의 무심함을 비껴가지는 못하는 것 같다.

당신을 체포합니다

유효기간을 다시 만든
나쁜 제약회사

　우리가 병원 의사의 처방을 받아 약국에서 조제하는 약들은 모두 유효기간이 있다. 약뿐만 아니라 우리가 먹는 모든 음식들에도 유효기간이 있다. 만약 알약이나 다른 약들에 유효기간이 없다면 상하거나 곰팡이가 생기지 않는 한 기업에서는 계속 사용할 것이다. 그러다보니 제약회사에서 제조해 약국이나 병원 등에서 판매되거나 납품된 약들 중에 판매되지 않은 약들의 유효기간이 지나면 이것을 판매한 제약회사에서 모두 수거하여 폐기하도록 되어있다.

　그런데 폐기를 해야 하는 알약들을 수거한 후 폐기를 하지 않고 재포장을 한 후 유효기간을 다시 찍는 방법으로 위조해서 판매하고 있다는 첩보가 입수되었다. 믿기지 않았다. 아무리 돈이면 다 된다는 세상이 되었다지만 아픈 사람들이 먹는 약을 가지고 장난을 치는 사람이 있다는 것이 도저히 받아들여지지 않았다. 더군다나 개인도 아닌 제약회사에서⋯⋯

　사실이라면 심각한 일이기도 했다. 수사의 기본은 일단 확인하고 지나가는 것이다. 아무리 크고 중요한 사건이라고 하더라도 확인을 한 다음에 결정해야 하니까. 우리는 제보자를 상대로 회사의 내부 어느 장소에서 위조 작업을 하는지까지 조사한 후 압수수색영장을 발부받았다.

제보자는 공장에서 직접 유효기간이 지난 약들을 가져다 다른 봉지에 재포장을 하고 새로운 날짜를 찍는 일을 했던 사람이었다. 그 제약회사는 안산공단에 소재하고 있었다. 제약회사로 보면 중견쯤 되었다. 생산라인에 있는 종업원들만도 100명이 훌쩍 넘었고 그곳에서 제조하는 품목도 130여 종이나 되었다. 그래서 더 충격이었다.

우리 팀 15명 모두 출동했다. 유효기간을 바꾸어 재포장하고 있는 현장을 덮쳐야 했다. 이런 사건은 현장 확인이 최우선이었다. 아무리 나쁜 일을 한다 해도 현장 확인이 안 되거나 증거가 없으면 어쩔 수 없는 세상에 우리는 살고 있으니까. 공장 정문에 들이쳐서 영장을 제시하고 공장 안으로 들어갔다. 우리는 흩어져 공장 안을 수색하다가 여직원 둘이서 공장 내 은밀한 장소에서 유효기간이 지난 알약들을 잔뜩 쌓아놓고 재포장을 하는 현장을 확인했다. 그리고 그 옆으로 약국 등에서 수거해온 폐기대상인 약들 수백 박스가 쌓여 있었다. 원래는 모두 폐기되었어야 할 약들이었다. 일단은 위조와 관련된 증거 확보를 했다. 그들은 시효가 완료된 약품들을 폐기하기 위해 약국이나 대리점으로부터 반품 받아놓은 알약들을 재포장만을 했다. 막상 현장을 보고 있자니 암담하고 화가 났다. 도대체 이해가 되지를 않았다.

나는 처음 현장 확보가 되면 증거물만 가져오기로 마음먹고 있었는데 폐기를 위해 쌓아둔 알약들 500여 박스들을 보니까 그대로 두어서는 안될 것 같았다. 사무실로 전화를 걸어 사정을 설명하고 꽝수대 직원들을 모두 동원했다.

압수 대상물인 폐기대상 약 500여 박스를 싣기 위해 화물차량 5대에 나누어 싣고 광수대 사무실로 운반했다. 창고가 따로 없었던 사무실은 난리가 아니었다. 사무실의 빈 공간과 통로 복도까지 온통 약 박스로 빼곡히 들어찼다. 너무 많은 분량에 엄두가 나지 않았다. 식약처에 통보했더니 사태의 심각성 때문인지 밤늦은 시간에 담당 과장을 위시한 직원들이 모두 광수대로 왔다. 곧이어 어떻게 알았는지 기자들이 광수대 정문 앞에 진을 쳤다. 아직 사건의 진실을 확인하지도 못했고 업체에는 유명한 법무법인을 선임해서 방어막을 쳤다.

사건의 심각성을 느낀 식약처에서 발 빠르게 당사에서 제조한 130여 종 모든 약에 대해 판매중지 명령을 했다. 졸지에 100여 명이나 되는 생산 공장 종업원들은 일손을 놓아야 했다. 직접 유효기간을 위조했던 종업원 진술과 거래장부, 대표이사 등을 상대로 조사했다. 보통 약품의 유효기간은 3년이었다. 약을 제조한 지 3년이 지나도록 판매하지 못한 약품들은 약국과 대리점 등에서 본사로 반환을 하게 해서 본사에서 폐기처분을 해야 했다. 그런데 그들은 원가, 인건비, 재료비를 절감하기 위한 방법으로 물약이 아닌 알약들의 포장을 새로 해서 유효기간을 늘리는 방법을 사용했다. 그런 약 중에는 고혈압, 당뇨 같은 전문 의약품들이 있었는데 만약 유효기간 만료로 인해 약효가 듣지 않을 경우 환자에게 심각한 일을 불러올 수도 있을 터였다. 그 후 식약처에서는 최초로 ㄱ 회사에서 제조한 약품 전 품목에 대해 제조, 판매 중지와 함께 대리점과 약국으로 판매한 약의 전량 회수를 명했다. 우리는 압수한 몇 백 박스의 약을 정리했다. 일일이 뜯어서 쏟아놓고 숫자까지 세어가면서 꼼꼼한 수사를 했다.

제약회사들은 돈을 벌기 위한 것이 사업이라고는 하지만 약품제조는 공익사업이었다. 그 여파로 당사에서 열심히 일하던 100여 명의 종업원들이 일자리를 잃어 마음이 아팠지만 뾰족한 수가 없었다. 법무법인에서 고액의 변호사들이 여러 명 붙었다. 사장을 구속하고 사건을 검찰로 송치했다.

제약업체 중 그래도 중견기업이라고 하는 곳이 사장의 조그만 꼼수와 욕심 때문에 한순간에 문을 닫을 수밖에 없는 현실은 우리로 하여금 많은 생각을 하게 했다.

당신을 체포합니다

스테로이드의 유혹
헬스 우승을 위해서라면

스테로이드는 전문의약품으로 분류되어 있다. 즉 의사의 처방전이 있어야 구입하거나 복용할 수 있다는 이야기다. 하지만 헬스를 하는 사람이라면 한번 정도는 복용을 생각해 본 적이 있었을 것이다. 무엇보다 운동하는데 힘이 들지 않고 단시간에 근육을 키워주는 효능이 있다. 운동이라는 것은 육체를 움직이고 힘들게 운동을 해서 그에 대한 보상으로 필요한 부분 그것도 중점적으로 운동한 부분들에 대해 근육을 얻는 것과 동시에 자신의 건강을 유지하게 하는 효과들이 있다. 그런데 이런 효과들을 보기 위해서는 힘든 운동 과정을 거쳐야 한다.

힘이 드는 것은 물론이지만 이 힘든 운동을 하지 않아도 뭐라고 할 사람은 없다. 쉽게 말하자면 자신과의 싸움인 것이다. 이런 이유로 운동을 해서 결과를 얻고 싶은데 힘든 것이 싫어서 또는 유혹을 이기지 못해서 약물에 의존한다. 스테로이드를 복용하고 운동을 하면 힘이 들지 않으면서 필요한 결과를 얻을 수 있는 것이다. 하지만 부작용도 따른다.

우선 누구나 알아볼 수 있도록 나타나는 부작용은 탈모 작용과 남성의 여성화 현상이다. 그래서 이 약품을 개별적으로 판매하거나 구입하는 것도 금지되어 있다. 하지만 헬스를 전문으로 하는 사람들이나 트레이너들은 알게 모르게 이 약품을 즐겨 복용하는 경우가 많다는 첩보를 입수하고 수사에 착수했다. 우리는 개인에게는 수입도 판매도 금지된 약품을 어떻게 구매해서 사용하고 있는지 여부를 확인했다. 상인들이 외국으로부터 직구입을 해서 알음알음 또는 인터넷을 통해 판매를 하고 있다고 했다. 정식 수입을 할 수 없으니 외국 업체와 짜고 주로 '물고기 밥'으로 위장해서 직수입을 한다고 했다. 이렇게 수입한 약을 일정 장소에 보관하면서 전국으로 판매를 한다고 했다.

우리는 몇 번의 압수수색영장을 발부받아 집행하고 추적한 끝에 개인 아파트를 급습했다. 많은 양의 약들과 거래처 명단, 약품대금, 입금계좌 등이 발견되었다. 물고기 사료로 위장된 물건을 직접 배달받아서 전국에 판매를 했다. 대상은 주로 헬스 트레이너들이었지만 그들을 통해 헬스 운동을 하는 사람들, 대회에 출전 준비를 하는 선수들에게 판매가 되었고, 때로는 인터넷으로 이 약을 필요로 하는 공무원 시험을 준비하는(체력측정에 자신 없는 사람들) 사람들에게도 판매가 되었다. 이렇게 전국에 중간 판매자들이 많았다. 스테로이드를 복용하면서 지방대회에 나가 우승을 한 선수도 있었다.

육상선수, 체력장을 준비하는 수험생, 경찰관 시험을 준비하는 수험생 등 그들의 명단을 확보했다. 우리는 며칠 후 스테로이드를

당신을 체포합니다

오랫동안 복용하면서 운동을 했고 지방대회 우승까지 했다는 사람을 불러 조사를 했다. 그는 젊은 나이임에도 머리카락이 빠져 거의 머리가 없었다. 부작용을 묻는 조사관에게 자신의 머리를 쓰다듬었다. "이게요, 부작용이 심합니다. 그걸 알면서도 어쩔 수 없이 또 먹곤 한답니다. 그래서 저를 보다시피 머리도 다 빠지고요. 사실은 성기능도 안 됩니다." "그런데 왜 그 약을 먹나요. 부작용이 심하면 안 먹으면 되는데." "알고 있습니다만 먹지 말아야지 하면서도 대회 날짜가 가까워오고 근육은 잘 안 붙고 운동하는 것은 너무 힘들고 하면 또 먹게 됩니다." 그는 진심으로 후회하는 듯했다. "어쩌면 마약도 이렇게 해서 빠져드는구나 하는 생각이 들었고, 약물이라는 것이 그런 거 같더라고요. 지금 생각해보니 남은 게 하나도 없어요. 그 약을 끊고 운동을 하지 않으면 근육도 금방 빠져버리고 이렇게 허물거리잖아요." 그는 늘어진 자신의 팔뚝 근육을 보여주면서 쓴웃음을 지었다. "후회하나요?" 그 질문에 그는 할 말이 많은 거 같았다. "예, 다시 시간이 돌려진다면 정말 누구나 붙잡고 절대 그 약을 사용하면 안 된다고 절이라도 하면서 막고 싶은 심정입니다."

이 사건으로 인해 많은 사람들이 구속 수감이 되고 단순히 약을 구입해서 복용했던 사람들은 형사처벌을 받았다. 적어도 스테로이드를 복용하면 어떤 것을 잃고 어떤 것을 얻는지 정확히 정보를 알았어도 많은 사람들이 그렇게 약을 복용했을까 궁금해졌다. 단순히 약을 구입해 복용했던 사람들의 진술이었다. "멋진 몸매를 가지고 싶어서 헬스클럽에 등록을 하기는 했는데 운동이 너무 힘들었어요. 몸매는 만들고 싶은데 헬스 트레이너가 이끄는 만큼 따라가지는 못하고 그런데 트레이너가 하는 말이 운동하기 좋은 약이 있다고 하면서 약을 한번 줬는데 먹고 운동해보니 너무 좋았어요. 내가 생각해도 체력이 이렇게 좋았나 할 정도로 운동도 잘되고 힘들지도 않고 해서 구입해서 복용하게 되었는데, 이렇게 법에 의해 처벌받고 몸에도 안 좋은 것인 줄 알았다면 절대로 복용 안 했을 겁니다."

그는 때늦은 후회를 했다.

당신을 체포합니다

4부

덕분에 여기까지
왔습니다

영구미제가 될 뻔한
하남 여고생 살인사건

추석을 며칠 앞둔 새벽 전화벨이 울렸다. "살인사건입니다. 모두 ○○로 집결하랍니다." 잠결에 전화를 받고 서둘러 하남으로 향했다. 피해자는 수능을 준비하고 있던 여고 3년생이었다.

일요일 서울에 있는 도서관에서 공부를 하다가 그날 밤 10시 30분경 집으로 돌아가던 길 인적 드문 육교 위에서 칼에 여러 번 찔려 사망했다. 여고생은 칼에 찔려 쓰러져 있으면서 112에 신고를 했다. "여기요. 어떤 아저씨가 칼로 찌르고 도망갔는데요. 여기는요……" 칼에 찔린 사람 같지 않게 또렷한 목소리로 112에 신고를 했다. 순찰차량이 현장에 도착했을 때 피해자는 이미 정신을 잃은 뒤였고 119구급차량이 와서 병원으로 이송 도중 숨을 거두었다고 했다.

피해자는 고3 여학생, 인적이 드문 장소였다. 성폭행을 시도한 여행성범죄일 가능성이 있었지만 다른 어떤 조건들도 배제할 수 없었다. 추석을 코앞에 둔 시점, 형사들에게 추석 명절은 이미 물 건너가버린 이야기였다. 피해자 주변에 대한 수사를 했지만 특별한 것

당신을 체포합니다

은 나타나지 않았다. 또 사건 현장 주변 탐문과 폐쇄회로(CCTV)를 확인했지만 하남이라는 지역이 여타 도시와는 달라 폐쇄회로(CCTV) 숫자도 많지 않았고 드문드문 공장만 있고 마을다운 마을도 없었다. 막막했다. 탐문도 사람이 있어야 가능한 것이고 추적도 폐쇄회로(CCTV)가 있어야 가능한 것이었다. 어찌 되었거나 피해자가 서울에서 공부를 하다 타고 온 버스에 대한 수사도 했다. 피해자가 내렸던 버스정류장, 반대편 정류장을 거쳐간 버스회사까지 찾아가 버스 안에 장착되어 있는 블랙박스에 대한 영상을 다운받아왔다. 그렇게 일부 형사들은 추석 명절을 보내기 위해 텅 비어 있는 공장들을 뒤지고 다녔고 또 다른 형사들은 빈약하지만 주변 폐쇄회로(CCTV) 자료와 버스회사에서 백업받아온 자료들을 검토했다.

그렇게 시간과 싸우며 블랙박스 영상을 분석하고 있던 형사가 소리를 질렀다. "여기 사람 하나 있는데요." 사람 하나가 이렇게 반가울 줄이야. 피해자가 버스에서 내린 시간에 다행히도 건너편 버스정류장을 지나간 버스가 있었다. 그 블랙박스에서 나온 희미한 영상은 버스정류장에서 자전거를 기대놓고 앉아서 쉬고 있는 남자의 영상이었다. 밤이라 희미하고 순간적으로 지나가면서 촬영된 것이라 나이 측정도 어려웠다. 하지만 형사들에게는 희망이었다. 일단은 수사를 할 수 있는 단서가 생겼으니까.

모든 형사들이 촉각, 시각, 감각, 육감까지 곤두세워가며 사건 현장 주변에서 찾아낸 유일한 단서였다. 물론 그 남자기 용의자인지 아니면 단순히 그 장소를 지나간 사람인지는 확인할 길도, 그 남자가 누구인지 확인할 방법도 없지만 그나마도 그런 단서가 남아준 것이 고마운 일이었다.

　그때부터 형사들은 그에 대한 인적 사항과 당시 무엇을 했는지, 무엇을 봤는지 다 알아내야 했다. 하지만 아무리 수사의 달인이라고 해도 그냥 희미한 사진 하나로 알 수 있는 방법은 무한의 노력밖에는 없다. 물론 다른 방법, 다른 부분들에 대한 수사도 병행했다.
　버스정류장으로 통하는 모든 대로의 골목길을 다니면서 폐쇄회로(CCTV) 확인 작업을 했고, 시청에서 관리하고 있는 폐쇄회로(CCTV)도 있었지만 극히 적었다. 그만큼 사람의 왕래가 없는 곳이었기 때문일 것이다. 하지만 공장이나 가게 등에서 자신들의 방범예방을 위해 밖을 비추는 폐쇄회로(CCTV)를 설치해 놓은 경우가 종종 있었다. 추석 명절 때문에 공장이 휴무를 하고 가게가 영업을 하지 않은 경우에 폐쇄회로(CCTV)를 찾아도 확인할 수 없어서 속이 탔다. 보통 녹화되어 있는 자료들이 7일 정도면 지워지는 경우가 많았기 때문이다.
　우리는 사건 현장을 떠나지 않고 폐쇄회로(CCTV) 찾는 일에 모든 것을 걸고 핏발 선 눈이 빠져도 좋다고 생각하면서 확인하고 다녔다. 형사들은 억울한 주검에 대해서는 정말 분노하고 범인 검거를 갈망하면서도 때로는 사망한 피해자의 분노를 느끼기도 한다. 그래서 형사를 하고 있는지도 모른다. 그런 열정과 간절함이 있기에 며칠씩 잠도 못 자고 잠복을 하면서도 그 길을 가고 있을 것이다. 어쨌든 광수대에서 지원 나갔던 형사들은 추석 명절 당일에도 출근해서 폐쇄회로(CCTV)를 쫓아다녔다.
　밤이었기 때문에 자전거의 불빛만 쫓을 수 있어도 행운이었다.

　　　　　　　　　　　　　　당신을 체포합니다

그렇게 건물 처마에 붙어있는 폐쇄회로(CCTV)를 찾아내고 그 폐쇄회로(CCTV)에서 자전거 불빛을 찾아 방향을 잡아가며 낮과 밤 휴일을 가리지 않았다. 정말 힘든 여정이었다. 가는 곳마다 가게가 있는 것도 아니었고, 가게가 있고, 공장이 있고, 집이 있어도 모두 폐쇄회로(CCTV)를 설치해 놓은 것은 아니었다. 길이라는 것도 오로지 한 갈래 길만 있는 게 아니었다. 불빛을 찾았다 싶으면 삼거리에서 없어져 버렸고 골목이 있는 도로에서 사라져 버렸다. 그러면 다시 돌아와서 시작해야 했다.

그렇게 하남에서 시작된 자전거 불빛 추적은 일주일을 꼬박 광수대 형사들이 길을 따라 헤매고 다녔다. 우리가 자전거 불빛을 쫓아 따라간 거리가 경기도 하남에서 서울 마천동까지 7~8킬로미터 정도 되었다. 그나마 그렇게 힘든 여정 끝에 형사들에게 나타난 것은 마천동의 복잡한 골목 안으로 자전거가 들어가면서 희망마저 꺼져가는 듯했다. 좁은 골목이었고 마치 옛날의 판자촌을 보는 것 같았다. 좁은 골목에 엄청 많은 집들, 듬성듬성 전봇대에 매달려 있는 폐쇄회로(CCTV)래야 몇 대 되지 않았고 불행히도 골목마다 자전거는 많기도 했다.

형사들은 망연자실했다. "제기랄! 우리가 어떻게 여기까지 왔는데……" 하염없었지만 포기할 수는 없었다. 그 골목들 요소요소에서 형사들이 잠복에 들어갔다. 마치 동네 주민처럼 보이기 위해 허접한 운동복과 점퍼 모자를 쓰고 하남에서 쫓아왔던 그림자 찾기를 했다. 물론 찾는다 해도 그가 범인이라는 증거도 이유노 없었지만……

낮이면 집집마다 대문 안을 기웃거리면서 일단 자전거 있는 집에는 표시를 했다. 그러자 이상한 사람들이 대문 안을 기웃거리고 다니니 112에 신고가 들어가지 않을 리 없었다. 그렇게 자전거가 있는 집을 확인하고 자전거가 있으면 사진을 찍어왔다. 그리고 영상에서 확인된 자전거와 같은 것인지 확인하는 방법이었다. 결국은 거의 모든 집을 확인하다시피 해서 3일 만에 하남 버스정류장 폐쇄회로(CCTV)에 찍힌 것으로 판단되는 자전거를 찾아내고는 소유자 인적 사항을 확인했다. 하지만 그가 자전거의 주인이라 하더라도 어떤 방법으로 수사를 할지 고민이었다. 우리는 그 다음날 아침부터 자전거 주인인 진○○ 42세를 미행했다. 황당했지만 다른 방법이 없었다.

그는 아침에 전철을 타고 이동해서 송파구에 있는 ○○정비업소에 출근, 차량정비 일을 했다. ○○정비소의 종업원이었다. 그렇게 이틀 동안 근접 미행을 하면서 우리는 그가 살인사건과 관련이 있다는 판단을 했다. 그는 출퇴근하면서도 주변을 살피며 출근해서 일하는 중간중간 밖을 내다보고 살피는 등 평범한 사람들과 다른 모습을 보였다. 하지만 아무런 증거도 없는 그에 대해 체포영장을 발부받아야 하는 문제가 또 남아있었다. 우리는 검사실로 찾아가 고개를 가로젓는 검사를 상대로 피해자의 처참한 피해 사진을 보여주며 설득을 하고 사정도 해서 체포영장을 발부받았다.

"진○○ 씨 당신을 살인사건 혐의로 체포합니다……" 출근하는 그를 체포했다. 그는 우리에게 체포되는 순간임에도 이렇다 할 반항은 하지 않고 순순히 차에 올랐다. "왜 죽였나요?" 묻는 질문에도 그는 손을 떨기만 했다. 그때 형사들은 그가 범인임을 확신했다. 결국 그로부터 범행을 자백받았고 증거물인 칼도 찾았다. 그가 밝힌

당신을 체포합니다

범행 이유는 간단했다. 그날 운동을 하기 위해 자전거를 타고 다니다가 힘들어서 버스정류장에서 쉬고 있는데, 맞은편 버스정류장에서 여고생이 내려 사람이 잘 다니지 않고 어두워 보이는 육교로 올라가기에 순간적인 성욕을 느껴 따라 올라갔다는 것. 그러자 피해자가 자신을 보고 놀라 소리를 지르자 순간 평소에 가지고 다니던 칼로 피해자를 수차례 찌르고 도주했다는 것이다. 그렇게 어이없이 꿈도 피워보지 못한 한 여고생의 살인사건을 사건 발생 11일 만에 해결했지만 피해자에 대한 안타까움 때문에 가슴이 후련하질 않고 자꾸만 아려왔다. 2013년 10월의 코스모스는 시린 나의 가슴과는 달리 평화롭게 하늘거리고 있었다.

참 별난 협박
중국발 몸캠피싱 사건

다소 생소한 단어다. 몸캠피싱, 처음에는 여자가 전화를 걸어와 서로 대화를 하다가 친해진다. 그렇게 친해진 다음에는 화상 통화를 유도하고 서로 벗은 몸을 보여주자고 제안, 여자 쪽에서 옷을 하나씩 벗는 모습을 보여주기도 하고 남자의 벗은 모습을 유도하거나 때로는 자위를 하는 모습까지도 확보하게 되면 그때부터는 본격적으로 피해자를 협박하는 방법이었다. 전화 통화가 되면 통화 도중 서로 얼굴 보고 대화를 하자고 유도한 다음 화상 통화를 하기 위해서는 자신이 보내주는 앱을 휴대폰에 설치해야 한다고 속여 피해자의 핸드폰에 설치된 앱을 통해 피해자의 핸드폰에 저장되어 있는 모든 자료를 빼낸다.

피해자에게 자신이 벗은 모습의 영상이나 자위행위를 하는 영상을 보내서 확인하게 한 다음 '당신 장모 전화번호가 ○○○-○○○○번이지? 이 번호로 이 영상을 전송할까? 그러길 원치 않으면 ○○○○○계좌로 현금 ○○○를 이체시켜라'는 등으로 협박을 했다.

당신을 체포합니다

그러나 돈을 보낸다고 해서 끝나는 것은 아니었다. 한 번 보내면 이번에는 아내에게 보낸다 딸에게 보낸다는 등의 협박으로 수차례 돈을 입금토록 협박을 했다. 마음 약한 사람들은 몸캠피싱 협박에 시달리다가 자살을 하기도 했다. 액수가 적은 경우는 100만 원 그것도 없다고 하거나 혼자 사는 사람일 경우에는 형편에 닿는 만큼 빼앗아가는 경우도 있지만 많은 경우는 수천만 원도 되었다. 상대에 따라 요구하는 금액이 달랐다. 끝까지 돈이 없다고 하면 통장이라도 보내달라고 할 정도로 집요했다.

이 사건을 수사하면서 피해자를 찾는 것이 무척 힘들었다. 범인들이 사용하는 계좌가 하나라면 압수수색 한 번으로 다 알아낼 수 있겠지만 범인들은 셀 수 없을 정도의 여러 통장을 사용했다. 그마저도 본인들의 명의가 아닌 피해자들 명의의 통장을 사용했다. 피해자들도 경찰에 신고하기를 꺼렸다. 그들의 알몸 영상 등이 범인들에게 있기 때문에 유포될까봐 걱정이 되어서였다. 어려운 여건속에서 피해자들을 찾아내어 설득하고 조사해서 돈 보내준 통장을 확인하는 등의 노력으로 피해자만 수백 명, 피해 금액 20억 원 정도의 구증을 했다.

범인 검거를 위해 밤낮없이 뛰어다닌 덕분에 인출책 3명에 대한 인적 사항 확인을 위해 체포영장을 발부받았다. 형사들의 수사 방법이어서 지면에 밝힐 수는 없지만 이들의 필체를 찾기 위해 엄청 많은 고생을 했다.

형사들의 열정과 노력이 없었다면 은행 현금인출기에서 돈을 인출하는 그들의 영상만을 가지고 인적 사항을 밝힌다는 것은 사실 거의 불가능이라고 해도 과언이 아니었다. 더군다나 그들은 대한민국 국민이 아니고 중국교포 들이었으니까.

어찌 되었거나 용의자들은 범죄 조직으로 연결되어 있었으므로 디데이를 정해 각각 다른 장소에 있는 3명을 같은 시간에 검거를 했다. 역시 최종 윗선은 중국에 있었고 이들은 이렇게 인출한 금액을 곧바로 이체를 하거나 당일 윗선에 전해주었고 중국으로 보냈다고 했다. 이들이 돈을 인출해주고 받은 돈은 1회에 10만 원에서 15만 원 정도라고 했다. 물론 범죄로 인해 입금된 것인 줄도 알고 있었다. 몸캠피싱 협박을 당하고 돈을 보내고 계속되는 협박에 스스로 목숨을 끊은 피해자도 몇 명 있었다.

사람을 납치했다고 거짓말을 해서 돈을 입금하게 하는 것도 부모들의 심정을 이용하는 질 나쁜 범죄지만, 이것은 피해자에게 직접적으로 평생 치유하기 힘든 상처를 주는 정말 나쁜 범죄였다. 3명을 구속하고 윗선 수사를 위해 일부는 계좌로 보내지만 또 다른 공범은 다니면서 인출책들이 빼낸 돈을 거둬 서울 신길동에 있는 중국인 환전소를 통해 중국으로 돈을 보내는 것을 확인, 그들 모두 체포하여 검찰로 송치했다.

검거를 해보면 범인들은 거의 중국교포들이지만 우리 사회의 젊은이들까지 그러한 범죄에 대해 무감각하게 가담하는 세태에 마음이 무거웠다.

당신을 체포합니다

아! 세월호
아쉬웠던 유병언의 추적

세월호가 가라앉았다. 그때 대한민국도 함께 가라앉았다. 꽃다운 나이에 배 안에서 어른 같지도 않은 어른들 말 듣다가 살기 위한 노력도 못 해보고 바다 깊숙이 수장된……

생각만하면 가슴이 먹먹하다. 수학여행을 간 학교가 우리 청 관내에 있는 안산에 있었고 세월호 선주회사의 실질적인 사주로 지목받은 유병언이 머물고 있는 종교 본산 역시 우리 청 관내 안성에 있어서 비록 세월호 사고가 발생한 곳은 전남 진도 팽목항이지만 우리 청도 무관할 수가 없었다.

수사는 세월호 선박회사가 있는 인천지검에서 시작을 했다. 수사 초기에 유병언은 검찰에서 부르면 출석해 성실하게 조사를 받겠다고 하고는 막상 출석요구를 하자 응하지 않고 어디론가 잠적했다. 유병언이 교주로 있는 종교 본산이 우리 청 관내 안성에 있는 관계로 인천지검과 경기지방경찰청 광수대가 합동수사를 했다. 우리는 그를 검거하기 위해 안성에서 활동을 했으나 충성스런 교인들이 많이 모여 있는 전남 순천으로 도주했다는 첩보로 인천지검 담당 검사들과 경기청 광수대 직원들이 순천으로 내려갔다.

우리는 순천지청에 수사본부를 차리고 합동수사에 들어갔다. 순천에는 유병언을 신봉하는 교인들이 많이 있었다. 당시 유병언의 수행비서인 여성 신○○를 검거해서 순천지청에 데려다 조사를 시작했지만 그녀는 묵비권을 행사했다. 유병언과 함께 있었던 것으로 판단되는 별장에서 그녀는 혼자 있다가 검거되었다. 광수대 형사들과 검사들이 합동으로 별장에 대한 수색도 했지만 그와 신씨가 머물렀던 흔적 외에는 아무것도 발견치 못했다. 주변 산과 마을까지 수색을 했지만 성과가 없었다. 그와 관련된 교인들 집과 별장들을 확인하여 압수영장을 발부받아 검거활동에 나섰지만 10여 일이 넘도록 단서 하나 찾지 못했다. 낯선 곳 순천에서 낮엔 정신없이 수사를 하고 밤늦은 시간이면 아무 여관에서나 자고 새벽이면 일어나 다시 수사회의를 하는 날들을 보냈다.

지금 생각하면 참으로 아쉬움이 많이 남는 수사였다. 어쩌면 유병언이 별장 안에 숨어있었을 그 시간에 우리는 우르르 별장을 수색하고서도 그를 잡지 못했다. 가끔 집으로 전화 목소리만 들려주면서…… 순천에서 수사가 한 달이 넘어가자 형사들은 조금씩 지쳐갔다. 매스컴에서는 연일 검찰과 경찰의 무능함을 떠들어댔고 학부모들은 아직 찾지 못한 아이들 때문에 팽목항에서 밤을 새웠다.

그러는 동안 순천의 조그만 도시 길거리와 시장, 관공서 위치를 꿰뚫다 싶을 정도가 되었다. 그 도시에 있는 맛집까지도 조금씩 알아갈 무렵, 갑자기 언론에서 '유병언일 수도 있는 사체가 발견되었다' 난리가 났다. 연일 유씨를 잡겠다고 수사를 하고 있고 그를 보

당신을 체포합니다

았다는 제보가 들어오고 있는데 난데없이 사망 소식이었다. DNA 검사로 유병언의 사체가 맞다는 발표에 더욱 시끄러웠다. 발견 시점도 문제가 되었다. 검찰과 우리가 그를 검거하겠다고 순천에 내려가고 2주일쯤 지나서였다. 그의 변사체가 수행비서인 신○○를 검거했던 별장 부근, 얼마 떨어지지 않은 밭에서 밭주인에 의해 발견되어 이미 순천경찰서에서 변사 처리를 하던 중이었다. 발견 당시에 사체는 거의 백골이 된 상태였기 때문에 유병언일 거라는 생각은 하지도 못했고 지문도 없어 무연고 변사 처리를 하려고 했다는 것이다.(나중에 밝혀진 내용이었지만) 그렇게 무연고 처리를 했다면 정말 지금 생각해도 끔찍하다. 어쩌면 지금도 그를 검거하기 위해 순천을 헤매고 다니지는 않을까.

그후 그의 수행비서를 검거해 조사를 하던 검사가 신○○가 검거된 지 몇 주 지나서야 사실을 공개했다. 별장에 몸을 숨길 수 있는 장소가 있는데 유씨와 함께 별장에 있다가 수사관들이 오는 것을 보고 그를 벽장 안에 숨기고 본인만 검거되었다고 했다. 검찰은 그 진술에 따라 우리에게 알리지도 않고 벽장을 수색했다.

수색을 하면서도 발견할 수 없었던 그 비밀스런 벽장 속에는 그가 머물렀던 흔적과 함께 숨겨두었던 가방 안 현금 7억 원만 발견되었다. 그렇게 세월호는 가슴 아픈 사연과 함께 우리에게 끝까지 찜찜하게 남았다. 아직도 돌아오지 않은 학생들과 함께⋯⋯

그리고 나는 몇 달 뒤인 2015년 2월 28일 군포경찰서 형사과장으로 발령을 받았다.

1989년 경찰에 입문해서 처음으로 나 혼자만의 공간을 얻은 것이다. 꿈만 같았다. 나의 공간, 신기해서 몇 번씩 사무실 비밀번호를 찍어보고 혼자 앉아서 전화도 걸어보고 참으로 행복했다.

군포경찰서 형사과장, 명함도 멋들어지게 만들었다. 산골소년이
정말 세상의 중심에 선 그런 기분이었다.

당신을 체포합니다

집세 독촉을 받았다고
주인을 죽이려?

　인구 80만 정도의 안산은 상당히 복잡한 도시다. 특히 범죄에 관해서는 반월공단, 시화공단이 있어서 외국인 근로자도 많았다. 안산 원곡동에는 외국인의 거리가 될 만큼 많은 외국인들이 생활하고 있었다.

　2006년 안산경찰서는 안산단원경찰서와 안산상록경찰서로 나뉘어졌다. 안산은 경기도 사람들이 생각하기에 거친 도시였다. 외국인도 많고 공장도 많아서 강력사건도 심심치 않게 발생하는 도시였다. 단원경찰서 관내 원곡동은 완전히 중국인 거리였다. 술집, 편의점, 식당 모든 것이 중국 현지인들을 위한 것이었고 인테리어도 중국식이었기 때문에 안산에 있는 차이나타운이기도 했다.

　안산상록경찰서는 관할 인구 38만 명에 경찰관 580여 명, 파출소 10개, 형사과 형사가 52명이었다. 어찌 되었거나 상록구 관내에서 발생하는 형사사건을 총괄하는 가볍지 않은 자리로 이동을 했다.

바로 전해에 내연녀가 만나주지 않는다고 이혼한 남편과 딸들을 인질로 잡아 남편과 작은딸을 살해한 사건이 있었고, 부부싸움 끝에 부인을 죽여 자신이 운영하고 있던 조경회사 나무 아래에 시신을 묻고 실종 신고를 한 사건 등으로 안산에 대한 국민들의 인식이 그리 좋지는 않았다.

나는 2017년 1월 28일부터 안산상록경찰서에서 근무를 시작했다.

토요일 느긋한 마음으로 커피를 들고 소파에 앉았다. 아직 아침도 먹기 전인 주말, 조금 이른 시간이었다. 탁자 위에 놓아둔 휴대폰에서 벨소리가 울렸다. 이럴 경우 100% 사건이었다. "강도사건입니다. 피해자는 칼에 찔려서 병원으로 갔는데 상태는 아직 모르겠습니다." 마시던 커피를 내려놓고 현장으로 달렸다. 사건 현장은 4층 건물의 주인집이었는데 거실 바닥은 핏덩어리가 고여있어 사건 당시의 처참함을 보여주는 듯했다. 강력팀과 과수팀 직원들이 분주하게 움직이고 있었다. 천천히 사건 현장을 관찰했다. "피해자는?" "예 79세 할머닌데 건물주입니다. 병원에서 연락 왔는데 다행히 생명에는 지장이 없다고 했습니다." 그나마 다행이다. 어차피 주말은 망쳐진 거고 사건 신고자를 만났다.

사건 현장은 4층 다세대주택 건물로 1층에서 3층까지는 각층에 7세대 그리고 주인이 거주하는 4층에는 주인집을 포함 4세대가 거주하고 있었다. 주인집 앞에 살고 있는 신고자가 이상한 소리를 듣고 밖으로 나왔더니 주인집 출입문이 조금 열려있고 그 안에서 "살

당신을 체포합니다

려 달라"는 소리를 듣고 들여다보니 어떤 남자가 거실에서 주인 할머니를 깔고 앉아 폭행을 하고 있어서 112신고를 했다고 했다. 그러는 동안 그 남자는 칼을 든 채로 계단을 뛰어내려 어디론가 도망을 갔다는 내용이었다.

나는 형사들에게 현장 주변 폐쇄회로(CCTV)를 확인토록 하고 병원으로 갔다. 피해자에게 당시 상황에 대해 물었다. 다행이 그녀는 당시 상황을 기억하고 있었다. "근처에 살고 있는 아들 집에 가기 위해 문을 열고 나가려는데 모자를 쓰고 마스크를 한 젊은 남자가 자신의 목에 칼을 들이대며 집안으로 들어가라고 밀어서 거실로 들어왔는데 들어오자 아무런 말도 없이 나를 거실에 밀어 넘어뜨리고 위에 타고 앉아서 칼로 가슴 부위를 몇 번인가를 찔렀어요." 했다. "그 당시 어떤 말을 하던가요?" "원체 정신이 없어서 그냥 살려달라고 소리를 지른 거 같아요. 돈 줄게 살려주세요. 몇 번인가를 그렇게 소리를 질렀는데 그는 아무 말도 하지 않고 그냥 저를 칼로 찔렀어요."

이상했다. 범행에는 늘 이유가 있다. 특히나 사람에게 직접 범행을 하는 경우에는…… 더군다나 범인이 모자와 마스크를 쓰고, 칼을 들고 피해자가 문 열 때 들이닥쳤다면 사건에 어떤 계획을 세워서 범행을 한 것인데, 시간이 없어서 그랬는지 피해자를 칼로 찌른 것 외에 집안을 뒤진 흔적도 없었다. 보통 금전이 목적이었다면 피해자를 찌르기 전에 금전을 요구하는 것이 우선이었기 때문이다. 그것이 아니라면 원한에 의한 범행인데, 피해자에게 물있다. "혹시 주변에 원한을 가질만한 사람이 있나요? 혹시 심하게 싸웠다거나 서로 감정이 좋지 않은 사람이라도." 그녀는 고개를 저었다. "사람을 많이 만나는 것도 아니고 사업을 하는 것도 아닌데 무슨⋯⋯"

토요일이지만 형사들에게 사건이 터지면 휴식은 물 건너간다. 형사과는 이미 비상소집이 되어 있어 가까이서 먼저 나오는 형사들부터 몇 개 조로 나뉘어 피해자 주변 수사와 폐쇄회로(CCTV) 확인 그리고 피해자의 소유인 다세대 건물에 거주하는 23세대의 신원확인과 건물주와의 관계를 확인했다. 그렇게 조사를 하던 중 402호에 거주하던 이○○ 43세 남자가 3개월째 월세를 내지 못해 집주인으로부터 집세 독촉을 받고 있다는 사실과 그로 인해 집에 들어오지 않고 있다는 사실 정도를 확인했다. 402호 남자에 대해 확인했지만 특별할 것 없는 평범한 사람이었다. 그렇게 이른 새벽에 시작된 수사는 오전을 다 보냈다.

폐쇄회로(CCTV) 추적팀이 도주하고 있는 범인의 영상을 쫓다가 오후쯤 그나마 형체가 제대로 된 영상을 형사들의 단체 카톡 방에 올렸다.

그때 사건이 난 건물을 관리해 주는 부동산을 상대로 수사하던 팀에서 혹시나 하고 부동산 주인에게 보여주었다. "혹시 이 사람 아나요?" 물었더니 "글쎄요. 모두 계약할 때 본게 전부라서. 월세를 받으러 가도 늘 없어서 만나지 못해 잘 모르겠네요." 하지만 형사들에게 사진이건 영상이건 그건 중요한 단서였다. 우리는 나눠서 주변 탐문에 들어갔다. 아무래도 범행 수법이나 도주 경로 등으로 보아 그냥 금전을 대상으로 하는 여행성범죄는 아니지 싶어서였다. 주변 마트에서였다. "어! 이 사람 그 사람인데!" "네? 누구요?" "402호에 사는 남자요. 가게 자주 와서 알아요." 어떤 사건이건 꼬이지 않고 해결되려고 하면 정말 아무것도 아닌 것처럼 쉽게 해결되는 경우가 있다. 만약 마트에 탐문을 하지 않았다면 이 사건도 쉽게 해결될 수 없었을지도 몰랐다. 일단 피의자는 특정되었고 도주로 따라서 폐쇄회로(CCTV) 확인을 하고 있지만 그도 이쪽 지리를 잘 알아서인지 사각지대로 도주를 해서 쉽지 않았다. 비어 있던 곳으로 알았던 402호는 누군가 꾸준히 사용을 해온 것처럼 보였다. 창문마다 커튼으로 가려놓았고 전기 사용이 되지 않았는지 촛불을 사용했던 흔적이 있었다. 아마 주인에게 들키지 않으려고 전기와 물 사용도 일절 하지 않았던 것으로 생각되었다.

아침 8시경 발생한 사건을 추적해 그날 오후 4시경 그의 모친과 형이 살고 있는 부곡동 집에서 그를 검거했다. 범행 이유는 간단했다. 보증금 50만 원에 35만 원의 월세방에서 생활하다가 직장을 나가지 못하게 되자 몇 개월간 월세를 내지 못하게 되었고 심한 강박에 시달렸다고 했다. 혹시 주인이 알까봐 숨어 살면서 전기와 물도 사용하지 못했고 추위에 떨면서 15일 동안을 지내는 동안 힘들 때마다 집주인에 대한 증오를 해왔다고 했다. 문득 집주인을 죽이고 싶은 생각이 들어서 범행을 하게 되었다고 했다. 간단한 이유였지만 섬뜩했다. 자신이 돈을 벌지 못해 힘들어진 것을 집주인 탓으로 돌리고 그를 죽일 생각으로 범행을 했다는 것을 어떻게 생각해야 할지……

병원에 누워있는 주인은 자신이 월세 35만 원 3개월분 때문에 죽음의 문턱까지 갔다는 사실을 알게 되면 어떤 기분일까를 생각해보니 주말을 망친 것보다는 여러 갈래의 생각에 마음이 심히 우울하기만 했다.

사실혼의 종점
"나 버리지 마" 살인

아침나절 무전기가 시끄러워졌다. 이렇게 무전기가 시끄러워지면 거의 내가 현장을 가봐야 할 정도의 사건이 있다는 것이었다. 역시 "부모님 집에 문을 열었는데 거실이고 뭐고 온통 피가 낭자하고 모두 돌아가신 것 같다"는 신고에 재빨리 현장으로 달렸다.

출입문을 여는 순간 피비린내가 확 달려들었다. 형사들이야 피비린내는 항상 달고 사는 것이니 어쩔 수 없는 것이고 온통 피바다가 되어버린 거실 바닥은 참혹했다. 피바다 가운데 60대쯤 되어 보이는 여인은 입에 테이프를 붙이고 손이 앞으로 묶여 있었으며 팬티만 입은 상태로 가슴에 자상과 머리에 피를 흘리며 누워있는데 맥박이 없었다. 그리고 거실 한쪽에 가슴에 칼을 꽂은 채 누워있는 역시 60대로 보이는 남자, 그 역시 맥박과 생활반응이 없었다. 두 구의 시신이 경직 상태로 보아 어제 늦은 밤이거나 새벽에 사망했지 싶었다.

우선 신고자를 통해 두 사람이 부부임을 확인했다. 신고자 입장

당신을 체포합니다

에서는 부모를 한꺼번에 잃은 것이었고 현장 감식과 더불어 검시관, 검안의가 함께 모여 현장에서 검시를 했다. 60대 여성은 가슴에 자상과 머리에 둔기를 맞아 함몰되었고 남자 역시도 머리에 함몰이 있었고 가슴에 칼이 꽂혀있는 것으로 보아 자상 등에 의한 과다출혈로 사망한 것으로 보여졌다. 출입문 수사와 폐쇄회로(CCTV)를 분석하게 했다.

외부 침입 흔적은 보이지 않았다. 주변에 사는 사람들 상대로 탐문도 했다. 모두 어제저녁이나 새벽에 크게 싸우는 소리를 듣지 못했다고 했다. 흉기로 사용된 것으로 보이는 망치가 사망해 있는 남자 손 근처에 있었고 여성을 찔렀던 것으로 보이는 칼도 남자의 가슴에 꽂혀 있었다. 남자의 몸에는 주저흔(자신의 몸에 자해를 할 때 남는 상처)도 보였다. 모든 상황으로 볼 때 남편이 부인을 망치와 칼로 부인을 살해하고 본인도 머리를 망치로 때리고 칼로 가슴을 찔러 사망한 듯했다.

우리는 유족들 상대로 조사를 했다. "두 분이서 자주 다투셨나요?" "아니요. 두 분은 30년을 살면서 한 번도 다툰 적 없는 정말 잉꼬부부였어요. 연세가 드신 지금까지도 혼자 밖에 외출을 하지 않을 정도로 잘 지내셨어요. 아무래도 이건 누군가 이렇게 보이도록 만든 거 같으니까 철저하게 수사해 주세요." 주변 탐문에서도 역시 같은 이야기였다. "정말 사이좋은 부부였어요. 큰소리 한번 내지 않고 주변에서도 부러워하는 잉꼬였어요." 그런데 현실의 참혹한 현장을 보면서 고민에 빠졌다. 그렇다면 도대체 뭘까. 무엇이 이렇게 참혹하고 잔인한 현장을 만든 걸까. 집안을 뒤졌지만 타인이 침입했거나 뒤진 흔적도 없고 없어진 물건도 없는 거 같다고 했다. 어찌 되었거나 사람이 둘이나 죽은 사건이었다. 정확한 살해 동기를 밝혀야 했다.

시신을 근처 장례식장으로 옮기려고 할 때였다. 유족은 1남 2녀가 있었고 모두 결혼해서 두 딸은 근처에 살고 있었다. 그때 작은딸이 형사에게 말했다. "저기요, 형사님. 우리 엄마만 ○○장례식장으로 옮겨주세요." "예? 그러면 아버지는?" "아버지는 개뿔! 우리 엄마를 저렇게 죽인 사람을 엄마와 함께 둘 수 없어요." 이해는 했다. 아버지라고는 하지만 엄마를 저렇게 참혹하게 죽였는데……

"그러면 저분은 어디로 모시지요?" 형사가 물었다. "알게 뭐예요. 우리는 몰라요." "그래도 장례식은 함께 치러야 할 텐데." "우리가 저 사람 장례식을 왜 치러야 해요. 우리 엄마를 죽인 사람을." 아무래도 이상한 생각이 들었다. 엄마를 살해한 아버지를 미워하는 마음 이해가 가지 않는 것은 아니지만 조금 심하다는 생각이 들었다. 나중에 조사를 통해 밝혀진 사실은 이러했다.

30년 전 1남 2녀를 두고 남편과 사별한 김○○가 총각이던 이○○를 만났고 둘은 사랑에 빠져 결혼해서 30년을 사이좋게 살았다고 했다. 김○○가 데리고 온 1남 2녀도 모두 키워서 결혼도 시켰고 자녀들도 그를 친아버지처럼 따르면서 잘 지냈다는 거였다. 그런데 이○○가 회사에서 정년퇴직을 하면서부터 문제가 시작되었다고 했다. 이○○는 술만 마시면 버릇처럼 김○○와 자녀들에게 "나 버리지 마!"라는 이야기를 되뇌듯 했다는 거였다. 처음에는 술김에 하는 말인 줄 알고 "우리가 왜 버려요. 그런 생각 마세요." 했는데 술을 마실 때마다 계속 같은 말을 했고 퇴직 후 매일 술을 마셔 알코올중독 증세를 보여 김○○와 자녀들이 모여서 "아무래도

당신을 체포합니다

알코올중독 치료를 위해 병원에 입원을 시켜야겠다"는 이야기를 했다고. 그리고 그는 며칠을 고민하면서 "제발 나 병원에 보내지마. 나 버리려고 하는 거지." 애원을 했다고 했다. 그에 대해 어느 누구도 그러지 않겠다는 답변을 해주지 않았고 병원에 입원하기 전날 결국은 이런 사건이 발생한 거였다.

"이분은 장례를 어떻게?" 형사가 물었을 때 자녀들은 매몰차게 말했다. "우리는 그 사람 장례 못 치러줘요. 그러니까 국가에서 해주든지 그건 알아서 해주세요." "그래도……" "아 글쎄, 우리는 몰라요. 우리 엄마 죽인 사람을 우리에게 하라면 하겠어요?" 그리고 확인한 내용은 30년을 김○○와 동거하면서 살았지만 그는 호적상 총각이었다. 혼인신고도 되어있지 않았고 이○○의 동거인으로 살아왔던 것이었다. 결국 그는 무연고자 처리대상으로 구청에 통보했다. 대한민국에 연고자가 한 명도 없었던 것이다. 한편으로는 그가 "나 버리지 마"라고 했던 걱정이 괜한 기우가 아닌 현실이었을 것 같다는 생각이 들었다. 돈벌이를 할 때는 벌어서 동거녀와 그 자녀들을 키웠는데 회사 퇴직을 하고 돈벌이도 하지 못하고 이제는 자신이 이○○와 자녀들에게 붙어사는 동거인이 되었다는 생각이 들어서 그렇게 불안해했던 거 같다. 어찌 되었거나 살인사건이었다.

피의자 이○○는 망치와 칼로 김○○를 사망에 이르게 한 그는 공소권 없음으로 검찰로 송치되었다. 두 사람의 죽음. 김○○의 장례식장에는 자녀들과 그들의 손님들로 시끌벅적했지만, 그의 무연고자 처리 절차에는 몇 사람이 참여해서 진행되었다. 30년간 그는 어떤 마음으로 김○○의 동거인으로 살았을까? 혼인신고는 왜 하지 않은 걸까? 궁금한 것이 많았지만 대답을 해줄 사람은 없었다.

오늘은 괜히 소주가 생각났다. 낮술이라도 한잔 마시고 싶은 생각
이 간절했다.

당신을 체포합니다

클럽부킹 주의보
고소합의금으로 사는 여자

 2017년 8월 13일 18:10경. 안산시 상록구 ○○안로 한국농어촌공사 앞 도로상에 있는 차안이라면서 112신고가 들어왔다. 문자로 온 신고내용은 '남자친구에게 폭행을 당했고 지금은 차에 태워져 이동 중이다'라는 내용이었다. 문자를 보낸 전화로 계속 전화를 했으나 받지 않았고 문자를 보내도 답이 없었다. 혹시 큰 사건은 아닐까? 납치된 것은 아닌가? 거의 비상이 걸린 상태였다. 잠시 후 신고자의 전화번호 소유자는 권○○ 30세, 여자로 확인되었다.

 수차례 걸쳐 전화를 하던 중 남자가 전화를 받았다. "누구신가요?" "예, 저는 윤○○라고 하는데요." "혹시 신고하신 분 같이 있나요?" 했더니 "예, 여기는 갈대습지공원 입구에 있는데요. 이쪽으로 오시면 됩니다." 뭐지? 문자 신고내용으로 볼 때는 용의자인데 오히려 전화를 받아 경찰에게 그 장소로 와달라고 하다니, 그런데 통화를 하던 중 갑자기 충격음과 휴대폰이 떨어지는 소리가 들렸다.(통화시간은 약 1분 50초 정도였다.) 그리고 다시 통화를 시도하였으나 연결이 되지 않았다. 우리는 서둘러 현장으로 갔다. 습지공원 입구에 지구대 경찰관이 먼저 도착했을 때 어떤 남자가 도로 중앙분리대 옆에 피를 흘리며 앉아있었고 젊은 여자가 휴지로 피를 닦아주고 있었다고 했다. 그 뒤쪽 조수석 헤드라이트와 앞 창문이 깨진 채 정차되어 있는 차량이 한 대 있었다.

　그들에게 사건 내용을 들었다. 윤○○(37세, 남)과 권○○(30세, 여)는 약 3개월 전 나이트클럽에서 처음 만나 그동안 연인관계로 지내다가 헤어지기로 했다는 것. 그로 인해 서로 말다툼을 하게 되었다고 했다. 윤○○ 소유 ○○버 2800, sm7 차량에 함께 타고 가다가 그 장소에 차량을 세워놓고 언쟁을 했다. 윤○○가 화를 삭이기 위해 차에서 내려 담배를 피우고 있는 사이 차량 조수석에 있던 권○○이 차량 문을 잠그고 운전석으로 옮겨 앉아 차량을 운전하고 100미터 가량을 운행한 다음 윤○○가 있는 쪽으로 차량을 돌려 약 60킬로미터 가량의 속도로 윤○○를 들이받았다는 내용이었다. 그로 인해 우측 상완골두, 분쇄골절 등 전치 6주간의 상해를 입은 사건이었다.

　권○○의 진술은 남자친구의 차량에 감금되어 있었으며 그가 담배를 피우기 위해 내린 사이에 자신이 운전석에 앉아 도망을 하기 위해 운전을 하던 중 남자친구가 차량으로 갑자기 뛰어들어 차에 부딪치며 상해를 입은 것이라고 했다. 하지만 ○○병원으로 옮겨지면서 형사에게 진술하는 윤○○의 말은 달랐다. 권○○이 차량을 운전하고 고의적으로 자신을 향해 돌진했다는 것이었다. 결론은 같았지만 서로 진술이 상반되었다. 남자는 치료를 위해 입원을 했고 여자는 집에 가겠다면서 돌아갔다. 강제로 잡아둘 수 있는 방법도 없었다.

남자는 상해 진단서를 제출하면서 여자를 처벌해달라고 했다. 사실 진위 여부부터 확인해야 했다. 며칠 뒤 여자를 불러 조사를 했다. 조사하는 과정에서 여자는 이 건 외에도 다른 여러 경찰서에 공무집행방해, 폭행, 명예훼손 등으로 여러 건 조사가 진행 중이었다. 해당 경찰서 담당에게 전화를 했더니 모두 고개를 저었다. 막무가내라는 거였다. 자신의 주장만 강하게 하고 다른 사람 이야기는 전혀 들으려 하지 않는다고도 했다. 출석을 요구해도 출석도 잘하지 않고 어쩌다 마주 앉아 조사를 하려고 하면 말꼬리 잡기, 이런 저런 트집을 잡아서 담당자를 고소하는 등 골치 아픈 민원이라는 거였다. 이렇듯 서로 상반된 주장에 담당팀에서 사건 현장에 현수막을 내걸었다. '○○월 ○일 ○○시 이곳에서 차량사고가 난 것을 목격한 분을 찾습니다'였다. 그리고 며칠 지났다. 대한민국은 그래도 정의를 추구하는 사람들이 있었다. 당시 사건 현장을 목격했다는 사람이 전화를 걸어왔다. 목격한 내용을 진술하겠다고 했다.

그의 진술은 충격적이었다. 여자의 말과는 달리 남자가 차량이 달려드는 것을 보고 도망을 갔고 차량은 도망가는 남자를 쫓아가 그대로 들이받았다는 것이었다. 당시 남자는 차에 부딪치면서 차량 백미러를 붙잡고 몇십 미터를 끌려가다가 떨어졌다는 내용까지 진술하면서 몸서리를 쳤다. "죽지 않은 게 다행이지요. 그걸 보면서 겁났다니까요. 난 운전하는 사람이 여자인지도 몰랐어요. 나중에 내리는데 보니까 여자였어요."

그의 진술은 차량 충격으로 정신이 없던 피해자도 기억하지 못했던 내용이었다. 서류를 세밀하게 정리해서 여자에 대한 체포영장을 발부받아 검거에 나섰다. 일정한 주거가 없어 통신 추적 끝에 강남에 있는 카페에서 그녀를 검거했다. 그녀는 검거 과정에서 심하게 반항을 했다. "놔 xx놈들아, 내가 뭘 잘못했다고 그러는 거야. 날 배신한 것은 그놈인데, 니들 다 고소할 거야. 내가 가만있을 거 같아. 다 모가지 자를 거야." 공무원들 모가지는 자르는 사람이 임자인가보다. 검거 과정부터 모든 장면을 녹화토록 했다. 조사 과정에서 유치장에 입감시킬 때까지 모든 과정을 녹화하는 것을 안 그녀는 조금 조용해졌다.

그녀는 그동안 여러 번 조사를 받아왔지만 유치장에 입감되는 것은 처음인 듯했다. 세상을 자신이 하고 싶은 대로만 하면서 살아온 그녀는 유치장에 입감되면서부터 아마 다른 세상을 알게 될 것이다. 일정한 주거도 없이 클럽에서 즉석 부킹한 남자와 잘 지내다가 마음에 들지 않으면 성폭행범으로 고소하고 합의하면서 생활해 왔던 것이다. 어떻든 그녀의 어리석은 행동이 여기서 그만 멈춰주기를 빌었다.

당신을 체포합니다

냉장고 안 여자의 시신
3명이 죽은 '공소권 없음'

　12월 중순 눈발이 조금 뿌렸지만 추운 날씨였다. 퇴근을 해서 지인들과 소주 한 잔을 먹고 집에 들어와 씻고 막 자리에 누우려는 순간 전화벨이 울렸다.

　"저 강력 ○○팀장인데요. 서울에서 형사들이 왔는데 ○○동 ○○번지에 있는 집을 수색해야 한다고 해서요." 말인즉 우리 관내 ○○동에 있는 집에 시신이 있으니 수색을 해야 한다는 거였다. 전화로 지시하기에는 현장이 궁금했다. "알았어요. 내가 금방 갈게." 서둘러 현장에 도착하니 우리 서 형사들과 서울에서 내려온 형사들이 기다리고 있었다. 내용을 들어보니 서울 ○○동 여관에서 칼에 찔려 죽은 시신과 자해를 하고 죽은 시신이 나왔는데 자해를 해서 죽은 사람의 유서에 이 주소지에 가면 또 하나의 죽음이 있다고 쓰여 있다는 거였다. 12월 중순 눈발 흩날리는 새벽 날씨는 매서웠다. 얼마나 비어있었던지 알 수 없는 집은 문을 열자 냉기가 흘러나왔다. 불을 켜고 안방과 작은방 등을 수색했지만 유서에 있는 시신은 없었다. 안방에 들어가 불을 켰지만 형광등이 나갔는지 불이 들어오지 않았다. 과수팀에서 준비해간 후레쉬를 비추며 집안 구석구석 장롱까지 확인했지만 역시 아무것도 발견되지 않았다. 겨울 새벽 주인도 없는 썰렁한 빈집, 아무것도 발견된 것 없지만 냉기로 인해 기분이 좋을 리는 없었다. 한동안을 수색했지만 발견된 것도 없고 "아무것도 없는 거 같은데 이만 철수하는 것이……" 그 순간 안방에서 "억!" 하는 소리가 들렸다. 황급히 뛰어들어가자 과수팀장이 방 한 켠에 서있던 냉장고를 열고 후레쉬를 비추며 망연히 서있었다. 거기에 있었다. 냉장고 안에 여자의 죽음이 있었다. 옷 입은 그대로 냉장고 안에 앉아 있었다. 마치 살아있는 사람처럼 생생하게. 추운 겨울 불도 켜지지 않는 어두운 방안 냉장고 안에 앉아있는 여자의 주검을 본 순간 소름이 돋아 올랐다.

이 집에는 주인인 김○○와 그의 동거남이 살았다. 주인인 김○○는 호프집을 운영했고 동거남인 이○○는 무위도식하면서 도박장을 기웃거리며 살았다는 것. 그런데 다른 곳에서 혼자 살고 있던 김○○의 오빠인 김○○가 갈 곳이 없어 이 집에 와서 문간방에 거주하며 살았다는 것이다. 생활 능력이 없어 식객이 된 오빠 그리고 무위도식하면서 도박을 일삼는 동거남, 그녀는 항상 동거남과 싸웠다고 했다. 싸움을 할 때면 오빠인 김○○가 말리기도 했지만 그는 그곳에서 오빠 대접을 받지 못했다. 무시당하기 일쑤였고 없는 사람 취급이었다고 했다.

그러던 어느 날 동거남이 큰 사고를 치면서 급기야 김○○와 싸우고 서울에 있는 집으로 가고 난 다음, 오빠와 싸우다가 오빠가 순간적으로 화를 참지 못하고 여동생의 목을 졸라 죽였다고 했다. 그리고는 시신을 보존하기 위해 냉장고에 보관을 하고 한 달을 그 집에서 살았다고 했다. 이유는 한 달 뒤 큰집 조카가 결혼을 앞두고 있어 그 일을 마치고 자신의 인생도 정리하려고 했다는 것이었다.

한 달 뒤 조카 결혼식이 끝나고 저녁에 서울 미아리 근처에서 여동생과 동거생활하던 이○○를 불러냈다. 소주나 한잔하면서 이야기 좀 하자는 이유였다.

그는 여관에서 그와 소주 2병을 나누어 마시고 미리 준비한 칼로 이○○를 수회 찔러 죽이고 준비해간 유서를 내놓은 후 자신도 칼로 생을 마무리했다. 남자들 둘이서 여관에 투숙, 퇴실 시간이 되어도 나오지 않자 마스터키로 문을 열고 들어간 여관 종업원이 바닥에 낭자한 피와 2구의 주검을 보고 얼마나 놀랐을까를 생각해본다. 사람이 3명이 죽었는데도 결국은 공소권 없음으로 끝나야 하는 사건이었지만, 사람을 검거하여 구치소에 구속 송치하는 것보다 많은 생각들을 나게 하는 사건이었다.

아직 살아있는 사람처럼 생생한 시신을(냉장고의 성능이 꼭 음식물만 싱싱하게 하는 것은 아니다라는 생각을 했다.) 검시하고 서울 형사들에게 넘기면서, 붉하게 터오는 새벽 추위보다 마음이 더 시려왔다.

'나를 무시해?' 일심다방 살인사건

사무실에 앉아 있는데 무전기에서 다급한 목소리가 들렸다. "어떤 여자가 칼에 찔렸다며 도와달라고 소리치고 있다는 신고가 들어왔다"는 내용에 나도 모르게 무전기를 들고 현장으로 달려갔다.

현장에 도착해보니 이미 119가 도착을 해서 환자를 싣고 병원으로 떠나고 있었다. 사람이 쓰러져 있었던 현장에 갔더니 채 식지 않은 핏덩어리만 고여 있었다. 그리고 점점이 떨어져 있는 피의 흔적을 따라갔다. 그 흔적은 멀지않은 근처 지하다방으로 이어져 있었고 다방으로 이어지는 계단에도 피가 떨어져 있었다. 아마 다방 안에서 칼에 찔려 밖으로 뛰어나오는 과정에 떨어진 피 같았다. 문을 열고 들어서자 피비린내가 확 달려들었다. 조심스레 들어가 보니 주방 앞 바닥에 여자가 엎드려 있고 주변에 피가 흥건했다. 재빨리 목동맥에 손을 대어보니 맥박이 없었다. 그리고 옆쪽 의자에는 나이가 지긋해 보이는 남자가 목 부위에 깊은 상처를 입은 채 비스듬히 누워 있었는데 아직 숨이 끊어지지 않은 듯 신음소리를 내고 있

당신을 체포합니다

었다.

무전기로 밖에 있는 형사들에게 119 요청을 하고는 다방으로 들어오라고 했다. 이게 무슨 일이야. 지하 다방에 시신 한 구에 다 죽어가는 남자 하나. 그의 쓰러진 앞 테이블에는 피 묻은 공업용 커터 칼이 떨어져 있었다. 119가 오기 전 쓰러져 신음하는 남자 목 부위의 출혈부분을 막았다. 다방으로 들어온 형사들에게 현장 보존을 위해 일단 사진을 찍도록 했다. 다친 사람에게는 신속한 조치를 해야 했지만 사건 현장인 만큼 처음의 상태를 가능한 남겨야 했다. 일단 환자를 병원으로 이송했다. 과수팀 직원들이 와서 현장 감식을 하는 동안 형사들은 밖에서 탐문을 했다. 칼에 찔린 사람이 한 명 더 있는데 그 사람은 밖으로 도망해서 택시를 타고 어디론가 가는 것을 본 사람이 있다고 했다. 그럼 병원으로 갔겠지. 인근병원을 상대로 확인했다. 칼에 등을 찔린 여자가 관내 ○○병원 응급실에 와서 치료를 받고 있다고 했다. 56세인 민○○를 찾아가 내용을 들었다.

그녀의 진술 내용은, 목에 상처를 입고 병원에 후송된 사람은 이○○로 72세이며 그 사람이 자신을 칼로 찌르고 또 다른 여자들 2명을 칼로 찌른 범인이라고 했다. 다방에 들어와 자신이 가지고 온 공업용 커터 칼을 꺼내 자신과 다른 두 명의 여자를 찔렀다고 했다.

처음 목에 상처를 입고 밖으로 도망 나와 쓰러져 있다가 병원으로 후송된 김○○이 목을 찌르고 그녀기 비명을 지르고 밖으로 도주하는 것을 보고 자신도 따라서 밖으로 도주를 하는데 뒤에서 칼로 등을 찔렸다고 했다. 아픈지도 모르고 겁이 나서 밖으로 나오자 곧바로 택시를 잡아타고 병원으로 왔으며 다른 일행들은 어떻게 되었는지 잘 모르겠다고 했다. 그리고 다방 안에서 어떤 일이 벌어졌는지도 알 수 없지만 자신이 밖으로 나올 때 범인인 이씨와 다방 주인인 유○○는 안에 남아 있었다고 했다. 그렇다면 다방 안에 엎어져 있었던 시신은 유○○였고 목 부위에 상처를 입고 의자에 누워 신음하던 남자는 범인인 이○○였다. 아마 그가 범행 후 자해를 한 것 같았다. 일단 그렇게 판단이 되자 병원으로 확인을 했다. 처음 밖에 쓰러져 병원으로 후송된 여자 피해자 김○○와 다방 주인 유○○는 사망을 했다. 등을 찔린 민○○는 생명에는 지장이 없다고 했다. 그리고 범인으로 의심되는 이○○는 목을 자해했지만 생명에는 지장 없이 응급실에서 치료를 받고 있다고 했다. 그 시간부터 형사들에게 피의자에 대한 감호를 하게했다. 우리는 그의 주소지를 수색해서 범행 계획이 든 유서도 찾아냈다. 어느 정도 진술을 할 수 있을 정도가 된 며칠 뒤에야 정확한 사건의 내용을 확인했다.

　범인 이○○는 직업이 목수였다. 다방 근처에서 독신으로 살고 있었으며 ○○다방에 손님으로 드나들면서 주인인 유○○와 친하게 되었고 내연관계가 되었다고 했다. 그때부터 이○○는 거의 매일같이 다방에 찾아왔으며 일이 없을 때는 그곳에서 지내다시피 했다는 것. 그러다가 벌이가 없어 다방에 가도 돈을 쓸 수가 없었고 그때부터 다방 주인인 유씨가 자신을 무시하고 상대도 해주지 않았으며 그럴 때마다 함께 술 마시고 놀던 김○○와 민○○에 대해서도 감정이 나빠지기 시작했다. 범인 이씨는 그들도 유씨와 함께 자신을 무시한다고 생각을 하면서 3명에게 복수하겠다는 마음을 먹

　　　　　　　　　　　　당신을 체포합니다

고 있다가 그날 미리 준비해둔 공업용 커터 칼을 가지고 가서 범행을 실행한 것이라고 했다. 2명이 사망했는데도 그는 대수롭지 않은 듯 반성하는 기미조차 없었고 피해자들에게 그리 미안해하는 것 같지도 않았다.

아무리 세상인심이 험해지고 사람이 귀한 대접을 받는 시대는 아니라지만 그냥 자신을 무시한다는 이유만으로 사람 3명을 살해하려는 계획을 세우는 현실이 서글퍼졌다.

그는 병원에서 퇴원 후 구속되어 현장검증도 담담히 재현을 하면서 "민ㅇㅇ도 죽였어야 하는데⋯⋯" 그의 눈에서 살기를 읽었다. 내가 물었다. "그러고 싶어요?" "어차피 사형선고받을 건데 둘 죽이나 셋 죽이나 마찬가지 아닌가요?"

너무도 어이가 없어 말을 잃었다.

내연관계
사랑이 죄인가?

출근을 하고 회의 시간이었다. "납치사건입니다. 현재 진행 중인 거 같아요." 상황실에서 무전과 함께 전화가 왔다. 강력팀은 벌써 현장출동을 했고 나는 다른 형사들과 함께 현장으로 갔다. 신고자를 만났다. "제 여자친구가 ○○동 치과에 간호사로 근무하고 있는데 아침에 출근하면서 저와 통화를 하고 있던 중 갑자기 전화기에서 뭐야? 악! 납치되고 있다"면서 소리를 지르다가 전화가 끊겼다고 했다. 그렇다면 심각했다. 현장에서 형사들이 피해자의 차량을 찾았다. 주차장에 제대로 주차시키지도 못하고 차량키도 회수하지 못하고 끌려간 듯했다.

납치라면 이유가 있을 텐데, 범행 현장 주변 폐쇄회로(CCTV)를 확인하자 피해자를 태운 것으로 추정되는 차량번호를 발견하고 추적을 시작했다.

차량은 군포시 부곡동 ○○○○아파트 ○동 주차장에서 찾았다. 신고 받고 출동해서 추적한 지 2시간 만이었다. 납치 사건으로 본

당신을 체포합니다

다면 빠르다고 볼 수도 있겠지만 생명과 직결된 문제라 속이 탔다. 단 몇 분 차이로 잘못될 수도 있는 것이 인명과 관련된 수사였다. 피해자 핸드폰은 계속 꺼져있었다.

형사들에게 2~5동까지 나뉘어 각 라인 엘리베이터 폐쇄회로(CCTV)를 확인토록 했다. 차량은 ○동 앞에 주차되어 있었는데 다른 동 엘리베이터 폐쇄회로(CCTV)에서 피의자로 보이는 남자가 피해자의 손목을 잡아끌면서 강제로 ○○층에 내리는 것을 확인했다. 관리사무소를 통해 ○○층 세대 전체를 확인 ○○○호에 범인과 피해자가 있음을 확인하고 119에 협조 요청을 했다. 고층 아파트인 만큼 범인 검거 과정에서 창문을 통해 뛰어내리는 경우도 있고 그 외의 불상사를 예방하기 위해서였다.

약 30여 분 가량을 소비해서 추락할 경우에 대비 에어매트를 깔고 출입문 강제 개방 준비를 마친 다음 여경을 앞세워 문을 두드렸다. "아저씨. 아래층에서 왔는데요. 이 집에서 물이 새서 우리집 벽으로 다 내려와요. 문 좀 열어보세요." 몇 번 두드리는데 문이 열렸다. 40대 험상궂게 생긴 남자가 상의를 벌거벗은 채로 "아! 무슨 개소리야 씨-팔." 그 순간 옆에 숨어있던 형사들이 안으로 뛰어들었다. 피해자는 나체 상태로 아파트 작은방에 있다가 깜짝 놀라서 이불을 뒤집어썼다.

그 방안으로 여경을 들여보내고 미란다 고지한 후 범인을 체포했다. 그는 거칠게 반항했다. "에이 씨팔 뭐야. 내 애인 내가 데려왔는데 왜 지랄이야."

술 냄새가 진동을 했고 거실 바닥에는 부엌칼과 먹다 남은 막걸리 병이 뒹굴고 있고 방안에 있는 여자의 상의와 속옷도 함께 널브

러져 있었다.

그와 피해자를 경찰서로 연행해서 분리 조사를 했다.

피해자는 아이 둘과 남편까지 둔 주부였다. 치과 간호조무사로 근무를 하면서 2년 전부터 범인과 내연관계였다고 했다. 그러나 피의자가 너무 집착을 보여 부담스럽던 중에 다른 남자를 알게 되어 피의자와 결별을 통보했는데도 집요하게 쫓아다녔다고 했다. 오늘 아침 출근시간에 치과의원 주차장에서 기다리고 있던 피의자가 출근하는 피해자를 강제로 차에 태워 집으로 데려와 옷을 벗기고 강간을 한 다음 술을 마시면서 칼을 들고 협박을 했다는 내용이었다. 그는 조사를 받고 유치장에 입감되는 순간까지도 이를 앙다물었다.

"내가 너를 포기할 줄 알아? 어림없어. 내가 평생 감옥살이할 것 같아?"

괜히 내 몸에 소름이 돋는 거 같았다. 피해자가 조사를 받는 동안 40대와 50대로 보이는 두 남자가 밖에서 서성거리며 기웃거렸다. 담당 형사가 물었다. "어떻게 오셨나요?" 50대 남자가 말했다. "조사받는 피해자의 남편입니다. 연락받고 왔는데요." 40대 남자가 말했다. "조사받는 사람의 남자친구입니다. 아침에 출근하면서 통화를 하다가 갑자기 끌려간다고 해서 제가 112에 신고를 했어요." 참으로 당당했다. 여자친구의 남편 앞에서 거리낌도 없었다. 이게 뭐야? 은근히 걱정도 되고 또 궁금해졌다. 피해자는 누구와 경찰서를 나설지……

조사가 끝나고 남자친구와 다정하게 걷는 피해자를 보면서 입맛

당신을 체포합니다

이 썼다. "남편분은 어디 가셨나요? 오셨던데." 담당 형사가 묻자 피해자도 당당하게 대답했다.

"집에 먼저 가라고 했어요."

중고 휴대폰 팔고
또 강탈한 파렴치 사건

112신고가 들어와 무전기가 시끄러워졌다. 형사과장은 습관처럼 무전기를 듣는다. 그러다가 중요 사건의 경우 순간 귀에 들린다. 어쩔 수 없는 직업정신이다. "누가 핸드폰을 훔쳐가요. 잡아주세요." 들으면서도 무슨 내용인가 싶었다. 강력팀장이 전화를 해왔다. "핸드폰 몇백 대를 강취당했답니다." 무슨 소리야. 몇백 대는 무슨 일이고 강취당했다는 이야기는 또 뭐야? 보통 핸드폰 매장에 가도 몇백 대씩 두는 곳은 드물다. 그리고 낮 시간에 매장에 강도가 들어왔다는 이야기인가?

시간이 지나 사건 내용이 정확하게 확인되었다. 피해자는 군포 산본동에 거주하는 25세의 베트남 여성으로 한국인과 결혼해서 살다가 국적을 취득하고는, 이혼을 하고 혼자 거주하고 있다고 했다. 그녀는 국내에서 중고 핸드폰을 매입하여 베트남으로 판매하는 일을 하고 있었다. 중고 핸드폰이란 국내에서 사용하던 핸드폰을 새로운 것으로 교환하면서 버리거나 사용하지 않는 핸드폰을 말한다.

형사들이 그녀를 불러 진술을 받았다. 서울에서 자신과 가끔씩 거래를 하던 김○○가 어느 날 목돈이 있느냐고 해서 왜 그러냐고 했더니 중고 핸드폰을 대량 구입할 수 있는 루트가 있다고 했다. 평소에는 중고 핸드폰 한두 개씩 거래하다가 시간이 지나면서 횟수와 수량이 늘기는 했지만 한 번에 10대 이상의 거래는 없었다고 했다. 그녀는 "물건만 있으면 돈은 준비할 수 있다"고 답을 했고 사건 당일 역삼동에서 김○○를 만나 중고 핸드폰 300대를 확인하고 4000만 원의 현금을 주고 핸드폰을 받아 택시를 타고 안양으로 내려왔다는 것. 그리고 물건을 가지고 자신이 살고 있는 집에 도착해서 30분 정도 지났을 때 전화가 왔다. 거래처 김○○였다. "내가 일이 있어 산본에 왔다가 집 근처인데 잠깐 볼 수 있느냐"고 해서 그를 만나러 나갔다고 했다. 그전에도 보통은 서울에 가서 거래를 했지만 가끔은 김○○가 핸드폰을 가지고 산본에 내려와 거래를 한 적이 몇 번 있었기 때문에 아무 생각 없이 나가서 김○○를 만났다는 것이다. 그리고 집으로 가서 문을 열었는데 어떤 남자가 조금 전 4000만 원을 주고 사온 핸드폰이 들어있는 가방과 배낭을 들고 나오다가 그녀와 마주쳤다고 했다. 그 남자는 주머니에서 칼을 꺼내 들고 그녀를 협박했다. "죽고 싶지 않으면 가만있어." 모자를 눌러 쓰고 마스크를 쓴 그는 피해자가 겁에 질려있는 사이 가방과 배낭을 들고 도망을 쳤다. 하지만 그녀는 그 남자를 쫓아가면서 "도둑이야, 잡아주세요." 소리를 질렀고 도망가다가 무거웠던지 가방은 던져놓고 메낭만 지고 달아났다고 했다.

우리는 관제센터와 근처에 있는 사설 폐쇄회로(CCTV)를 확인했더니 피해자가 한 진술과 일치했다. 사건 현장인 피해자 집을 감식

했다. 피해자가 없는 동안 강도가 집안에 들어가 있었다면 어떤 방법으로든 문을 열었다는 것인데 출입문은 비밀번호를 누르는 번호키였다. 문을 뜯지 않은 것으로 봐서는 비밀번호를 누르고 들어갔다는 이야기다. 피해자에게 확인했지만 자신은 혼자 살고 있기 때문에 비밀번호를 알고 있는 사람은 자신밖에 없으며 알려준 사람도 없다고 했다.

수사는 다시 원점이다. 여러 가지 경우의 수를 생각해야 했다. 피해자를 앞세우고 중고 핸드폰 거래를 했던 장소인 역삼동으로 갔다. 모든 것은 시작한 곳에서 다시 살펴봐야 했다. 주변에 있는 폐쇄회로(CCTV)를 확보해서 분석했다. 그러고 보니 요즘은 폐쇄회로(CCTV)가 웬만한 베테랑 형사보다 더 큰 역할을 하는 거 같다. 피해자가 핸드폰을 구입 후 배낭과 가방을 가지고 택시를 타는 모습을 확인했고 택시가 떠난 장소에 젊은 사람 두 명이 전화 통화를 하고 있는 장면이 보였다. 어찌 보면 피해자가 택시를 타고 떠난 직후에 그것을 지켜보다가 전화를 하는 모습처럼 보였다. 그 영상을 피해자에게 보여줬더니 "어! 이 사람. 김○○인데! 전화 와서 만난 그 사람요." 그녀는 이해가 되지 않는 듯했지만 형사들은 이미 사건이 그려졌다. 계획된 범죄였다. 중고 핸드폰을 팔아 현금을 받고 난 다음 다시 훔쳐내는 계획.

그것은 아마도 피해자가 그렇게 빨리 돌아올 줄을 몰라서 발각되었고 도망가다 일부는 버리고 갔을 거라고 생각하고 김○○ 핸드폰 내역을 확인 그날로 공범 3명을 서울에서 모두 검거했다. 3명 모두 전력이 화려한 사람들이었다. "사건 공모하고 한 거지요? 누가 먼저 제안을 했나요." 모든 것을 파악한 형사들의 추궁에 그들은 고개

당신을 체포합니다

를 떨구었다. 베트남 여성 혼자 사업하는 것을 사전에 몇 번씩 현장 답사도 하면서 꼼꼼하게 계획한 범행이었지만 대한민국 형사들에게는 어림없는 일이었다. 물론 피해자 집 출입문 비밀번호도 사전에 알아내 피해자가 없는 시간에 2번이나 침입하는 등 사전계획을 철저히 했지만 결국 형사들에 의해 모든 것이 밝혀지고 말았다. 그렇게 특수 강도 사건은 하룻만에 덜미를 잡혀 전원 검거 구속되었다.

외할머니를 죽인 손녀
나 혼자 죽긴 억울해서

"과장님 현장 나와보셔야겠는데요." 강력팀장의 전화를 받으며 '아, 살인사건이구나'를 예감했다. 많은 시간들을 형사에 있다 보면 예감이 너무 맞아 떨어지는 게 겁이 나기도 했다.

군포시 ○○동 ○○○○아파트 ○○○호 작은방에 목과 얼굴 등에 자상을 입은 할머니가 누워 숨진 채 발견되었다. 당시 친정집에서 1박을 하고 온 딸과 사위가 현장을 발견하고 112신고를 한 것이다.

살인사건의 현장은 거의 그렇지만 이번 사건의 현장도 참혹했다. 작은방 침대 위에 누워있는 할머니 시신을 검증하는 과정에서 자상이 30여 곳이나 되는 것을 확인했다. '무슨 원한이 있어 이렇게까지 했을까' 하는 심정과 이렇게 당할 때 얼마나 아팠을까 하는 생각, 범인을 조속히 특정해 검거해야 한다는 강박관념 등으로 마음이 복잡했다. 원한, 치정, 금전으로 인한 살인이라면 범인을 검거해서 처리하면 되지만 집안에 얽힌 사건들은 복잡하기 때문이다. 일

당신을 체포합니다

단은 외할머니와 함께 밤을 지내다 현장에서 사라져버린 외손녀를 찾아야 했다. 현장검증 과정에서 화장실 거울에 빨간색 매니큐어로 큼지막하게 쓰인 글씨 '할머니 죽이고 나도 죽어!' 섬뜩했다. 대학 1년을 다니다가 자퇴하고 집에서 무슨 공무원 시험을 준비한다는 그녀와 외할머니 둘이서만 있던 집이었고 외할머니 사망시간과 외부 침입 흔적이 없는 것으로 봐서는 그녀가 외할머니를 죽인 범인인 듯싶었다.

우리는 그녀의 사진을 확보하고 집에서 나가는 엘리베이터 폐쇄회로(CCTV)를 분석했다. 그녀는 새벽 4시 30분경 옷을 차려입고 모자까지 쓰고 집을 나섰다. 자신의 핸드폰은 화장실 변기에 버려둔 채.

관내 형사들에게 비상소집을 했다. 만약 그녀가 흉기라도 소지하고 다닌다면 또 다른 피해자가 생길 수도 있겠지만, 도대체 무슨 이유로 자신과 친하게 지내던 외할머니를 그렇게 참혹하게 살해했는지가 정말 궁금했다.

형사들 그리고 관내 순찰차량을 모두 동원해서 쫓고 쫓기는 시간들……

그 와중에 고인의 사위이자 범인으로 보이는 그녀의 아버지는 형사들에게 욕을 퍼부었다. "아니 범인 잡으라니까 왜 애먼 우리 애만 쫓고 그래요. 우리 애가 죽이는 거 봤어요? 다른 사람이 그러고 갔을 수도 있잖아요." 그럴 때면 형사들은 유구무언이다. 어찌 되었거나 본인을 만나야 해결이 될 것 같았다.

결국 사건 발생 14시간, 집을 나선 지 10시간 만에 그녀는 관내에서 형사들에게 검거되었다. 의외로 순순히 검거되어 형사계 사무실에 와서도 그녀는 담담했다. 범행을 묻는 형사에게 고개를 끄덕이며 자신의 범행임을 자백했다. 이유를 물었다. "외할머니가 미웠나요." 고개를 흔들었다. "외할머니와 싸웠나요." 역시 고개를 흔들었다. "외할머니가 잘못한 게 있나요." "아니오."라고 대답까지 했다. "그럼 왜 그렇게 한 거예요." 정말 묻기 힘든 질문이지만 하지 않을 수가 없었다. 잠시 후 그녀의 말 한마디에 그 자리에 함께 있던 형사들은 어이없는 표정으로 벌린 입을 다물지 못했다. "내가요. 몇 달 전부터 역류성식도염이라 많이 아팠어요. 너무 아파서 죽으려고 여러 가지 방법을 생각해봤는데 생각해보니까 혼자 죽는 게 억울해서……" 뭐라고? 혼자 죽는 게 억울해서? "그래서 누군가 데려가려고 했는데 내 가까이 있는 사람이 할머니밖에 없어서……" 우린 모두 할 말을 잃었다. 어찌 되었거나 사건 경위와 흉기 구입 여부 등 사전 계획 여부 등을 수사하면서도 계속해서 드는 생각이 있었다.

식구들과 관계가 원만하지 못했던 그녀는 오히려 외할머니와 친했다고 했다. 매일 자신의 방에서 문을 잠그고 밥도 혼자서 먹고 식구들과 대화도 없이 방에서만 생활하던 그녀였지만 가끔씩 찾아오는 외할머니와는 대화도 곧잘 나누었고, 함께 외식도 했으며 심지어 영화도 함께 보는 등 식구들 중에서 제일 친하다고 했다. 외할머니가 오는 날은 그녀 방 침대에서 함께 잠을 자기도 했다는 것이다. 그러한 것들을 조사하면서 더욱 충격이었다. 도대체 왜?

그녀는 범행에 대해 담담하게 자백하고 진술하면서 일관성을 보였다. 참고인으로 그녀의 어머니 김ㅇㅇ의 조사를 받을 때였다. 그때까지 다물고 있던 입을 열었다. "사실은요. 1년 전부터 아이가 이상한 행동을 보였어요. 남들과 전혀 어울리지 못하고 대학교에 진학을 했지만 주변과 어울리지 못해서 자퇴했습니다. 그리고 자신의 방에서 혼자 생활했어요." "어떤 부분이 이상했었나요." "식구들과 전혀 어울리려 하지도 않았고 음식을 주면 그것이 다 상할 때까지 주머니에 넣고 다니기도 했고 베란다에서 남자처럼 서서 소변을 보기도 했어요." "그러면 병원에는 데려가 보셨나요?" "사실 그랬어야 하는데 몇 번 그러려고 했는데 그때마다 애 아빠가 아이 정신병원에 데려가면 앞으로 사회생활 어떻게 시키려고 하냐면서 아무런 이상도 없는 애를 그런다고 하면서 말렸어요. 만약 그때라도 병원에 데려갔더라면 이런 사태는 막았을 텐데⋯⋯"라면서 말끝을 흐렸다. 그녀의 오빠도 같은 진술을 했다.

지방청에서 프로파일러가 와서 면담을 했다. 그녀는 상태가 조금 심한 편이라는 보고서가 나왔다. 하지만 조사 진행 중에 찾아온 그녀의 아버지는 다짜고짜 소리를 질러댔다. "여보시요? 애가 아직 미성년자인데 누구 허락받고 데려온 겁니까. 장모님을 그렇게 하는 것을 당신들이 본 적이 있습니까?" "그 부분에 대해 확인하기 위해 조사를 하고 있는 겁니다." 얼핏 아버지의 심정이 이해가 가기는 했지만 '이게 다 당신의 그 마음 때문에 벌어진 일이요' 한마디 해주고 싶은 마음을 억지로 참았다.

소리를 지르는 그녀의 아버지와는 달리 그녀는 담담한 표정으로 이런 광경을 멍하니 쳐다보고 있었다.

보이스피싱 인출책
말레이시아인의 헛된 꿈

"아무래도 사기를 당한 것 같아요." 대학생으로 보이는 남자가 형사계 사무실로 찾아왔다. "검찰청이라고 전화가 와서 내 신분이 도용되어 금융권에 있는 돈이 위험하다고 하면서 안전하게 보관해 준다고 해서 그렇게 했는데……"

그는 그제야 무엇에 홀린 것 같다면서 한숨을 쉬었다. 은행에 있는 돈과 현금 서비스까지 받아 600만 원이라는 거금을 산본역사 내 물품 보관함에 넣어두라고 해서 넣어두었는데 누군가 그것을 찾아갔다는 것이다. 전형적인 보이스피싱 사기 범죄였다. '헐, 아직도 보이스피싱 범죄에 젊은 사람도 이렇게 당할 수 있네' 안타까움보다는 아쉬움이 컸다. 은행에 있는 돈을 모두 긁어모아 역사 물품 보관함에 넣어놓고 자리를 비워달라는 이야기에 속는 대학생을 보면서 드는 생각이었다. 형사들은 서둘렀다. 보이스피싱 범죄는 현금을 찾아서 다른 통장으로 이체를 시키거나 중간 수거책이 있어 거둬가는 2가지 방법이 있다. 하지만 현금 인출책을 검거한다 하더라도

당신을 체포합니다

그때는 이미 현금은 다 보낸 경우가 대부분이다. 현금을 보내기 전에 검거하면 정말 좋은 일이었지만 그것은 정말 쉬운 일이 아니다.

산본역사에서부터 추적은 시작되었다. 폐쇄회로(CCTV)에 비친 그는 20대 초반으로 보이는 동양 남성이었다.(동양 남성이라고 생각하는 것은 요즘은 한국 사람과 비슷해 보이는 동양 외국인들도 범죄에 많은 가담을 하고 있기 때문이었다.) 그는 물품 보관함에서 현금 뭉치를 찾아 어깨에 메고 있던 가방에 넣고 전철을 탔다. 그리고는 금정역에서 환승, 1호선 수원역에 내려 그곳까지 다시 상행선 전철에 탑승했다. 형사들은 그의 행적을 쫓았다. 그는 추적하는 형사들을 의식한 것인지 행동에 일정 패턴이 없었다. 전철을 타고 이동하다가 내리는 곳에서는 카드 체크를 하지 않고 뛰어넘어 나간다던가, 겨우 찾아서 추적을 하다가 보면 뛰어넘어 나간 역을 다시 들어와 전철을 타고 이동했다. 간혹 전철역 밖으로 나가면 '아 이곳에 다른 범행을 하기 위해 왔구나, 아니면 이곳에 연고가 있나?'라고 생각하면서 쫓다가 보면 그는 엉뚱하게 택시를 잡아타고 먼 곳으로 가기도 했다. 그가 택시 타는 것을 확인하는데 한동안의 시간 그리고 그가 탄 택시를 찾는데 또 한참을 매달려 찾아낸 택시 기사에게 중요한 정보를 들었다. "글쎄요. 한국 사람은 아니고 동남아시아 베트남인가, 말레이시아 사람 같기도 하고 한국말을 거의 못하는 거 같던데요. 차에 타고는 그냥 ○○로 가요만 했으니까요. 조선족은 아닌 거 같았어요." 운전기사가 알려준 동선에 따라 내려준 장소에서 추적을 했지만 이렇다 할 행적을 찾지 못했다. 그렇다고 피의자를 검거하지 못한다면 그것은 대한민국 형사가 아니다. 어떤 어려움과 고난이 있어도 대한민국 형사는 범인을 잡는다. 강력사건 범인 검거율이 90%를 넘는 나라가 또 있을까. 적어도 살인, 강도, 강간사건의 검거율은 90%를 훌쩍 넘어서는 나라다.

추적 기법을 다 밝힐 수는 없지만, 범행이 일어난 지 25시간 동안 숨 막히는 쫓고 쫓기는 추적이었다. 그동안 형사들은 전날 야간근무로 인해 이틀째 잠도 못자고 식사도 제때 하지 못했다.

그렇게 수사를 해서 누가 범인인지 또는 그가 있는 곳을 확인만 해도 그동안의 힘들었던 모든 것들은 정말 씻은 듯 날아가 버린다. 그러고 보면 형사의 몸은 참 이상하다. 이름도 알 수 없고 인적 사항도 확인되지 않은 범인이 거주하는 곳이 수원역 주변 ○○모텔이라는 것을 확인했다. 범행 현장에 찍힌 사진으로 주인에게 확인도 했다. 모텔 주변에 잠복하던 형사들이 새벽 1시경에 귀가하는 그를 검거했다. 생각했던 대로 한국말을 거의하지 못했다. 다음날 통역 입회하에 조사를 했다.

그는 만 18세의 말레이시아에서 입국한 지 한 달 된 수와이킨이었다. 그 한 달 동안 한국에서 보이스피싱 현금 수거 범행을 한 것만 10여 건이 넘었다. 그의 핸드폰을 압수해서 핸드폰 안에 들어있던 자료로 확인한 결과였다. 그는 범행 현장 사진과 증거를 들이밀자 순순히 자백했다.

범행 자백보다도 더욱 놀라웠던 것은 말레이시아에서 대한민국에 들어오기 전 이미 범행에 대한 공모가 있었다는 것이었다. 말레이시아에서 별다른 일없이 놀고 있는데 핸드폰 '위챗'으로 '한 달에 천만 원 벌 수 있는 일거리가 있는데 할 거냐'라는 제의가 있었다. 어떤 일을 해야 하는 거냐 묻자 한국에 들어가서 시키는 일만 하면 한

당신을 체포합니다

달에 천만 원을 벌 수 있다고 하면서 현금 수거책에 대해 이야기를 듣고 "하겠다"고 하니까. 우편으로 핸드폰과 비행기 티켓이 왔다고 했다.

그 비행기 티켓과 핸드폰을 들고 대한민국에 입국, '위챗'에서 지시하는 대로 범행을 해왔으며 현금을 찾을 때마다 현금에서 10만 원에서 15만 원 정도를 제하고는 현금을 나누어 '위챗'에서 원하는 계좌로 송금을 하거나 때로는 전철역 같은 곳에서 현금을 받으러 온 사람에게 전했다고 했다. 그의 진술에서 놀라웠던 것은(물론 그가 잘못 판단하고 봤을 수도 있지만) 전철 환승역 같은 곳에서 직접 만나서 그에게 카드를 전해주거나 현금 수거를 해간 사람들이 모두 한국 사람들 같다는 진술이었다. 그런데 생각해 보면 한국 사람들이 외국에 있는 사람들을 '위챗'으로 범행 공모를 한 다음 입국시키고 현금을 수거하게 한다고 볼 수도 있는 것이기에 참으로 씁쓸했다. 불특정 다수의 계좌가 모두 노출되어 범죄에 이용될 수 있고 통장에 들어있는 현금을 모두 빼 갈 위험이 있으니 현금으로 모두 찾아서 지하철역 보관함 또는 집 냉장고에 넣어두라고 하는 전화에 그것을 진실로 믿는 사람이 제일 많은 대한민국. 사람들이 착해서라고 위안을 해보지만 순수하고 착한 것을 이용해서 사기를 치기 위해 이제는 외국 사람들까지 공모해서 끌어들일 만큼 우리가 잘못한 것은 무엇일까를 생각했다.

나쁜 놈이기는 하지만 물었다. "영사관에 통보를 원하나요?" "아니오. 절대 알리지 말아주세요." 자신의 행동이 나쁜 짓이라는 것은 정확히 알고 있지 싶었다.(본인이 원하지 않아도 의무적으로 알려야 할 나라도 있다.) 입국한 지 한 달 되었는데 '위챗'에서 말한 것처럼 천만 원 정도 벌었나요. 했더니 그는 씁쓸하게 웃었다.

"무슨 건마다 10만 원 15만 원 받아서 여관비하고 밥 사먹고 교통비하고 남는 거 별로 없어요. 매일 불안해 떨고……지금 수중에 남아 있는 거 10만 원 정도가 전부예요." 통역의 말이었다. 수갑과 포승줄에 묶여 유치장으로 가면서 그가 꿈꾸던 코리안 드림이 참으로 허망하다는 결론을 얻지 않았을까.

당신을 체포합니다

미제로 묻힌 모자 살인사건
그놈의 뒤통수

경찰관 생활을 하는 동안 수많은 사건을 수사하고 해결하면서 경찰관으로서의 일을 내 숙명으로 알고 수사를 했다. 그런데도 불구하고 아직까지도 내 마음속 깊이 남아서 지워지지 않고 잊지 못하는 미해결된 안타까운 사건이 있다.

1994년 5월 그때 나는 형사로서 자부심과 젊음 열정도 있었다. 며칠 밤을 새워도 범인을 검거하고 나면 피곤이 싸-악 풀리곤 하던 시절이었다. 당직을 하고 오후 늦게까지 퇴근도 하지 못하고 조사를 받고 있는데 데스크에 있는 ○형사가 소리를 질렀다.

"모든 형사들 안양 ○동 ○○번지 ○○아파트 ○동 ○호로 집결하시랍니다." "또 강력사건이네." 하루 건너 강력사건이 나던 시절이었다. 집에 들어와 사람을 묶어놓고 금품을 강취해 가거나 다치게 하고 털어가는 사건이 빈번했다.

현장에 도착했을 때 벌써 형사과장, 계장, 반장이 우글거리고 서장도 현장에 나와 있었다. 당시에 경찰서장이 현장에 나온다는 것은 그만큼 사안이 중하다는 이야기였다. 사건 현장은 참혹했다. 많은 현장을 다녀봤지만 무슨 원한이 있는 것처럼 12살짜리 남자아이는 거실에서 머리와 배에 피를 흘리며 사망해 있었고 30대 중반인 그의 엄마는 안방에 하의가 벗겨진 채 뒤로 손이 묶여서 역시 가슴과 목에 자상을(칼에 찔린 상처를 말함) 입은 채 사망해 있었다. 모자 살인사건이었다.

　우리는 근처 마을금고의 빈 사무실을 얻어 수사본부를 설치해서 본격적인 수사에 들어갔지만 이렇다 할 단서를 찾지 못했다. 회사원 남편과 가정주부 아이 하나가 전부인 평범한 가정이었다. 주변과 원한관계를 가질 이유도 없었고 남편이나 사망한 처에 대해 주변 수사를 했지만 그 흔한 치정관계 하나 발견되는 것이 없었다. 당시에는 폐쇄회로(CCTV)가 거의 없던 시절이었다. 폐쇄회로(CCTV)가 설치되어 있는 곳이라고 해야 은행 현금지급기 근처 정도였고 지금처럼 현금을 찾는 사람들의 얼굴이 나오는 것은 아니었다. 탐문수사도 힘들었다. 아파트의 특성상 옆방에 누가 사는지 어떤 소리가 들리는지 관심조차 없는 곳이었으니까.

　요즘 같으면 아파트에 드나드는 사람 거의를 파악 할 수가 있다. 물론 촘촘히 설치되어 있는 폐쇄회로(CCTV) 때문이기도 하지만 엘리베이터만 사용해도 누가 몇 층에서 탑승해 몇 층에 내렸는지 확인이 가능했지만 그 당시에는 모든 것이 어려웠다. 살인사건, 사람이 사람을 죽이는 데는 분명 이유가 있다. 원한에 의한 살인이라든지, 치정에 의한, 아니면 금품을 강취하기 위한 것이 거의 살인의 목적일 것이다. 그때만 해도 보험금을 노린 살인사건이 거의 보도되지 않았다. 하지만 살인에 대한 목적을 찾지 못했다. 보험 가입도

　　　　　　　　　　　　　　　　당신을 체포합니다

한 것이 없었고 남편은 평범한 회사원으로 처와 아들의 관계도 괜찮은 상태였다. 남편이 아침에 출근할 때도 여자는 배웅을 했고 아들도 잘 다녀오라는 인사를 했는데 회사 퇴근하고 집에 와보니 아이는 거실에서 부인은 안방에서 참혹한 상태로 죽어 있었다는 것이다. 남편 주변 수사에서도 별 다르게 나오는 게 없었다. 치정, 돈 관계, 원한관계 너무 깨끗해서 의심이 될 정도였다.

결국은 강도범에 의한 사건으로 보고 수사를 했다. 하루하루 피가 말랐다. 발이 부르트도록 뛰어도 작은 단서 하나 없이 세월을 보냈다. 가끔 집에 가서 누워도 가위가 눌렸다. 꿈에서 모자의 참혹한 시신들이 나타나곤 했다. 시신은 치워졌지만 사건 현장은 그대로 방치해 두어서 아직도 거실과 안방에는 흥건하게 고였던 핏덩어리들이 그대로 말라붙어 있었고 집주인인 남편은 집 근처에는 아예 얼씬도 하지 않았다.

"최 형사 오늘 사건 현장에 가서 자자, 소주 한두 병 가지고. 도대체 단서를 찾을 수 없으니 원." "그 집에 가서 자면 뭐가 나오나요?" "글쎄 모르지 아직 떠나지 못한 혼령이 꿈에 나타나서 현몽이라도 해줄지……" "에이!" "그래도 그냥 한번 가보자. 뭐 손해 볼 건 없잖아." 사실 혼자 시신의 상태가 그려져 있고 핏덩이가 말라붙은 아파트에 가서 밤을 지새우기가 무서웠다. 그날 최 형사와 소주 몇 병과 돼지머리고기를 안고 찾아간 아파트에서 소주 몇 병을 마셨지만 취하지가 않았다. 결국 잠을 자면서 현몽을 받으려던 계획은 물거품이 되었지만 뜻밖의 소득이 있었다.

그날 오후쯤 사무실로 걸려온 전화, 피해자의 여동생이었다. "그런데 이게 도움이 될지 모르겠는데 언니가 한 달 전인가 저에게 신용카드를 빌려달라고 해서 빌려줬는데······" 순간 귀가 번쩍 띄었다. 내가 그 집에서 밤을 보낸 대가를 받는 거 같았다. "카드를요?" 당시에는 신용카드가 그렇게 많이 통용되던 때가 아니었다. 어떻게 보면 특별한 계층에서만 사용하는 것이기도 했던 것이다. 그녀를 통해 카드번호를 알아내어 사용처를 확인했다. 마지막으로 사용된 것은 안양 ○동 국민은행 현금지급기에서였다. 그러니까 모자 살인 사건이 발생된 후 사용된 듯했다. 사망 추정 시간이 오전이었고 카드를 사용한 시간은 오후 1시경이었다. 은행으로 달렸다. 물론 지금처럼 압수수색영장이라든지 공문서가 없이도 관공서 또는 국민은행 폐쇄회로(CCTV) 정도는 확인이 가능하던 때였다. 폐쇄회로(CCTV)가 있기는 했다. 하지만 정면에서 비치는 것이 아닌 현금지급기를 비추는 폐쇄회로(CCTV)였기 때문에 돈을 찾는 사람의 뒷모습 그것도 뒤통수를 비치는 것이었다. 그래! 어찌 되었거나 여기에 범인이 있는 거다. 범인이 누구이건 간에 그 카드를 가지고 돈을 찾는 사람이 범인일 테니까. 아니면 새로운 단서가 나올 수도 있으니까······

마침내 오후 1시 15분에 13만 원의 현금을 찾아간 뒤통수가 갸름한, 흐릿한 영상만으로 정확하게 알 수 있는 것은 아니지만 20대 후반에서 30대 초반으로 보이는 남자. 모자를 쓴 뒤통수 모습만 보이는 이 남자를 찾아야 했다. 수사본부에 보고를 했다. 갑자기 활기를 띄었지만 그것이 전부였다.

그때부터 길을 다니면서 사람들 뒤통수만 쳐다보았다. 그러다가 앞사람과 부딪치기 일쑤였고 길바닥에 나둥그러지기도 했다. 그러면 어떠랴. 범인만 잡을 수 있다면. '나쁜놈 그러면 카드만 뺏어가

당신을 체포합니다

지 사람은 왜 죽여! 그것도 어린아이까지' 꼭 잡고 싶었다. 뒤통수가 조금만 비슷하다 싶으면 검문을 했고 알리바이 조사를 했다. 그러자니 민원도 많았다. "아니 무조건 사람을 붙잡고 이게 뭐요? 내 뒤통수가 뭐 어쨌다고." "아 그러니까 ○○날 ○○에 어디 있었는지만 확인하면 된다니까요." 그렇게 시간이 흘렀다. 유명하다는 점집도 찾아다녔다. 시치미를 떼고 들어갔지만 박수나 점쟁이들도 만만치 않았다. "대주님은 대가 너무 세서 점괘가 안 나오네요." "그런 게 어디 있어요. 무조건 맞춰야 점쟁이지."

어느 날은 황당한 이야기를 듣기도 했다. "범인은 서쪽에 있어. 아마 서쪽에서 잡을 거야." 그게 뭐야. 어디가 동쪽인지도 잘 모르는데 그렇다고 서쪽으로만 갈 수도 없잖아 무작정. 그렇게 사건이 발생한 지 5개월가량이 흘렀다. 더 이상 단서도 없었다. 회사를 그만두고 매일같이 형사계로 출근을 하다시피 하던 피해자의 남편도 경찰서 발길이 뜸해졌다. 그때쯤 해서는 수사본부 사무실이 바뀌었다. 마을금고 빈 사무실을 빌려서 사용했는데 마냥 그렇게 사용할 수는 없었으니까.

또 다른 사건도 수사를 해야 했다. 안양경찰서 관내(당시에는 군포, 과천, 의왕경찰서가 없었고 안양만안, 동안도 분리되지 않은)에는 사건이 많았다. 하루가 멀다 하고 강력사건과 은행강도 사건이 발생했다. 그렇게 전담반 체제로 수사를 하면서 많은 시간이 흘렀다. 물론 내가 전담반은 아니었지만 25년의 세월이 훌쩍 흘러가버린 지금까지도 그때의 피해자들 모습이 생생하게 남아있다. 늘 마음속에 미안한 생각이 들었다. 어쩌면 그때의 12세의 피해자가 살아 있었다면 지금은 중년이 되었을 것인데, 억울함을 풀어주지 못했다는 죄책감도 있는 거 같다. 그래서 경찰 그것도 수사를 해오면서 평온하고 마음 편한 적이 없었던 이유일까 하는 생각도 들었다.

아직도 가끔씩 떠오르는 갸름한 뒤통수, 그는 지금 어디서 무엇을 하고 있을까.

당신을 체포합니다

인권 무감각 시대
그게 맞는 수사인 줄 알았는데……

인권! 그것은 무엇일까. 어디에 쓰는 것일까.

나는 1989년 6월 17일 순경시보로 임용되어 안양경찰서 호계파출소에서 근무를 시작했다. 그리고 석수파출소를 거쳐 안양경찰서 (그 당시에는 과천, 군포, 의왕경찰서가 없었고 모두 안양경찰서 관할이었다.) 형사관리계에서 근무를 하다가 1992년부터 안양경찰서 형사계에서 근무를 했다. 당시에는 살인사건을 비롯 노상강도, 강간사건 등 많은 사건이 발생했다.

생각해보면 근무환경도 조건도 참으로 열악했던 시절이었다. 국가경찰이라고 했지만 형사계에 발령받아 갔을 때 우리는 마라톤 2벌식 타자기를 사용해서 조사도 받고 보고서 작성도 했다. 타자기와 조사용지 심지어 소모품까지 본인들이 사비를 털어 구입하는 경우가 허다했다. 큰 사건이 발생하면 수사본부가 설치되기는 했다. 당시 경기경찰국에서 사람도 내려오고 형사과 전 직원들이 모여서 아침저녁으로 수사회의를 했다. 거기에 쓰이는 경비며 높은 곳에서 오는 분들 식사비용, 이런 것들이 있을 리가 없었다. 으레 수사본부가 설치되면 동장, 마을금고 이사장, 상인협회 이런 곳에서 수사비 명목으로 돈을 모아 위문이라는 것을 왔다. 공공연히 돈을 받아서 쓴 것이다. 지금 시절이라면 감히 생각지 못할 일들이다. 특히 지방으로 수사를 가야 할 경우가 생기면 관내 유지들 또는 술집 주인들을 찾아다니는 선배들을 보면서도 아무 말도 하지 못했던 것은 그렇게라도 하지 않으면 수사를 할 수 없었기 때문이기도 했다. 그때는 범인 검거를 하게 되면 지금처럼 '긴급체포'라거나 '현행범 체포'를 하는 게 아니었다. 그냥 '피의자 검거 보고'였다. 언제 어디서 무슨 사유로 누구를 검거했다 였고, 경찰서에 동행해 와서 조사를 다 마치기 전까지 자물쇠가 달린 철창 안에 가두어 놓았다. 구인이나 구속영장에 의한 것도 아니고 그냥 검거해서 데려온 범인을 가두어놓았다가 구속영장을 신청해야 할 사람이 있다면 또 이중 철창 안에 감금했다. 그리고 구속영장이 발부되면 그때서야 경찰서에 있는 유치장에 정식으로 입감을 했다. 지금 생각하면 모두 불법감금이고 불법체포였다. 체포만 그러했던 것은 아니다. 처음 형사계에 근무하면서 파출소에서 절도 혐의가 있다고 데려온 범인을 아무런 근거도 없이 철창에 가두고는 아무도 없는 그의 빈집을 내가 혼자 문 열고 들어가 집에 있는 물건들을 모두 가지고 와서 압수조서를 만들었다. 당시 조장이던 엄○○ 형사가 "장 형사 쟤 좀 털어봤어?"라고 물었을 때 "예? 뭘 털어요?"했더니 "도둑놈들은 그냥 좋은 말로 해서는 안 되는 거야."라고 하더니 경찰서 지하 빈 창고로 그를 데리고 갔다. 그리고 잠시 후 창고 안에서 비명소리가 들렸다. "아이고 형사님. 잘못했어요. 사실대로 다 말할게요." 그렇게 창고를 나

당신을 체포합니다

온 그는 처음 나에게 진술했을 당시에는 자신이 저지른 범죄는 한 건밖에 없다고 했는데 우리 관내에서 한 절도행각만 수십 곳이라고 진술을 했다. 엄○○ 형사는 보란 듯이 어깨를 으쓱거렸다.

지금 생각해보면 참 험악하고 거칠었던 시절이었다. 절도범만이 아니었고 그냥 지나가던 사람도 거수경례 한번하고 "잠시 검문이 있겠습니다"고 하면 자신이 가지고 있던 가방까지도 수색을 당해야 했다. 당시 신분증은 마치 경찰에 불심검문당하면서 제시하기 위해 가지고 다니는 것이었다. 심지어 강도사건이 발생하면 전과자라는 이유만으로 많은 이들이 경찰서로 불려와서 사건 당일 자신이 어디서 무엇을 했는지 알리바이를 대야 했다. 그래도 그들은 불만을 토로하지 못했었다.

모든 것은 "우리 관내에 중요 사건이 나서 그러니 협조해주시기 바랍니다"로 통용이 되었고 삐삐가 처음 선을 보였을 때도 경찰서에서 만든 공문서 한 장이면 개인정보니 뭐니 상관없이 모든 자료를 내주었다. 경찰 신분증과 공문서 한 장이면 핸드폰 개인 통화내역서도 받을 수 있었다. 하물며 경찰에 있다가 그만둔 직원 중에는 퇴직을 하면서 경찰 신분증을 분실했다며 반환을 하지 않고 심부름센터 비슷한 것을 운영하면서 공문서 위조를 해서 개인 통화내역서를 여러 번 발부받았다가 적발되어 구속된 사례도 있었다.

당시에는 간통을 하다가 잡혀 합의가 되지 않으면 무조건 구속되던 시기이기도 했다. 간통 현장을 잡기 위해, 남편이나 아내의 불륜의 꼬리를 잡기 위해 통화내역서를 확인하려면 100만 원~200만 원이면 가능하던 시절이었다. 그 당시 내 월급이 30만 원 정도 됐을까.

지금 생각해보면 정말 쥐꼬리만도 못한 권력을 가지고 못할 짓도 많이 했지 싶었다. 〈1987년〉 영화를 만들어낸 남영동의 대공분실도 그중 하나였다. 그때 경찰서에 가면 최우선 대우를 받았던 곳이 대공계와 학원반이었다. 학원반은 대학교가 있는 경찰서에 설치된 조직으로 대학에서 학생운동을 하거나 좌익으로 판단되는 학생들을 조사하고 수사하는 곳이었다. 정확한 혐의가 없어도 잡아다가 고문을 하고 고문으로 얻어낸 명단으로 조직을 만들던 곳이었다.

중요 인물들은 모두 남영동 대공분실로 데려와 수사를 했고 오죽하면 고문 기술자들이 '선생님' 대접을 받았다고 했을까 싶다.

학생운동 수배자를 잡으면 경찰서 대공계는 우선 그부터 모셔왔다는 말도 있었다. 정말이지 당시에는 경찰서에서 조사받다가 몇 대 쥐어박는 모습은 일상적이었고 살인, 강도사건 조사할 때는 손과 발을 묶어 나무에 매달아 놓고 때려가면서 조사를 받기도 했다. 그러면서도 죄인들에게 이 정도는 괜찮은 거야 라는 최면을 건 것처럼 우리는 아무 감정 없이 인권을 짓밟았다.

그리고 범인으로부터 범행을 자백 받으면 "그것 봐, 맞을 짓 했잖아"라며 어쩌면 자신의 행동에 대한 합리화를 시켰다. 그런 시절을 지나 경찰은 정말 많은 변화를 겪었다. 짧은 세월 동안 엄청 깨끗해지고 투명해졌다. 하지만 국민들로부터 그러한 대우를 받지 못한다. 일상생활에 근접해서 교통정리, 치매노인찾기, 초등학교 주변 등하굣길 봉사 등을 하면서도 아직 경찰이 인정을 받지 못하는 이면에는 예전 우리가 그러했던 일들을 아직도 잊지 못하는 분들이 많은 것이다. 폐쇄회로(CCTV)나 차량 블랙박스가 없던 시절 교통사고가 나면 교통경찰에게 의존하는 수밖에 없다. 자칫 큰 사고가 나면 더욱 그랬었다. 보험이 생활화되지 않던 시절, 큰 사고의 가해자와 피해자의 차이는 엄청 큰 것이었다. 그러니까 아는 사람을 통해서 빽이라는 것을 쓰고 교통경찰관에게 돈을 찔러주면 순식간에 가해자와 피해자가 뒤바뀌는 그런 현실들을 보면서 경찰에 대한 불신을 키웠을 것이다. 아직도 경찰서라고 하면 가슴이 두근거린다고 하는 어른들이 있다. 세대교체가 어느 정도 되었다고 생각하지만 아직 그러한 것들을 기억하고 있는 국민들이 많다는 것을 스스로 깨달아야 할 것이다.

나는 1989년에 경찰에 입문해서 지금까지 30년이 넘는 세월 동안 인권을 생각지 않았던 시간은 얼마이며 언제부터 우리는 인권에 관심을 가졌던 것일까를 생각해본다. 하지만 분명한 것은 우리는 인권 수난시대를 분명히 함께했고 동참했고 그래서 반성을 해야 한다. 오죽하면 조사받을 피의자를 성폭행, 성고문하고도 그리 죄송해 하지 않던 경찰이 있었을까. 인권을 존중하지 않고는 법도 경찰도 없다. 인권은 천부의 권리다.

덕분에 여기까지
왔습니다

　2012년 7월 11일 경감 승진 후보에서 정식으로 계급장을 달았다. 14만여 명이나 되는 경찰 조직에서 경감 계급은 관리자다. 그것도 중간 관리자. 이제는 경감까지 근속승진이라는 제도가 있어 일정 시간 동안 점수 관리를 하거나 사고가 없다면 경감까지 승진할 수 있는 길이 있다. 하지만 근속승진이 생기기 전까지는 경감까지 승진을 한다는 것이 절대 만만하지 않은 일이기도 했다.

　학연도 지연도 없는 내가 경찰 조직에서 할 수 있는 일이란 최선을 다하는 것뿐이었다. 형사가 되어 다른 사람에게 인정받을 수 있는 것은 남들보다 더 성실하고 부지런하게 일을 해서 실적을 올리는 방법밖에는 없었다. 좌우간 난 그렇게 열심히 일을 했다. 출퇴근 시간이 없었다. 며칠 동안 차량 안에서 지내면서 빵과 사이다로 배를 채우고 집이라고 들어가면 불쑥불쑥 자라있는 아이들이 낯설기도 했다. 잠깐 집에 들러 속옷 정도를 갈아입고 다시 현장으로 뛰는 생활들 ……

　　　　　　　　　　　　　　　당신을 체포합니다

그렇게 지낸 세월이 24년이었다. 군포경찰서 강력계장으로 1년
간 근무를 했고 다시 경기지방경찰청 광역수사대 지능팀장으로 발
령을 받아 그곳에서 5명이 1개 반으로 되어있는 3개 반과 함께 지
능사건 수사를 했다. 굵직굵직한 사건들이 꽤 있었다. 방사청비리
사건, 모의고사 정답 유출사건 등 여러 건의 사건을 마무리했다. 그
리고 광역수사대 지능팀은 지방청 수사과 소속 지능범죄수사팀으
로 이전되어 광수대의 마지막 지능팀의 모임인 '광마지'는 그렇게
만들어졌다.

　그렇게 2년이 지나 경찰서로 전출을 희망했다. 경찰서에서 경감
은 팀장 역할이었다. 대한민국 250여 개 경찰서마다 7개에서 10개
의 과가 있다. 물론 과를 책임지는 책임자는 과장이었고, 과장 담당
아래 형사과 같은 경우에는 10여 개 되는 팀이 있다. 경찰 계급에
서 순경, 경장, 경사, 경위, 경감, 경정, 총경, 총경은 경찰서장의 직
책을 수행한다. 그리고 총경 위로 경무관, 치안감, 치안정감, 치안
총감의 계급이 있다. 치안총감은 대한민국에 하나뿐인 경찰청의 청
장이고 서울, 부산, 경기, 인천은 치안정감이 청장의 직책을 맡는
다. 그 외 지방청장은 치안감이 맡고 있다. 물론 경찰서장을 보좌하
는 참모들인 과장들은 경정 계급이다.

　경찰서 그것도 인원이 제일 많은 형사과 과장은 당연이 경정 계
급이 맡는다. 특히 일급 서일 경우에는…… 물론 인사 규정상 경감
또는 경정으로 보한다. 라는 규정이 되어있지만 경감은 거의 팀장
직급을 맡고 있다. 그런데 경감인 내가 군포경찰서 '형사과장'으로
발령을 받았다. 파격적인 대우를 받은 것이다. 물론 아직 경기지방
경찰청 관할에는 경감 과장이 가끔 있었다. 그렇게 군포경찰서에서

형사과장으로 2년을 근무하면서 70대 노인의 여성 3명 살인사건, 편의점 강도사건, 재산싸움으로 인한 전 부인 납치 감금 등 여러 건을 처리했다.

과장의 임기는 보통 1년 6개월에서 2년 정도다. 나는 군포경찰서에서 2년의 임기를 마치고 경기남부지방경찰청 30개 경찰서 중 10위 내에 있을 정도로 사건이 많다고 소문이 난 안산상록경찰서 형사과장으로 발령을 받았다. 계속적인 파격이었다. 한 과의 직원이 과장을 포함해 10명 이하인 과가 많았다. 그런 과의 과장들이 경정이었던 것을 생각하면 경감인 내가 형사 53명이 있는 형사과장으로 발령을 받은 것이다. 하나의 부서에 책임자가 된다는 것, 그것은 내가 누릴 수 있는 권한 그것보다 큰 것은 책임감이었다. 그곳 형사과에는 나 말고도 같은 계급인 경감이 4명이 있었다. 강력계장 그리고 팀장으로 선배도 있었다.

안산은 역시 안산이었다. 군포와는 또 다른 세계였다. 침입강도, 노상강도, 회사 직원들끼리의 칼부림 사건은 보통이었다. 착하고 우직한 직원들과 임기 2년을 모두 채웠다. 경찰 조직에 있어서 형사가 우직하다는 것은 모두가 하는 말들이다. 다른 말로는 '곰'이라고도 한다. 물론 은어이기는 하지만 경찰 조직에서 의리와 끈기, 동료에게 등을 맡길 수 있는 사람이기도 하다.

말투나 행동이 조금 거칠기는 해도 사건만 있으면 불평불만 없이 열중할 수 있는 열정 덩어리이기도 했다. 시신이 썩어가는 현장에서 마스크도 없이 몇 시간을 살피는 것도 형사들이다. 열차에 치어 갈가리 찢어진 시신을 수습하고 높은 산골짝에서 목매달고 죽은 시신을 끌어내리는 것도 형사들이었다. 안산상록경찰서에서 몇 건의

당신을 체포합니다

살인, 강도사건, 납치사건 등 여러 사건을 처리했다. 중요 사건이 발생하면 가장 힘든 것은 언론 대응이었다. 집요하게 파고드는 기자들과의 기 싸움이 가장 힘들었던 것 같다.

그렇게 2년 임기를 마치고 경찰 조직에서의 마지막 인사발령을 받았다. 집에서 가까운 군포경찰서 형사과장 지망을 했지만 '정말 발령이 나겠지' 라는 기대는 하지 않았다. 내가 안산상록경찰서로 발령받아 가고 난 다음에는 경정이 맡았던 자리다. 하지만 군포경찰서 형사과장으로 발령을 받았다. 많은 대우를 받는다는 생각에 그저 고마울 뿐이다. 그러면서 지나온 만 30년 세월을 가만히 돌이켜 보았다. 참 열심히 살았다. 그러다보니 지금에 와있다. 열심히 산 세상은 결코 외롭지 않다.

가슴에 남은
사람들

내 인생을 송두리째 바꾸어준 조용연 형님

내가 처음 그를 만난 곳은 1978년경 서울 봉천동에 있는 개나리 상가 지하 다방이었다. 나는 그곳에서 다방 주방장(지금의 바리스타)을 하고 있었다. 아가씨가 "주방장님 손님 찾아오셨는데요." 그때 나는 다방의 주방장이면서 봉천동 건달들에게 반해 반쯤은 건달이 되어 그 세계를 기웃거리고 있었다.

그런데 경찰 제복(아마 정복으로 기억된다.)을 입고 어깨에는 빛나는 무궁화 한 개가 반짝이는 젊은 청년. 내가 고향에서 지서 급사를 할 때도 지서장은 나무 잎사귀 3개(지금의 경사)였고, 객지생활을 하면서 가끔 순경 제복을 입은 사람들을 보기는 했지만 그때까지 내가 본 사람 중 무궁화를 어깨에 붙이고 있는 사람은 처음이었지 싶다. 그는 긴장하는 내게 푸근한 미소를 지었다. "니가 재덕이구나. 작은 이모집에 들렀다가 니가 여기 일한다는 말을 듣고 왔다. 내가 니 사촌 형이야. 그러니까 니 엄마가 나에게는 이모가 되는 거지." 자상

당신을 체포합니다

하기까지 한 그는 나에게 '경찰간부후보 ○○기'라고 적혀있는 푸른색 보자기 하나를 선물하고는 보무도 당당하게 다방을 나갔다. 다방을 나가는 그의 모습에 나는 눈이 부셨다. 괜히 한쪽 가슴이 시려왔다. '아! 내 주변에도 이렇게 훌륭한 사람이 있구나' 하는 자부심과 평생을 살아도 그 그림자도 쫓아갈 수 없는 내 인생이 서럽기도 했다.

그리고 많은 시간이 흘러 그가 나를 서울로 올라오게 해서 당시의 야간 방범대원을 시켜주겠다고 중학교 졸업장을 요구했다. 중학교 졸업장을 위한 27살에 시작한 중등과정 검정고시, 고등과정까지 이끌어 주었고 대학진학을 고민하는 내게 말했다. "대학은 공무원이 되어서도 할 수 있으니 경찰 시험을 봐라." 우여곡절 끝에 30(당시에는 30세 이상은 시험을 볼 자격이 없었음)의 나이로 순경 공채에 합격해서 중앙경찰학교에 입교할 당시 그는 벌써 경정 계급장을 달고 있었다.

그는 내가 제일 존경하는 우리 조직의 선배다. 하늘 같아서 올려다 보기도 힘들었던 내가 그의 혜량으로 같은 조직원이 되어 한솥밥을 먹을 수 있었던 사실이 너무 감격스럽고 행복했다. 내가 조직생활을 하는 동안 그는 든든한 버팀목이자 꿈이기도 했다.

경기도에서 시험을 보고 안양경찰서 호계파출소에 발령받아 순경으로 근무를 하는 나를 그는 언제나 지켜봐 주었다. "자네는 수사형사를 하게. 그것도 제대로 된. 무엇보다 아무리 힘들고 배고파도 술 한 잔 밥 한 그릇에 실체적 진실을 바꾸지는 말게." 내가 존경하는 그가 나에게 주문한 것은 한 가지였다. 하지만 그때는 그것이 그렇게 어려운 말인지 몰랐다. 존경하는 그의 당부이니만큼 무조건

지키면서 살자 했고 그런 마음으로 살아가려고 많은 노력을 했다. **힘**이 들 때 갈등이 생길 때마다 입술을 물었다. 당시 현실과는 너무 동떨어진 당부여서 더욱 그랬다. 하지만 그의 진실한 당부여서 그 말은 나에게는 신조어가 되었다. 내게는 하늘처럼 보이는 그의 말이라서……

그것은 30년이 넘는 경찰생활 거의를 수사형사로 살아오면서 어렵고 무겁고 힘든 일이었다. 그가 당부한 말을 부적처럼 가슴에 넣고 지키려다 보니까.

1980년대의 나는 조직에서 왕따를 당하기도 했다. 당시에는 적어도 그런 형사들을 찾아보기 힘들 때였다. 관내 유지나 술집 사장들이 대접하는 음식 용돈쯤은 당연히 받아서 써야 할 때였으니까. 그럴 때마다 나는 그를 찾아가 하소연을 했고 그는 묵묵히 들어주곤 했다. 그리고 늘 마지막엔 내 어깨를 두드려 주었다. "아마 세월이 지나고 나면 스스로 자네가 자랑스러워질 거야. 힘들겠지, 하지만 돈이 없어서 불편하기는 하겠지만 그것이 자네를 어찌할 수는 없을 테니까. 기운 내게." 늘 그러한 위로를 받으면서 다시 힘을 내서 조직생활을 했다.

그의 추천으로 근무할 수 있었던 경찰청 특수수사과에서 사건 때문에 2005년 말부터 2006년 초까지 몇 개월을 서울중앙지방검찰청 특수부를 들락거리며 피의자 같은 조사를 받고 함께 근무했던 팀장, 동료가 구속이 되었다.

그 절박했고 힘들었던 시간들…… 당시 그는 경무관 계급장을 달고 중국 북경에 외교관으로 가있었다. 나는 그에게 매일같이 메일을 붙잡고 울부짖고 마음을 털어놓았다. 그때 그가 나에게 해준 말은 "너무 겁낼 것 없다. 자네가 사건 관련하여 돈에 연루된 것만 없다면 백 번을 불려가도 담대하게 떳떳하게 대처하게." 참 원론적인 말인데도 이상하게 나에게는 커다란 힘이 되었다.

그는 치안감까지 승진을 해서 울산청장을 끝으로 공직을 떠났지만 10년이 지난 지금은 현직 생활을 할 때보다 더욱 바쁘다. 조직에서도 워낙 일 잘하는 사람으로 정평이 나있고 그를 따르는 후배들이 많아서 여전히 지방청, 경찰서, 인재개발원, 중앙경찰학교로 강의를 다니고 자전거를 타고 다니며 대한민국의 강둑 길 연재와 지금은 모 신문사의 주필까지 맡아서 정말 정신없는 시간을 보내고 있는 그를 보면 참 경이적이라는 생각이 들 때도 있다.

무엇보다 그는 나의 이종사촌 형이다. 늘 그것이 자랑스러웠고 행복했다. 그와 같은 디엔에이를 나누어 가졌다는 그 자체만으로 행복했다. 그는 『빽없는 그대에게』라는 다큐에세이집(2016. 11. 16. (주)비엘프레스 발행)을 출간하여 많은 후배들이 사서 읽으며 행복해한다. 나는 그를 닮고 싶었지만 그것은 그냥 꿈이다.

언젠가 한번 "형은 언제가 제일 행복해요?"라고 했을 때 그는 머뭇거림도 없이 대답했다. "혼자서 책읽고 글을 쓸 때가 제일 행복하네" 그의 글은 늘 읽어도 맛깔스럽고 부드럽다.

나를 조사했던 중앙지검 특수부 검사 문종렬

나는 감히 그의 깊이를 알 수 없다. 얼마나 깊은 속과 정을 가지고 있는지 생각해 본 적도 없다. 그는 그런 사람이었다. 그와 처음 만나던 날 나에게 해주던 첫마디 "수사를 하는 사람은 조사받는 자리에 앉아서는 안됩니다" 그런데 나는 조사받는 자리에 앉아있었고 어쩌면 그의 진심이 느껴지는 말에 호감이 갔다. 수사를 담당하는 주임검사에게 조사를 받으러온 내가……

2005년 그와 만났다. 그는 당시 중앙지방검찰청 특수2부의 주임 검사였다. 서슬 퍼렇던 시절 당시 특수수사과에서 함께 근무하던 팀장과 동료가 구속되어 수사를 받고 있었고 이어서 터진 법조 브로커 윤○○ 사건이 연일 언론의 1면에 대서특필되던 때였다. 처음에는 참고인으로 그를 만나 조사를 받았다. 그리고 시작된 수사, 매일 집에 돌아오면 금융기관에서 통지가와 있었다. 당시 중학생과 초등학생이었던 아이들 계좌까지 모두 검찰에 제공했다는 통지들……

법원에서는 증인 출석 오라는 통지서가 와있고 경찰청, 지방경찰청 감찰에서는 매일 전화해서 "무슨 조사를 받았냐. 무슨 진술을 했냐"며 나를 몰아세웠다. 그리고 동료였던 사람들은 전화를 해서 '어떻게 돌아 가냐. 내 이름은 없냐. 너는 어떻게 되냐' 정말 세상 살기 싫어졌다. 저녁에 잠들면서 아침에 눈뜨지 않기를 많은 날들 갈망했었다. 검찰 출석을 앞두고 자살하는 사람들의 마음을 조금은 알 듯도 했다.

그렇게 조사를 받던 어느 날 밤. 9시가 넘은 시각 나는 그의 앞 피의자석에 앉았다. 그가 말했다. "변호인을 선임할 수 있고 묵비권 행사할 수 있습니다" 내가 늘 피의자 조사를 받기 전에 습관처럼 했던 말들을 검찰청 특수2부 사무실에서 주임검사에게 들을 줄은 몰랐다. 그와는 그런 인연이었다.

그는 내가 조직에서 수사를 하면서 만난 다른 검사들과는 달랐다. 우선 사람에 대한 배려를 할 줄 알았다. 수사란 사건의 실체적

당신을 체포합니다

진실을 확인하는 것이지 그 사람을 무시하고 혼내는 것이 아니니까. 그는 그런 면에서 참 남달랐다. 언성을 높이지도 않고 차근차근 진실을 밝히고 따뜻한 가슴을 가진 검사였다. 그러면서도 검사에 대한 자부심은 누구보다 가득했던 사람, 누구보다 대한민국 검사의 자리에 잘 어울리는 사람이었다.

사건의 악연으로 시작된 인연이었지만 내 인생에 있어 빠져나갈 구멍이 없는 사면초가의 시간에 오히려 나를 지켜주고 든든하게 도와준 사람이었다. 그를 만나지 않고 다른 검사를 만나 조사를 받았다면 아무래도 조직을 떠났거나 했을 것이었다.

시골인 문경에서 갑자기 부친의 부고를 받았다. 늦은 시간 받은 부고여서 손님을 맞을 시간도 하루밖에 없었다. 그것도 문경에 있는 장례식장. 그런데 어떻게 그에게 부고 소식이 전해졌는지는 몰랐다. 그러니까 문상객을 맞는 그 하룻밤 11시가 넘어서 그와 그의 아내가 함께 문상을 왔다.

나는 정말 놀랐다. 그때 그의 근무처는 광주지방검찰청 특수부 검사였고 그 즈음 광주지검 특수부장 공격 사건으로 세상이 시끄러웠던 그 와중에 그는 그렇게 문상을 왔다. "애들은요?" 그에겐 어린 아들 딸이 있었다. "함께 올 수가 없어서 옆집에 맡기고 왔어요." "내일은 출근 안 해도 되나요." "아니요. 휴가를 내고 싶었는데 요즘 일 때문에, 출근해야지요." 그러면서도 그는 자정이 넘도록 자리를 지켜주고 새벽에 그의 아내와 아마 밤새 광주로 갔을 것이다. 그런 그와의 만남으로 인해 나는 다시 새로운 인생을 보며 살아올 수 있었다.

그가 수원지방검찰청 특수부 검사를 할 때였다. 나는 당시 경위로 안양경찰서 지능팀장을 맡고 있을 때였다. 연말쯤 되었을까 그가 전화를 했다. "형님 우리 송년회 해야지요. 제가 살 테니까 친한 직원 있으면 함께 오세요. 나도 같이 나갈게요." 우리는 수원 일식집에서 만났다. 나는 혼자였고 그는 다른 사람 2명과 함께 자리를 하고 있었다. "아! 형님 오셨어요. 여기는 우리 방 계장님들이고 여기는 우리 형님." 하면서 나를 상석으로 안내했다. 서로 인사를 나누기 전 계장들은 조금 긴장한 듯했지만 서로 인사하면서 건네준 명함을 보고는 궁금한 것이 많은 듯했다. 당시 특수부검사실 계장이면 적어도 경찰서장도 한 수 아래로 생각할 시절이었으니까. 내가 화장실을 갈 때 선임계장이 슬쩍 따라왔다. "우리 검사님하고는 어떤 관겜니까? 성도 틀린데 이종? 고종사촌인가요?" 집요하게 물었지만 나는 웃기만 했다.

자신이 자랑스러워하던 검사의 길, 비록 지금은 그 길을 떠났지만 난 지금도 그를 검사님이라고 부른다. 그러고 싶다. 그러한 사람들이 검사를 해야 한다는 생각에는 변함이 없으니까. 그로 인해 검찰이 그렇게 나쁜 사람들만 있는 거 같지는 않다.

따뜻한 가슴을 가진 세무서장 최영관

그 역시 공무원이었다. 내가 그를 처음 만났을 때는 국세청 감사담당관실에 근무하고 있었다. 2003년 내가 경찰청 특수수사과에 근무하던 시절 국세청 정○○ 국장 첩보가 나에게 배당이 되었다. 당시 BH(청와대)에서 하달된 범죄 첩보는 경찰청 특수수사과에서 수사를 했다. 공무원 4급 이상부터는 특수수사과에서 직접 수사를 했다. 우선 그에 대한 기초자료와 동향, 근무처에서의 여론 같은 것

            당신을 체포합니다

을 챙겨서 대상자의 사무실과 집 등에 대한 압수수색영장을 신청하기 위해 국세청 감사실에서 처음 그를 만났다.

그 당시 공무원에 대한 범죄 첩보가 오면 그 첩보에 근거해서 일단 사무실과 대상자의 계좌, 집, 자동차 등에 대한 압수수색영장을 발부받아 모든 자료들을 확보해 놓고 수사를 할 때였다. 그러다 보니 첩보가 사실이 아니라 하더라도 별건 비리를 찾아내어 처벌하는 경우도 많았다. 일단 사무실과 집 등에 대한 압수수색을 하고 나면 그때부터 그 공무원은 식물이 된다. 누구도 그를 현직에 있는 사람이라고 취급을 하지 않았다. 금방 집에 갈 사람, 아니면 구속되어 감옥에 갈 대상이라고 생각하기 때문이다. 그러기 때문에 압수수색이 끝나고 수사가 길어지면 대상자 스스로가 신병 정리를 하거나, 조직의 업무에서 배제시켰다. 그래서 첩보에 대해 '혐의 없음'이라는 결정이 몇 개월 또는 1년 뒤에 나왔을 때 그의 경력이나 모든 것은 다시 되돌릴 수 없는 상태가 되어버리기 때문이다.

그가 나에게 연락을 해왔다. '무슨 일이지?' 궁금했다. 그는 정○○ 국장에 대해 보충 설명을 했다. 당시 정○○ 국장은 거액의 세금을 내게 된 지인에게 해결해주겠다 하고 현금 2억 원을 받았다는 내용이었다. 물론 그는 첩보 내용에 대해서는 알지 못했다. "제가 다시 확인해보니까요 직원들에게 여론도 너무 좋은 분이고 엄청 검소한 분이라고 합니다. 전철로 출퇴근하시고 직원들 생일이면 자신이 직접 케익도 사다가 주고 한다고 합니다." 마치 자신의 일을 변명하는 사람 같았다. 그는 젊은 나에게 굽신거림도 비나하지 않았다.

궁금해서 그에게 물었다. "정○○ 국장과 친한 사이인가요?" "아닙니다. 아직까지 함께 근무할 기회가 없어서 서로 인사한 적도 없습니다." "그런데 왜 그렇게 저를 따라다니면서까지 그 사람을 감싸고 하는 건가요." 그는 웃었다.

"나쁜 짓 하는 사람들 당연히 벌받아야지요. 하지만 정말 가끔은 억울한 사람들을 봤습니다. 경찰에서 압수수색을 하면 당연히 나쁜 짓을 한 걸로 알고 있었는데 나중에 혐의가 없다고 밝혀져도 그 사람들이 자신의 자리로 돌아오는 게 너무 힘든 직업이 공무원들이거든요. 사실 국장이라는 자리까지 가려면 얼마나 많은 세월을 바쳤나 생각해보면……" 멋쩍게 웃었다. "억울하지 않도록만 해주세요. 제가 아는 그분은 비리에 연루될 분이 아닌 것 같아서요." 당시 그는 6급 공무원이었다. 그의 말과 행동이 나에게 많은 울림과 생각을 하게 했다.

나는 그때부터 고위 공무원 수사를 할 때면 더 신중하게 생각하고 쉽게 압수수색을 하지 않았다. 실적을 올리기 위해 억울한 사람을 만들면 안 된다는 생각을 했다. 그는 공직의 마지막을 이천세무서장으로 마쳤다. 공직을 떠나는 날까지 그는 조직을 사랑했고 조직에서 그를 따르는 후배들도 많았다. 물론 나도 그를 존경한다. 그 인연으로 지금까지도 형님, 아우님하며 맛있는 밥을 먹는다. 지금도 전화하면 "아우님, 잘 지내시지. 밥 먹자고." 해맑게 웃는 그는 아직도 젊은 청년의 미소를 가지고 있다.

세상을 향해 너무 당당하기만 한 경위 최정일

2013년 딸 정은이가 대한항공에 공채 합격을 했다. 대학 2년 때 20세의 나이, 물론 기뻤다. 그런데 정일이가 더 기뻐했다. 마치 자

당신을 체포합니다

신이 합격한 것 같았다. 그는 당시 경사로 안양동안경찰서 정보과에 근무하고 있었다.

"정은아 정말 축하해. 삼촌이 이쁜 옷 한 벌 사줄게." 그는 당장 정은이를 데리고 백화점으로 가서 100만 원 정도 하는 옷 한 벌을 사서 정은에게 안겼다. 나는 한 번도 딸에게 그런 고급 옷을 사준 적이 없었다. 그도 공무원이기는 매한가지였는데……

1997년 가을 내가 경장으로 안양경찰서 조직폭력반에 근무할 때였다.

풋풋하고 곱상하게 생긴 젊은이가 사무실로 나를 찾아왔다. "저 조용연 서장님이 가서 인사드리라고 해서 왔는데요. 저는 최정일이라고 합니다. 지금 군포경찰서에 근무하고 있습니다." 그와 그렇게 처음 만났다. 당시 나는 말도 거칠었도 행동도 거침없었다. 조직폭력반에 근무할 때여서 그들과 비슷해진 것인지도 몰랐다. 짧은 머리, 아래위 검정색 옷에 가슴에는 늘 권총을 휴대했고 수갑도 2개씩 가지고 다닐 때였다. 당시는 조폭들끼리 권역다툼이 많을 때여서 현장에 출동하면 총부터 꺼내들었다. 그들의 현장이라는 것이 쇠파이프, 야구방망이 조금 심한 경우에는 사시미칼도 들고 싸웠다. 그는 나의 거침없는 말투와 행동에 조금은 얼어있었다. 나는 반듯하고 모범생 같은 그가 마음에 들었다. 무엇보다 내가 제일 존경하는 용연 형이 나와 친해지라고 일부러 보냈다고 했다.

내가 말했다. "지금부터 형이라고 불러" 나와 함께 근무하던 직원들이 발끈했다. "아니 반장님. 우리는 몇 년을 함께 근무했는데 우리는 아직 형님이라고 부르지도 못하는데 오늘 처음 본 사람에게 형이라고 부르라고 하다니요."

지금까지 이어진 인연, 언제부터인가 나는 그를 의지하고 그가 있음을 든든해 했다. 그도 나와 같은 쥐띠 띠동갑이다. 그는 인사 계통으로 근무를 많이 했다. 경찰청 인사과에 유일한 경사로 근무하면서도 전혀 기죽지 않고 오히려 나이 어린 나이인데도 불구하고 경위, 경감들이 그를 "형"이라고 부르며 따르는 것을 보면 그 사람에 대한 친화력이 참 좋은 것 같다.

아들 성욱이 결혼을 보름쯤 앞둔 어느 휴일에 그가 전화를 했다. "형님 시간 되시면 낮술 한 잔 하실까요." "좋지" 대낮 술집에 마주 앉아 그가 조심스럽게 봉투를 내밀었다. "형님 정말 오해 말고 받아주세요. 제가 고민고민해서 온 거니까요." 봉투를 열어보니 꽤 많은 돈이 들어있었다. "이게 뭔데?" "곧 성욱이 결혼식이잖아요. 그러자면 돈 쓰실 일은 많고 형님 형편은 제가 아니까, 쓰시라고……" 그의 말끝은 흐렸지만 나는 가슴이 먹먹했다. 그는 그런 친구였다. 그와의 에피소드를 말하자면 며칠 밤은 세워야 한다. 그와 만나거나 통화하면 늘 기분이 좋다. 그는 그런 재주를 가지고 있다. 지금은 안양동안경찰서 경무계장으로 근무하고 있다.

그는 세상 누구보다 어깨 펴고 당당하게 살다가 올해 경감으로 승진, 안양동안경찰서에서 부하 직원 70명 넘게 가진 방범순찰대장을 하고 있다. 당당하게.

조선시대 선비를 생각나게 하는 이석권 총경

나는 조선시대를 살아보지는 못했지만 드라마나 책으로 만나는 조선시대의 선비. 그를 보면 늘 선비라는 생각이 들었다. 2011년 안양경찰서장으로 온 그를 처음 만났다. 당시 안양경찰서 지능팀장

당신을 체포합니다

이던 나는 가끔 서장실에 결재를 가면 그는 말도 크게 하는 법이 없었다. 보이는 모습은 조용하고 근엄했지만 누구보다 마음이 따뜻한 사람이었다.

그래도 경찰서장이면 동네 유지 또는 각종 위원회 위원장이라던가 하는 사람들이 함께 어울리고 싶어 하던 그때에도 그는 휴일이면 늘 관악산을 올랐다. 그것도 혼자 등산을 즐겼다. 다른 사람들에게 부담을 주고 싶어 하지 않는 그의 성품 때문이었다. 엄청 더웠던 여름날이었다. 에너지 절약 때문에 온도를 맞춰 에어컨 가동을 하던 때이지만 너무 더운 날이어서 우리 사무실에도 에어컨이 쌩쌩 돌아 시원한 날이기도 했다. 서장실에 결재를 갔는데 더운 바람이 확 달려들었다. 서장은 그 더위 속에 단아하게 앉아서 책을 읽고 있었다. 내가 물었다. "서장님 이 더위에 에어컨을 왜 안켜시고……" 그는 옆에 있는 선풍기를 가리켰다. "여기 선풍기 있는데 뭐. 그리고 혼자 있으면서 에어컨을 켜기가 미안해서." 나는 사무실로 돌아와 에어컨의 온도를 높였다. 나도 미안해서였다.

직장생활을 하면서 자신이 존경할 수 있는 상사를 만나 근무할 수 있다면 참으로 큰 행복임을 직장인이라면 알 것이다. 그는 나에게 그런 사람이었다. 동안경찰서에서 그와 함께했던 1년이 너무 빠르게 지나갔다는 생각이 들었다.

내가 2015년 군포경찰서 형사과장으로 부임해서 2년의 근무를 마치고 어디론가 인사이동을 해야 했을 때 그는 공직의 마지막 인사발령을 받아 안산상록서장으로 가있었다. 나는 용기를 냈다. 숫기가 부족해서 상사를 찾아가 인사 부탁을 못하던 내가 이석권 서장과 함께 근무를 하고 싶은 욕심으로 인사권한을 가지고 있는 남부지방경찰청 고○○ 형사과장을 찾아갔다. "제가 계급도 능력도 안 되는 것을 알지만 제가 존경하던 서장님이 안산상록에서 마지막 서장을 하시는데 모시고 싶습니다. 안산상록경찰서로 보내주십시오." 그는 고맙게도 나를 안산상록경찰서 형사과장으로 보내주었다. 후일담에 강○○ 경정이 안산상록을 원했는데 경감인 나에게 밀렸다고 했다.

그런 사연으로 그와 1년을 행복하게 보낼 수 있었다. 그를 알고 있는 많은 사람들은 모두 오래도록 그와 연락을 하면서 잊지를 못한다. 지금도 가끔은 좋은 사람들끼리 만나 밥도 먹고 여행도 다닌다.

군포 형사과장을 찾아온 화성서부경찰발전위원장 김영래

2015년 내가 군포경찰서 형사과장을 할 때였다. 알지 못하는 전화번호로 전화가 왔다. "여보세요. 장재덕 과장님 이신가요." "그런데요. 누구신가요." "저 혹시 이석권 서장님 아시지요."라고 시작한 대화였다. 당시 이석권 서장은 경기 화성서부경찰서장으로 근무를 할 때였다. 그는 말했다. "과장님, 한 번 찾아뵙고 싶은데 괜찮을까요." "아 그럼요. 편할 때 오세요." '군포에 무슨 일이 있나?' 그렇게 사무실로 찾아온 그와 만났다.

그는 나와 같은 쥐띠였고 키도 나와 비슷했다. "이 서장님께서 과장님 책을 한 권 주셔서 읽었는데 보고 또 보고 몇 번을 읽었습니다." 2012년에 출간된 『산골소년 세상의 중심에 서다』에 대한 내 이야기였다. "책을 읽고 너무 공감되는 부분이 많아서 감동받았습니다. 꼭 한번 보고 싶어서 왔습니다." 그렇게 나는 또 그와 사회 친

당신을 체포합니다

구가 되었다. 그는 화성 송산에서 대한농산이라는 큰 회사를 운영하고 있었다. 몇만 평 규모의 땅에 공장과 창고를 가지고 있는 부자였다. 그와 친구가 되고 확인된 사실은 이석권 총경이 서장으로 있는 화성서부경찰서 경찰발전위원회 위원장이었고 너무 성실하고 좋은 사람이어서 내 책 한 권을 선물했다고 했다. 그러면서 "그 양반 대단한 사람이야. 이곳에 유지이기도 하고 훌륭한 사람이지."

연 몇천억 원 매출을 올리는 사람답지 않게 겸손하고 정도 많은 친구이기도 했다. 그의 취미는 집짓기다. 자신의 넓은 땅에 황토집도 짓고, 대리석 집도 짓고, 옛날 집도 지어놓았다. 그렇게 지어놓은 집들을 지인들이 와서 사용하도록 했다. 가끔 나도 그의 황토방을 사용하러 가족들과 간다.

직원들이 있음에도 간다고 연락하면 아침 일찍부터 친구가 직접 장작불을 지핀다. 우리가 갔을 때 따뜻하도록. 농협에 좋은 고기가 나오면 사들고 와서 내밀기도 한다. "이거 맛있데 구워 먹어봐." 늘 누군가에게 무엇인가를 베풀고 싶어 하는 친구다. 흙과 나무 하늘과 함께 있으니 그렇게 변해가는 것은 아닌지 하는 생각이 든다. 가끔 전화하면 정겹게 받아준다. "응 프랜드, 나야."

친구 같은 상사 최재만 과장

안양동안경찰서에서 지능팀장을 할 때였다. 수사과장이 새로 발령을 받아와서 처음 대면하는 자리였다. 팀장들이 모두 수사과장실에 모였다. 그는 6~7명 되는 팀장들을 모이놓고도 얼굴을 들지 않고 명단을 보면서 물었다. "지능팀장이 누군가요?" "예 전데요." 내가 손을 들었지만 역시 얼굴을 보지 않았다. 그가 말했다. "나는 지능팀장은 어디가나 경감으로 했어요. 그리 아세요." 결국은 내가 계급이 경위니까 경감으로 바꾸겠다는 이야기를 하는 거였다. 발령받은 첫날 그것도 팀장들과 첫 대면에서 쉽게 말하면 나만 뺀지를 먹은 거다. 울컥 올라왔다. "예 그렇게 하세요." '씨팔, 니 맘대로 해라'

그게 최재만 경정과는 첫인사였고 만남이었다. 안양동안경찰서에서 그렇게 만난 그와는 지금까지도 참 정겹게 지내고 있다. 그는 수사과장을 근 20년을 했으니 직업이 과장이다.

"근데 지능팀장은 경감으로 언제 교체해 줄 건가요" 그날 이후 나는 그만 보면 교체해달라고 졸랐다. 그는 빙긋이 웃으며 피한다. "그거야 경찰서에서 가장 중요한 보직 중 하나가 지능팀장인데 그때는 어떤 사람인지 몰랐으니까 그랬지." 쉬운 말로 그와는 죽이 맞았다. 수사 관련 방향성, 조직문화, 심지어 함께 어울리는 사람들까지 취향이 비슷했다. 그 외의 개인적인 대화까지 스스럼 없이 상사와 부하가 아닌 그냥 친한 동료처럼 그렇게 지냈다.

어느 날 술 마시는 자리에서 그가 말했다. "계급, 상사 따지지 말고 나이도 두 살 차이인데 친구로 지내는 건 어때?" "싫어요" 단칼에 거절했다. 계급도, 나이도 많은 친구가 얼마나 불편한지를 아는 까닭이다. 대신에 그날부터 "형"이라고 불렀다. 내가 경찰 조직에 들어와 30년을 근무하면서 형이라고 부르게 된 사람이 다섯 손가락 정도밖에 안된다. 그는 참 부드럽고 정이 깊다. 아무에게나 그런 것은 아니지만……

그가 다른 곳으로 발령을 받고 내가 다른 경찰서로 발령을 받아도 가끔 안부전화를 주고받으며 지낸다. 2019년 6월 30일 정년퇴직을 하고 유유자적하는 요즘도 가끔 통화하면서 안부도 묻고 만나

당신을 체포합니다

면서 즐겁게 지낸다.

환상 커플의 형사과장 주진화

주진화 경정 그는 나와 같은 쥐띠다. 같은 나이가 아니라 띠동갑
이라는 이야기다. 내가 경감 진급을 하고 군포경찰서로 발령받아
갔을 때 그는 서울에서 근무를 하다가 경정 시험에 합격하고 군포
경찰서 형사과장으로 발령받아 왔다. 어쩌다 보니 나는 강력계장으
로 발령받아 그를 상사로 모시고 함께 근무를 하게 되었다. 그는 젊
은 나이임에도 의젓하고 명민했다. 그와 나는 잘 어울렸다. 함께 밥
먹고 저녁이면 술도 한잔씩 나누면서 정들어 갔다. 어느 날 "계장
님. 오늘 저녁 시간 있으시면 제 학교 선배님과 저녁하기로 했는데
같이 가시죠." 그래서 만난 남명성이라는 그 선배는 그 후로 나와
친구가 되었다. 누군가 말하는 사회 친구.

어느 날 밖에 있는데 그로부터 전화가 왔다. "계장님. 어디 계세
요. 상의 드릴게 있는데……" 나는 강력팀, 과학수사팀, 실종팀을
관리했다. 당직 사건을 담당하는 당직팀과 그 전체를 보조하는 지
원팀은 과장인 그가 직접 관리를 했다. 그런데 당직팀에서 조사를
받던 피의자 하나가 유치장에 입감되는 것이 두려워 조사 도중 점
심을 먹고 젓가락을 숨겨 화장실에 가서 젓가락을 구부려 목으로
넘겼다는 거였다. 나는 사무실에 가서 이야기를 듣고 "일단 병원에
데려가서 확인을 해보지요" 형사들과 그를 병원에 데려가 엑스레이
사진을 찍었다. 의사가 사진을 보여주며 말했다. "예 여기 보이죠.
구부러진 젓가락을 어떻게 목으로 넘겼는지는 모르겠지만 빨리 꺼
내지 않으면 위에 상처가 날 수도 있고 위험할 수 있습니다." 그럼

에도 그는 치료를 거부했다. "치료하고 낳으면 저를 유치장에 넣을 거잖아요. 차라리 위험해지는 게 좋아요."

나에게 소중한 사회 친구까지 만들어 준 그와 나는 1년 동안 함께 근무했다. 그리고는 군포경찰서에 온 지 1년 만에(보통 발령받으면 5년 동안 같은 경찰서에 근무함) 거의 강제로 경기남부지방경찰청 형사과 광역수사대로 발령을 받았기 때문이다. 그가 대뜸 나의 손을 잡았다. "이제부터는 형님이라고 할게요. 함께 근무하면서 즐거웠지만 사실 형님이 어렵기도 했습니다." 그는 경쾌하고 정겨웠다. 지금은 서울지방경찰청 폭력계장으로 근무하고 있다. 가끔 만나 정다운 소주잔을 나눈다.

사회에서 만난 부자 친구 남명성

소개한 것처럼 주진화 경정의 고등학교 선배다. 그러면서 자수성가해서 잘 나가는 사업가이기도 했다. 어느 학교 출신이건 출신 학교에서 성공한 사람이 나오면 그 주위에는 사람이 많이 몰린다. 동창, 선배, 후배 그리고 동향 사람들까지…… 내가 주진화 경정에게 이야기 들을 당시에는 그 학교 출신 중 크게 성공한 사람 중 하나였다고 했다. 연 매출이 수천억이 넘는 해외에 지사가 있을 만큼의 규모를 가진 철강사업을 한다고 했다. 처음 만나서 소주를 한 잔 하는 자리였다. 어떻게 보면 나는 자신 학교 후배의 직장동료 그것도 상사가 아닌 부하 직원일 뿐이었다. 소주잔이 몇 순배 돌았을 때 그가 말했다. "계장님. 저보다 나이는 한 살 더 많은 것 같은데 저와 친구하는 것은 어떻겠습니까"라고 했다. 술도 마셨고 나도 얼결에 "그러지요 뭐"라고 대답을 하고 그 자리에서 "친구야! 한잔하자"면서

러브샷까지 나누었다.

그의 동창들이나 학교 후배들은 성공한 그를 어려워했다. 동기생들이 만나도 그를 어려워해 말도 함부로 하지 못하는 것 같았다. 하지만 나는 거칠 것 없었다. "야 친구야. 너 그러면 안 돼. 그건 친구가 잘못한 거고." 그럴 때면 함께 있는 사람들이 내 눈치를 보곤 했다. 가끔은 그가 먼저 전화를 걸어온다. "친구야 어디? 혹 오늘 시간되나" 둘이 오붓하게 만나면 자신에 대해 진솔한 이야기도 나누며 고민이 있으면 곧잘 나에게 상담도 한다. 사회 친구, 서로에게 그냥 마음만 기댈 수 있어도 참 좋은 친구다. 가족끼리 만나 밥도 먹고 그의 이사한 집에 초대받아 집들이도 갔다.

2012년 10월 『산골소년 세상의 중심에 서다』 내 출판기념회에 그날 귀한 바이어들과의 약속도 모두 깨고 와서 행사에 참석해 끝날 때까지 축하를 해준 착한 사회 친구는 요즘도 여전히 바쁜 거 같다. 여름 휴가철이면 난 또 친구에게 톡을 한다. '강원도 쪽 리조트 예약 가능해?' '알아볼게, 잘 지내지? 한번보자' 이런 연락을 주고받지만 참 좋은 친구다. 이렇게 경제적으로 힘들어도 힘들다는 내색 없는 그는 대단한 애국자이기도 하다. 그래서 난 친구인 그를 존경하고 사랑한다.

유치장에서 커피 한 잔의 인연 이상길

1991년 당시 경찰서에서 즉결 처리를 위해 기다리는 사람들을 위한 철창이 달린 유치장 비슷한 것이 있었다. 내가 당직을 하고 있을 때 다른 사람들과 싸움을 했다는 이유로 잡혀온 내 또래의 젊은 이가 즉결 처리를 받기 위해 유치장에 수감되었다. 그는 계속해서 철창을 붙잡고 억울하다고 하소연을 했다. 보통 그렇게 잡혀와 철창 속에 갇힌 사람들은 술에 취해 고래고래 소리를 지르거나 억울함을 토로하는 등의 행위를 한다. 그런데 그는 술에 취한 것 같지도 않았고 조근조근 자신이 왜 억울한지를 설명했다. 하지만 어쩌랴 나는 그냥 당직자일 뿐 담당자가 아니라 들어줄 수 있는 것이 없다고 하자 그는 "혹 커피 한 잔 먹을 수 있을까요" 했다. 나를 바라보는 눈이 선해 보였고 당시 유치장에는 그와 나 둘밖에 없었다. 밖에 있는 자판기 커피 한 잔을 전달해 줘서 마시고 있을 때 상황실장(지금의 상황관리관)인 경비과장이 순찰 중 유치장에 와서 보고는 버럭 소리를 질렀다. "누가 피의자에게 커피를 갖다 줬나 엉. 사람 지키라고 당직시켰더니 당신이 유치인 심부름하는 사람이야? 가만두지 않겠어" 결국 나는 손이 발이 되도록 빌고도 한 시간이나 교양을 받았다.

며칠 뒤 말끔하게 생긴 젊은 남자가 찾아왔다. "저 모르시겠어요. 그날 커피 감사했습니다" 그는 나이도 나와 같았고 당시 안양 벽산쇼핑에서 근무를 했다. 그런 인연으로 나와 친구가 되었다.

그 친구는 벽산쇼핑을 그만두고 가구 관련 회사에 다녔다. 내가 새로운 곳으로 발령을 받아 가거나(그 당시에는 지금처럼 늘 의자를 지급해 주지 않았다.) 어려운 시절 나와 가족들은 2년이 멀다 하고 이사를 다녔다. 그때마다 그는 전화를 했다. "친구야, 가구 필요한 거 없나. 자네 의자도 그렇고 애들 책상이나 의자 뭐 그런 거." 그는 자신의 사업을 하는 지금까지도 나를 챙긴다. 그와는 벌써 30년 지기 친구가 되었다. 그런 친구들 때문에 나는 늘 행복하다.

당신을 체포합니다

도깨비 돌 아저씨 이창상 대표

나는 그를 '돌 아저씨'라고 부른다. 세상의 모든 돌을 가져다 놓고 사업을 하기 때문이다. 그는 내가 알고 있는 사람들 중 참으로 특이한 사람이다.

세상 살면서 어떤 이유건 어떠한 상황이 와도 자신이 타인에게 피해를 주지 않겠다고 살아가는 사람이다. 2000년 그를 처음 만났을 때 자신이 하던 사업이 부도를 맞고 빈털털이였다.

그는 어려워도 씩씩했다. 가게를 얻을 돈이 없어서 지인이 운영하고 있는 목욕탕 옆 조그만 빈 공터에 중고 컨테이너 하나 가져다 놓고 중국에서 돌을 수입해서 판매를 했다. 성실하고 부지런하며 무엇보다 어떤 경우가 와도 다른 사람에게 신뢰를 잃지 않는 그의 성실함으로 인해 그는 재기를 했다. 지금은 그 분야에서 물건을 제일 많이 소유하고 있다. 하지만 그는 지금도 아무리 큰 고객이 큰 액수의 물건을 주문해도 물건 값이 입금되지 않으면 보내기 위해 실어 놓았던 물건도 다시 내려놓는 그런 사람이었다. 나보다 2년 연상인 그를 가까이하고 좋아하게 된 것은 타인에게 절대 피해를 주지 않으려는 그의 원칙 때문이었다. 사업을 하는 많은 사람들이 자신에게 이익이 되면 타인에게 피해를 주는 것을 서슴지 않지만 그는 그것을 자신의 철칙으로 지키면서 살고 있는 사람이다.

어느 여름 산본에서 부부끼리 만났다. "날씨 더운데 냉면이나 먹을까"라고 했더니 대뜸 차를 운전하고 어디론가 달렸다. "어디 가는데?" "냉면하면 역시 을지로 오장동이지, 그리 가는 길인데." "꼼장어 먹고 싶어." 그러면 대뜸 부산 자갈치 시장으로 차량을 달리는 그런 사람이다. 자유로운 영혼을 가진 그와 나는 서로 '아저씨'라고 부르며 20년 가까이 가끔 연락을 주고받으며 밥도 먹고 감사한 마음으로 살고 있다.

나는 가끔 '돌 아저씨'를 보고 있노라면 이 세상 아등바등 살고 있는 사람들이 왜 그렇게 살고 있을까 하는 생각이 든다.

함께 범인 잡으러 다녔던 신출내기 기자들 친구 박승용, 이석철

초임 형사 시절 열정이 하늘을 찌를 때였다. 어느 날 절도범 검거를 위해 현장을 나가는 나에게 매일같이 얼굴을 봐서 친근감이 있던 기자 하나가 "장 형사. 나도 같이 가면 안 돼요?" "현장은 좀 그렇죠. 아무리 취재를 하는 거라지만 검거 현장은 좀……" 난색을 표했더니 그가 말했다. "아니 취재를 하려는 게 아니구요. 나도 범인 잡는 현장 가보고 싶어서." 그렇게 그와 친해져서 함께 밥도 먹고 수사도 하러 다녔다. 그는 훌륭한 민완기자였지만 다른 기자들과 달리 상대방의 약점을 잡고 취재도 하지 않았고 다른 사람을 힘들게 하는 기사를 쓰지도 않았다. 그런 점이 좋아서 그와는 사회 친구가 되었다.

1993년 어느 날 박승용 기자가 안양경찰서 형사계장실에서 당시 악질 기자로 날렸던 ○○신문 김○○ 기자의 멱살을 잡고 흔들고 있었다. "당신은 기자가 아니라 양아치야. 내가 같은 기자인 게 창피하다. 기자면 기자답게 굴어." 나는 그런 그가 너무나 좋았다. 형사와 기자가 하루가 멀다 하고 어울려 다녔다. 친구가 되었지만 내가 나이가 많다는 이유로 나에게 반말 한번 하지 않았다. 그리고 나의 집사람 안부를 물어 볼 때면 "형수님은 잘 계시지?"였다. 자주 만나지는 못하지만 그의 따스한 가슴을 25년째 함께 느끼고 있다.

당신을 체포합니다

그는 지금 경인일보 지역본부장으로 근무하고 있다.

박승용 기자를 만나던 시절 역시 기자였던 이석철, 박승용보다는 조금 늦게 경인일보에 입사했지만 함께 기자생활을 했다. 석철이와는 어려운 시절 박달동 같은 동네에서 살았다. 그와도 사회 친구가 되었다. 술 한 방울도 마시지 못하는 그에게 술도 많이 얻어먹었다. 그 시절 형사가 기자에게 밥술 얻어먹고 다닌 기억은 승용이와 석철이 덕분이었다. 초임 형사 시절 내 어려웠던 사정을 잘 알고 있던 석철은 나와 술 한 잔 먹고 헤어질 때면 슬그머니 내 주머니에 자신의 지갑을 털어 넣어주기도 했다. 그는 형편이 나보다 나았다는 이유였다. 그는 부모님이 모두 돌아가시고 나자 시골에 계신 내 어머니에게 추석, 설 명절 때 꼭 선물을 보낸다. 가끔은 나도 잊고 있을 때 어머니에게서 전화가 온다. "애비야, 또 그 친구가 선물을 보냈구나. 이번에는 홍삼이다." 종류도 가지가지였다. 등심, 굴비 등 "고맙다" 내가 전화를 하면 "쓸데없는 소리하지마라. 니 어머니 내 어머니가 어디 있냐. 그래도 선물을 보내드릴 수 있는 어머니가 있어 행복하지 않냐." 가슴 따뜻한 친구다.
그도 경인일보 지역본부장으로 근무하고 있다.

1995년 12월 2일 나와 같은 형사계에 근무하던 김진홍 형사, 박승용, 이석철 기자 4명이 승용차 한 대를 가지고 변산으로 놀러갔다. 진날 지녁 회와 소주를 밈낏 믹고 변산 바닷가 옆 민박집에 모두 퍼져 누워있었다. 4명 모두에게 계속 울려대는 전화벨 소리, 안양은 난리가 아니었다. 경남에 있던 전 대통령 전두환이 검거되어 안양교도소로 연행되고 있는 중이라는 뉴스가 흘러나오고 있었다. 경찰서 형사들, 담당 관할 기자들 비상이야 당연한 것이었다. 결국 그날 그들과 우리 모두 비상소집에 응소하지 못했다.

"에라 기왕 버린 몸이다. 징계를 먹더라도 지금은 맛있는 거 먹자."

세계를 정복한 나폴레옹 정구철

그를 보면 나폴레옹 생각이 난다. 다른 표현으로는 작은 거인이라고 할 수 있겠다. 자그마한 체구에서 풍겨 나오는 기운은 장난이 아니다. 더운 여름에도 옷을 차려입는 그를 보면서 많은 것을 배운다. 초등학교 졸업 후 객지 생활을 전전하면서 사회생활에 필요한 특히 사람들과의 관계에 대해 배우지를 못했다.

어린 나이에 공장, 식당, 다방 등에서 눈치 보면서 생활하는 것 외에 동등한 관계를 어떻게 이루고 상대하고 응대해야 하는지가 필요한 나에게 그는 완전 교과서보다 많은 것들을 가르쳐주었다.

내가 힘든 일이 있거나 고민이 있으면 그는 기가 막히게 안다. "재덕아 밥 먹자" 저녁을 곁들여 소주 한 잔 마시면서 세상 이야기를 해준다. 한참 이야기를 듣다보면 '내가 하는 고민 생각해 보니 별거 아니네'라는 생각이 들게 한다. "야, 당구 한 게임하자. 고스톱 당구로……" 나는 그를 만나면 당구대를 들지만 그와 있을 때면 세상 고민도 사라진다. 그는 그런 재주가 있었다.

어느 해 경찰의 날에는 축하떡을 우리 팀 숫자만큼 차량에 싣고 와서 내려주고 가기도 했다. 떡을 가져다주는 것도 감동을 줄 수 있다는 사실도 알게 되었다.

사실 그는 나와는 완전 다른 세계의 사람이었다. 어려서 부유한 집안에서 태어나 걱정 없이 대학교를 마치고 대기업에 입사해서 임원까지 하고 강남에 살고 있다.

그런 그와 친분은 2005년 내가 제일 존경하는 용연 형으로 인해 알게 되었다. 당시에 그는 대기업의 임원이었다. 대기업을 퇴직한 후 중견 건설회사의 대표 생활을 꽤 오래하다가 70이 다된 지금에도 왕성한 사회활동을 하고 있는 그를 보면 존경하는 마음이 든다.

내가 형사과장이 되어 나만의 방을 가지게 되었을 때 자신의 일처럼 기뻐해 주고 직원들까지 밥을 사야 한다며 달려오기도 했다. 그의 에너지원이 무엇인지 어디까지인지 지금도 당최 알 수 없다. 그의 자그마한 체구를 보면서 큰 산을 생각하게 한다. 지금도 그를 만나면 푸근한 마음이 든다.

내 인생 1부를 책으로 나오게 해준 인연 김동현

"야, 정은이 내 수양딸 하자" 나는 농담인 줄 알았다. 그런데 그는 어느 정도 진심을 담았나 보다. 어느 날 "정은이 앞으로 계좌 하나 만들어 알려주라. 그래도 아빠가 됐는데 용돈은 줘야지." 정말 그는 매달 조금이지만 정은이의 계좌로 용돈을 보내왔다. "이거 부담스러운데요."라고 했더니 "사실 난 딸이 있었으면 했어. 아들 하나밖에 없어서 정은이는 내게도 딸이야. 용돈 그거 사실 내 수당에서 조금씩 보내는 거니까." 그렇게 그는 자신이 현장에 근무하면서 수당을 받는 내내 성은이의 용돈을 보내왔다.

그는 올곧은 성품이었고 마음에 담아두는 성격이 아니었다. 아들 성욱이 결혼식에 조금 많은 금액의 축의금을 보내왔다. "정말 미안해 그날 미리 선약이 되어있어서"라며 "축의금이 조금 많은 거 아 닌가요?" 했더니 하는 말 "야. 그래도 내 딸 오빠잖아. 잘 살아야 지." 정은이가 초등학교 때 시작된 딸 타령이 27살이 된 지금도 이 어지고 있다.

2003년에 그를 만났다. 당시 대기업 임원이던 그를 수사 관련 자 문을 얻기 위해 만났다가 이어진 인연이었다. 그는 통화하다가 가 끔 "야, 재덕아. 식구들 언제 시간되나. 날짜 한번 잡자" 우리 식구 들 모두와 밥 먹기를 좋아했다.

돈에 궁색했던 시절 "큰아빠가 밥 먹자는데" 하면 아이들이 좋아 했다. "와 맛있는 고기 먹자"라고.

2012년 나의 첫 책 『산골소년 세상의 중심에 서다』(개미출판사)도 그의 주선으로 누나이던 김현숙 소설가를 통해 책이 세상에 나왔 다. 어쩌면 31년의 공직생활 나는 주변의 이런 좋은 사람들 때문에 그나마 허덕이면서도 헤쳐 나온 것은 아닐까 하는 생각이 든다.

그도 대기업 임원을 거쳐 중견 건설회사 사장을 하고 지금은 자 신의 사업을 열심히 하고 있다. 그를 생각하면 가슴이 따뜻해 진다.

차가 있어야 범인 잡지. 자신의 차량키를 내주던 사회 친구 유종원

경찰에 들어와 이사를 참 많이 다녔다. 이상하게도 집주인과는 인연이 없어 그랬는지 1년 아니면 2년마다 이사를 다녀야 했다. 결 혼해서 성욱, 정은이를 낳고 기르면서 성욱이가 초등학교에 갈 때 까지 열 번이 넘는 이사를 다녔다.

그렇게 이사를 다니다가 산본으로 이사를 오게 된 계기, 그래서 산본에 터잡고 살게 된 이유가 유종원 때문이었다. 당시 그는 산본에서 석유 장사를 하고 있었다. 거창하게 석유 장사를 한 것이 아니고 빌라, 개인주택 등에서 전화를 받고 석유 한두 통씩 배달해서 넣어주는 영세한 일이었다.

그와 나는 1989년 호계동에서 만났다. 내가 경찰에 들어와 호계파출소에서 근무할 때 그는 관내 '고려정형외과'에 사무장 아닌 사무장(오다리)으로 근무하고 있을 때였다. 강원도 홍천이 고향인 그와 죽이 맞아서 친구가 되었다. 그 후로 여러 곳으로 이사를 다니면서도 함께 어울렸다. 휴가도 함께 다니고 식구들도 만나 식사도 했다. 그러다가 병원을 그만두고 이런저런 사업을 하던 중 군포 산본에서 석유 장사를 했다. 겨울이면 그야말로 눈코 뜰 사이가 없었다.

그 시즌에 친구 보러왔다가 가슴에 권총을 찬 채로 석유배달도 다니곤 했다. 추운 날 난방의 원료인 석유가 늦게 배달되면 그 짜증은 당연히 배달하는 사람이 모두 당하는 법, 나는 이유도 모르고 욕을 먹곤 했다. "이봐, 석유를 시킨 지가 언젠데 이제 가져오는 거야. 엉!" 그러면 나는 "죄송합니다"만 연발해야 했다.

나는 참으로 가난한 형사였다. 남들 모두 끌고 다니는 승용차도 없었다. 친구는 자신이 사용하기 위해 엘란트라 승용차량을 산 지 2개월도 되지 않았을 때 석유 장사를 하게 되면서 차량을 사용할 시간이 없어졌다. 그가 말했다.

"야, 친구야. 이 차 종합보험 들고 니가 끌고 다녀라. 형사가 차도 없이 범인 잡겠나"였다. 아직 딱지도 떼지 않은 새 차를 내게 주었다. 덕분에 번쩍번쩍한 새 차를 타고 다녔다. 내가 세상에 태어나서 처음으로 타고 다녀 본 새 차였다. 3년이 넘도록. 이런 일도 있었다. 내 전 재산이라야 대출금 1000만 원을 포함한 전세금 4500만 원이 전부이던 그때, 가격대 괜찮은 20평대 아파트가 나와서 신청을 하고 싶었다. 하지만 신청 자금이 준비되지 않아서 고민하고 망설이다가 '에라' 하는 심정으로 신청을 해야 하는 날 아침, 경찰서에 출근하면서 전화를 했다. "친구야, 니 돈 좀 있나." "돈은 왜? 얼마나?" "신청하는데 당장 1500만 원이 있어야 한다고 하는데 나는 당장 돈 만들 곳이 없어서……" 거기다가 덧붙여 말했다. "야, 친구야. 그리고 미안한데 돈이 되면 성욱이 엄마 데리고 가서 신청 좀 해주라." 그는 말했다. "알았어." 그게 다였다. 그때 그렇게 마련된 집, 그것이 기반이 되어 아직 그 아파트 단지에 살고 있다.

그 돈은 한참이 지난 후에야 이자도 없이 갚았다. 그는 그런 친구였다. 지금도 가까운 곳에서 편의점을 하며 생활하고 있는 그를 생각하면 가슴 한쪽이 따뜻해 온다.

내 인생의 절반인 경찰생활 31년 동안 알게 된 사람들

늘 환한 웃음으로 상대방의 마음을 편하게 해주고 베풀어주기를 좋아하던 최문기 원장, 청계산에서 처음 만났을 때도 그는 환하게 웃으며 한 쌍의 스틱을 건넸다. "함께 산행한다는 이야기를 듣고 미리 준비해 왔어요."

대한민국 모델협회 회장, 대학교수, 자신이 유명인이면서도 한 번도 자신을 높이지 않고 몇 살 위라는 이유로 '형'이라고 살갑게 대해주며 가끔씩 약속은 잡는다 "약속 장소는 형이 계산은 내가" 그는 인터넷 이름을 치면 잘생긴 얼굴로 환하게 웃어주는 양의식 회장이다.

어려웠던 시절 고향으로 돌아가지 못하고 객지에서 떠돌다보니 귀한 초등학교 동창생들 챙기기 힘들었고 경찰이 되어서도 업무의 특성 때문에 초등학교 동창회를 나가지 못하고 챙기지 못했다.

그럼에도 늘 나를 응원해주고 격려로 마음을 따뜻하게 해주던 초등학교 동창 황경현, 그는 나의 삶을 진심으로 축하해 준다. 그럼에도 가끔 연락을 해도 어색하지 않다.

내가 살았던 외갓집의 아랫집에 살던 손재호, 그는 초등학교를 졸업하고 도시로 나가 좋은 대학까지 졸업하고 대기업에서 근무하다 현재는 자신의 사업을 하고 있다. 늘 말없이 내 경조사에 나타나는 그가 고맙다.

외갓집 바로 앞집에 살던 내 동창인 김경화, 30년이 넘은 세월을 뛰어넘어 만났음에도 그런 세월의 격세지감이 느껴지지 않았다.

골맛집으로 불리는 밀개등에 잠시 살았을 때 함께 뛰어놀던 친구 김규식, 그도 내 초등학교 동창이자 가끔 통화를 나눈다. 하지만 그와 만나지 못하는데도 늘 곁에 있는 것 같다.

나에겐 중고등학교 동창생이 없다. 학교를 다니지 못했기 때문이다. 27살부터 29살 대입검정고시에 합격할 때까지 동대문구 신설동 수도학원에서 중학교, 고등학교 과정을 함께 공부했던 사람들이 내 마음속 중, 고 동창생이다.

자그마한 키에 날카로운 눈빛 남에게 지기 싫어하는 표정, 몸짓, 어쩌면 그는 험난한 세상 살아 남기 위한 자신의 방어였는지도 모른다. 그는 초,중,고등학교를 모두 검정고시로 치르고 건대 법과에 합격 고시공부도 했지만 지금은 법무부 소속 직원으로 결혼해서 아이 낳고 오순도순 살고 있는 임성진.

늘 긍정적인 성품으로 사람 좋은 미소를 가지고 나와 같은 늦깎이 학생으로 입문 대학까지 졸업하고 지금은 공무원으로 근무하는 신정1동장 김태성.

역시 같은 나이에 고난의 시간을 이겨내고 휘경 1동에서 근무하는 구길용.

공부할 당시 20대 중반의 풋풋함으로 나이든 남학생들의 관심을 함께 받았지만 고등학교 졸업 시험 합격 후 바로 결혼해서 행복하게 살고 있는 심화정.

수도학원에서 꿈을 위해 공부하던 시절, 늦깎이 학생이었다면 작은 사연 하나씩은 간직하고 있었을 자신의 존재를 드러내지 않았지만 사회에 나와 결혼해서 보석처럼 살고 있는 최옥금. 이들이 나의 중학교, 고등학교 동창생들이다. 나에게 있어서는 참 소중한 사람들이다.

용연 형의 소개로 처음 만났을 때 그는 경정이었다. 선한 눈과 마음, 어쩌면 그러한 것들이 경찰생활을 하는데 방해나 되지 않을까 하는 걱정이 되었다. 그는 총경이 되어 주변 사람들에게 따스함을 나누어주고 있다. 우지완 총경.

경찰대학을 졸업하고 막 조직에 첫발을 들여놓은 그는 늘 말없이 직제에도 없는 형사2계장 자리에 앉아 송치서류를 보고 있었다. 젊은 경위, 아는 사람 하나 없는 사무실에서 "저녁이나 할까요"라고 붙인 말이 인연이 되어 지금까지 언제나 보면 환하게 반겨주는 박수영 총경.

역시 같은 경찰대학 동기생인 그는 내가 담당을 하고 있는 파출소장이었다. 어느 날 담당 형사이던 내게 "장 형사님. 소주 한 잔 하실까요. 제가 살게요." 그렇게 나누게 된 소주 한 잔. 서장이 되어서도 만나 나에게 소주를 산다. "처음에 사기 시작하니까 계속 사게 되네요. 앞으로도 제가 계속 살게요." 미소 짓는 김기동 총경.

안양경찰서 형사계 경장이던 시절 경감으로 형사계장 발령받아 온 그는 풋풋한 젊은이였지만 명민함과 일에 대한 열정도 많았다. 그 열정 때문에 경장인 나와 죽이맞아 새벽이 되도록 소주잔을 함께 했던 옛날 양반으로 떠올리게 하는 권기섭 총경.

나와 2012년 휘경농 수사지휘 과정에서 만나 인연을 맺게 된 그는 『산골소년 세상의 중심에 서다』를 완독했다. 그리고는 책에 빠져서 인천청 상황실에서 근무하는 3년 동안 6백여 권의 책을 읽었

다는 그는 천상 선비같은 사람. 그러면서도 가슴이 따뜻한 간부후
보 출신 이재환 경정.

내가 경기지방경찰청 형사과 광수대로 발령받았을 2005년 8월
간부후보 출신으로 광수대에서 일을 배우고 있던 홍석원, 최관석은
어느새 경정이 되어 경기남부지방청 형사과에서 폭력계장, 마수대
장 주요 보직을 맡고 있다.

나는 1989년 6월 17일 일반 순경 공채로 경찰에 입문했다. 간부
후보생, 경찰대 학생 출신들과 인연 외에도 현장에서 함께 뛰고 잠
복하고 밤을 새운 동료들 중, 도중에 그만두거나 자신의 의지와 상
관없이 조직을 떠난 이들도 많다. 물론 그중에는 나보다 적은 나이
임에도 세상을 떠난 이들도 꽤 있다. 생각하면 가슴 아픈 일들이다.
　사람이 너무 착해도 병이라는 말이 있듯 너무 착해서 가끔은 손
해를 보는 그러면서도 긍정적인 미소를 잃지 않는 지방청 경비과
김도경.

칠전팔기 정신으로 몇 번 도전 끝에 경감 승진하고도 경력 때문
에 경위도 하는 팀장을 하지 못하는 영민한 수사관 수원서부 경제
팀 조문수.

할 말을 가슴에 담아두지 못하는 담백한 성정으로 주변 사람들과
잘 어울리며 금세 자기편으로 만드는 광수대 조직범죄수사팀장 임
창영, 광수대 지원팀장 김성수.

"고구마 한 박스 보냈어요. 맛이나 보시라고……" 고구마 수확철이 되면 맛 있는 여주산 고구마를 보내주면서 안부를 묻는 여주경찰서 형사과 변용주.

대한민국에 이런 형사들만 있다면 정말 일할 맛이 나겠다라는 생각나게 해준 말없는 부산 사나이. 그러면서 정말 경찰의 베테랑이 무엇인지를 알게 해주는 지방청 광수대 김태호.

"주변 사람들 모두 경찰간부인데 저만 비간부예요" 순경 때 내가 직접 지능팀으로 스카우트한 인연으로 지금까지 만나고 있는 광수대 안재형.

내가 광수대 팀장을 하면서 용병부대와 함께 근무했던 시절에 알게 된 직원들. 물 맑고 공기 좋은 양평에서 수원에 있는 지방청까지 출퇴근을 하면서 근무했던 양평서 근무 송인목.

안산단원경찰서 강력팀장을 버려두고 자신의 고향 언저리로 내려가 지구대 근무를 기쁘게 하고 있으면서 가끔은 전화로 "부안 뽕주 보냈으니 맛 좀 보세요" 의리 있고 속 깊은 김윤태, 광수대의 인연 잊지 않고 고구마 박스를 보내면서 가끔씩 안부를 물어주는 의리의 사나이 윤여국.

자신의 고향인 여수 터줏대감으로 자리 잡고 있는 제인환. 그와의 인연으로 여수 구경과 음식을 많이 맛볼 수 있었다.

"청산도 구경오세요. 완도 전복도 맛보고······" 그의 이끌림에 완도로 휴가를 가서 아담한 완도경찰서 구경도 하고 전망대도 올라보았다. 의리의 사나이 박춘곤.

경찰청 그 전쟁터 같은 곳에서도 웃음을 잃지 않고 꿋꿋하게 지내면서 함께 여행을 하고 만나면 즐겁게 함께 할 수 있는 젠틀맨 노승조, 역시 경찰청 어려운 부서에서 고생하면서도 늘 해맑은 웃음을 잃지 않는 우리 모임 총무 윤동근.

같은 부서에서 함께 근무한 적은 없지만 언제나 부드러운 미소를 잃지 않는 그러면서 누구보다 일에 열정을 가지고 있는 원형자, 구현자 경감.

문경 영순 그곳이 경상돈지 전라돈지 아는 사람 별로 없는, 그런 동네를 고향으로 가지고 있으면서도 자부심을 가득 지니고 있는 이시열 경감. 그리고 고향을 지키고 있는 문경경찰서 형사계 손정대, 그들이 있기에 행복하다.